Inmortales:

Colección Especial De Vampiros En Español (4 En 1) Libros de Novelas de Vampiros

Las mejores historias de Suspense, Romance y Fantasía Paranormal.

Saga Vampiros Romántica en Español

D1563566

Tabla de Contenidos

TABLA DE CONTENIDOS 3

INMORTALES. 3

GÉNESIS. 3

EL ORIGEN DE LOS VAMPIROS. 3

LIBRO NO. 1..3

TABLA DE CONTENIDOS 5

EL GENESIS 8

CAPÍTULO I...13

BABEL 13

RECIBE UNA NOVELA ROMÁNTICA GRATIS 34

CAPÍTULO II..35

SEÑORES DE LA LUZ 35

CAPÍTULO III...44

LA REINA DEL NILO..44

CAPÍTULO V...68

DEPREDADORES DE LAS SOMBRAS 68

CAPÍTULOVI...91

LOS CARSONIANOS 91

CAPÍTULO VII...97

PRIMER ENCUENTRO 97

CAPÍTULO VIII...112

SEGUNDO ENCUENTRO 112

CAPÍTULO IX...125

EL TELOS 125

OTROS LIBROS DE ESTA SAGA: 129

OTROS LIBROS DE MI AUTORÍA: 132

RECIBE UNA NOVELA ROMÁNTICA GRATIS 136

METAMORFOSIS. 137

EL LEGADO SECRETO DE LOS VAMPIROS.....................................137

(INMORTALES LIBRO 2) 137

LOS BETHA 139

CAPÍTULO I..141

Vampiro Estepario 141

Recibe Una Novela Romántica Gratis 159

CAPÍTULO II...160

Sangre Fresca 160

CAPÍTULO III..177

Sangre dulce y nueva 177

CAPÍTULO IV..189

Luna negra 189

"NO PUEDO CONCEBIR ALGO MÁS CRUEL QUE VIVIR ETERNAMENTE, NO PUEDO CREER EN ALGO MÁS CRUEL QUE EN LA BELLEZA DE UN VAMPIRO". ANA PORTER. 203

Otros libros de esta saga: 204

Otros libros de mi autoría: 206

Otros Libros Recomendados de Nuestra Producción:.......209

Recibe Una Novela Romántica Gratis 212

METAMORFOSIS..213

EL LEGADO SECRETO DE LOS VAMPIROS 213

(INMORTALES LIBRO 3) 213

CAPÍTULO V...215

La Cacería 215

Recibe Una Novela Romántica Gratis 227

CAPÍTULO VI..228

La Macedónica...228

CAPÍTULO VII...264

La muerte del conde 264

CAPÍTULO VIII...286

LA LUNA SALE EN EL HORIZONTE 286

Otros libros de esta saga: 293

Otros libros de mi autoría: 296

Otros Libros Recomendados de Nuestra Producción:.......299

Recibe Una Novela Romántica Gratis 301

METAMORFOSIS..302

EL LEGADO SECRETO DE LOS VAMPIROS 302

(INMORTALES LIBRO 4) 302

CAPÍTULO IX..304

CASTA BETHA VS. ALFA 304

CAPÍTULO X 330

¿QUIÉN ES DANIEL LOGAN? 330

RECIBE UNA NOVELA ROMÁNTICA GRATIS 339

CAPÍTULO XI 340

EL CANANITA 340

CAPÍTULO XII 356

LA DUQUESA DE CORNAWELLES 356

CAPÍTULO XIII 361

LA PROCLAMACIÓN 361

EPÍLOGO 376

OTROS LIBROS DE ESTA SAGA: 378

OTROS LIBROS DE MI AUTORÍA: 379

OTROS LIBROS RECOMENDADOS DE NUESTRA PRODUCCIÓN: 381

RECIBE UNA NOVELA ROMÁNTICA GRATIS 384

Leonor Figueroa

Inmortales.

Génesis.

El Origen de los Vampiros.

Libro No. 1

Creatura Nocturnus

En el inicio de la nada y el vacío de la no existencia, se forma una partícula que es la esencia primigenia.

Algo está a punto de ocurrir en la densa oscuridad del espacio, de la nada surge lo que no era. Entonces pasa y se forma el Telos, dos hilos se expanden en ese mismo instante, uno es la vida y otro la muerte.

Allí están y comienza a formarse la trama...

En la primitiva existencia nacieron las estrellas, nació Alcyón y de él los seres escogidos, los guardianes, a los que se llamaron Cyn.

Los señores de la luz, quienes vigilaron desde entonces la energía en cada ciclo de la vida, lo hicieron sin intervenir, hasta que nació el hombre y todo cambió...

Ante la oscuridad inclemente, una tribu se sobrecoge con la magnificencia del espacio sideral. Estas son como puntos de luz dispersos, joyas titilantes que deslumbran sobre su insignificante humanidad.

Desde su punto de vista son pequeñas, tanto que pueden tomarlas con sus dedos.

Alguno que otro, alza la mano para hacerlo, uno de ellos es casi un niño, sonríe, ya está presente en él esa necesidad del hombre, la de tomar la grandeza entre sus manos y retenerla.

No sabe que, de entre los suyos, será el único que realmente podrá hacerlo, aunque ahora su mente inocente e instintos ni siquiera puedan indicarle que eso alguna vez pasará.

Uno entre muchos, y tiempo después, uno entre todos.

Su sonrisa inocente no perfila maldad, no sabe que esa noche están a punto de robarle la vida, tampoco sabe que se la quitarán dos veces.

Por ahora la única protección que tienen es el fuego, que como lenguas abrazadoras les deslumbran, pero a su vez protegen del frío y de los animales nocturnos. Es una fuerza incomprensible que no logran dominar, poder y dios, todo en un solo ente luminoso.

A su alrededor lo desconocido, cada elemento le ayuda o atenta con su existencia, todo es fuerte y poderoso, desconocido, sin nombre, tanto que estos seres asustados deben convencerse de honrar a estas fuentes con el fin de calmarlas y conjurar así la paz. Pero ni eso es garantía de nada, la vida es tan frágil como un hilo que puede romperse en cualquier instante.

Las horas no existen, la vida transcurre en función de la naturaleza: el sol, la luna, el día y la noche, así como las estaciones de calor y frío, donde nace la vida o parece morir. Pero siempre vuelve latente y fuerte, como si renaciera. Así esperan ser ellos, renacen entre las sombras de la muerte todos los días, como si fueran eternos.

La noche puede no traer el día, a veces las cuevas son su único refugio. Los sonidos del bosque parecen una canción, algunas veces constituyen cantos de vida y muchos más cantos de muerte.

La vida renace con el día, al fin el dios de las sombras desaparece y deja lugar al señor de la luz.

Pero cuando no lo hace, y algunos de ellos se van, cuando se quedan dormidos para siempre y sus ojos no ven nunca más la luz del gran señor de los cielos, vuelven a sus dioses y se convierten en fuego, agua, tierra y aire.

Cuando algún animal los enviste, entonces terminan volviendo a la fuente de la cual salieron.

Ese es un mundo mejor que este, que no está lleno de dolor y tristeza, de muertes y violencia, donde la vida es un suspiro y la sangre se derrama por doquier. En eso creen, en las fuerzas que les permiten vivir, pero que también podrían fulminarles.

Estos hombres son seres crispados que tiemblan ante el rugido del viento y se enfrentan a la fuerza de los animales salvajes que hielan la sangre en el corazón. Todos los días en las temporadas de caza se vuelven guerreros de la muerte, porque muchos salen a luchar con el destino, pero no todos regresarán.

La tribu mira como hipnotizada las llamas, esas que pueden consumir todo, incluyendo a sí mismas. Es una magia sin explicación, son los dioses inanimados que los rodean, no hablan, no tienen ojos, boca ni cuerpo como ellos, pero son poderosos y cruentos.

Sus dioses son los elementos, la tierra que pisan y poseen, el agua que toman y cae del cielo, el fuego que les calienta y quema, el aire que sopla y murmura en sus oídos canciones ininteligibles. Pero eso está a punto de cambiar, pronto uno de ellos sabrá que hay mucho más alrededor, el mundo es más amplio que todo lo que ven sus ojos.

La noche es fría, el sacerdote muge invocando protección. Es el momento de pedir el abrigo de las estrellas, el calor del fuego, la temporada de lluvia, es el instante de pedir el poder para dominar a los animales salvajes que campan por el lugar, con esta fuerza especial serán más certeros y los hombres malos no podrán llevarles.

Esta es una protección que les ayuda a sobrevivir el día y no morir de miedo en la noche. El dudoso resguardo de la mente que engaña, hasta que la realidad se hace presente, entonces es generalmente cruel y despiadada. La paz es robada en segundos, porque el que vive por la muerte, pronto tomará la vida de los inocentes.

Así el canto del sacerdote es silenciado y en la tensa quietud de la pradera pronto cunden los gritos de horror, los alaridos de la muerte se escuchan rompiendo la oscuridad, es la mortaja de la noche, la muerte nuevamente ha llegado en silencio. En algún lugar lejano o cercano otro grupo se esconderá ante el inminente peligro, sabiendo que ellos podrían ser los próximos.

Son un grupo de asesinos, hombres que matan a otros por tierras, cuyo único fin es obtener el poder que les otorga el miedo, el cual les permite dominar a otros. En pocos minutos la calma reina y algunas risas se escuchan, la muerte ha vuelto a tomar su Móloch, ahora los victoriosos celebran su botín. Llevarán nuevos esclavos a su pueblo y así asegurarán el porvenir de su clan.

El hombre ejerce el dominio del hombre, la tierra se vuelve un caos, lo que para algunos parece una bendición, en otros resulta su peor pesadilla. Fragmentos de seres humanos se ven por doquier, la noche del hombre está cayendo, seres impíos y sin corazón dominan a otros con mano de hierro. El desastre se expande y poco a poco se multiplican las muertes, robos, luchas, entre otras manifestaciones de las sombras.

Es el momento de tomar una decisión, los seres de las estrellas tendrán que hacerlo nuevamente, de lo contrario, el destino de la galaxia estará en peligro. Así, pronto una nueva especie híbrida nace, las *Creaturas Nocturnus*, seres de la noche, los que toman la sangre por necesidad y obligación. Los que no pueden sentir piedad hacia los condenados y los que han sido señalados en la energía del universo, deben desaparecer entre sus manos.

No son criaturas benévolas, ni hermosas, están en el límite de la vida y la muerte, toman los hilos en sus manos porque ese es el poder que se les ha conferido. Nadie les conoce hasta que llega el momento, entonces es demasiado tarde. Sus rugidos pueden helar la sangre en las venas, tanto como los animales salvajes lo hacían con los seres primitivos.

Mueven los hilos de la muerte para que pueda prevalecer la vida, su origen se remonta al inicio de los tiempos, a las remotas estrellas que nacieron para luego destruirse y volver a nacer. Se remonta a una fuerza, la más poderosa.

Es el principio y el fin, el ciclo ya se acerca… las criaturas nacen y renacen en lo más profundo del universo, donde aún el espacio es una nada, donde no hay tiempo, materia, ni energía, donde las sombras lo son todo, en el lugar donde no existe, allí, en lo más oscuro y de las sombras nace la luz.

CAPÍTULO I
Babel

Las cruentas guerras entre los clanes han tomado más vidas de las esperadas, Talbov siente que sus esperanzas de erigirse como señor de las tierras de Babel no serán concretadas. Ese día con el olor de la sangre, que todavía mancha sus ropas, mira desde una colina para dominar todo el valle. Sus ambiciones no han sido satisfechas hasta ese momento.

Mira con frustración las tierras que se resisten a entregársele. Ahora es muy tarde, no puede dar un paso atrás, sabe que no descansará hasta cumplir con su objetivo. Es que por alguna razón se siente dueño de una impronta, cree que ha sido destinado a la grandeza.

En cierta forma, él puede tocar las estrellas, es el señor de lo que ve, pero no le basta, no siente satisfacción. Los que le sometieron, ahora son sus esclavos, pero ni así consigue paz en su corazón.

Esa noche el viento canta, esta vez son canciones de muerte, en su cuerpo lo percibe y se eriza.

Babel, la puerta de los dioses, donde los señores de la luz llegaron para enseñar, donde vinieron a destruir. El lugar donde la vida encuentra la vida y la muerte toma a los hombres para transformarse en eternidad.

Es allí donde Nimrod acumuló sus riquezas sometiendo a los suyos, donde nació la ambición, el lugar donde la noche de los hombres ha comenzado.

Se dice con fuerza que todo será suyo, todo hasta donde dominan sus ojos y más allá.

Ha progresado desde que no era más que un hacedor de adobes. Desde que fue tomado de entre los suyos y le convirtieron en un burdo esclavo, alguien sin voluntad, ni dignidad.

Los soldados del rey le llevaron a Babel para construir la grandilocuente torre que se convertiría en su perdición. El primer hombre que quiso erigirse entre muchos no tenía idea de lo que el destino estaba gestando.

Lo que parecía una maldición no sería sino la manera como el destino perfilaba lo que habría de suceder en su futuro y dentro de miles de años más. Pero en ese momento no piensa eso, ¿quién lo haría cuando en su horizonte solamente había miseria?

Los oscuros pensamientos le rodean y su corazón está envilecido por las sombras de la maldad.

"Es la naturaleza del hombre destruirse", dijo uno de los señores. Encontrarán siempre la manera y no importa lo que hagamos. Sin embargo, por alguna misteriosa e inexplicable razón, el universo los ha escogido.

Para Talbov fueron los peores años de su existencia, era una vida dura e inmisericorde, jamás había visto tanto dolor ni miseria en un solo lugar. Los hombres que fueron importantes en sus tribus, ahora se encontraban reducidos a guiñapos humanos.

En estos últimos se adivinaba el fantasma de la muerte

tocándole los talones y esperando para darles la estocada final.

Talbov juró que se vengaría de los malditos babilonios que le robaron todo, incluyendo la sensación de ser un hombre, porque ahora no era más que un animal. El trabajo forzado, la mala comida y el trato atroz fueron minándole la salud, pero, sobre todo, el alma.

El odio hacia ese pueblo le doblegó el corazón y el rencor le hicieron convertirse en una persona muy distinta a la que había sido; de un joven que soñaba con alcanzar las estrellas, se convirtió en un ser sanguinario y atroz, sin misericordia, capaz de hacer la mayor de las brutalidades. Matar, eso ya no significaba nada para él, al recordar quién había sido, se reía de sí mismo.

Los hombres fraguaron una revuelta con él a la cabeza, ya nunca más le esclavizarían, se unieron con la fuerza de quien se aferra a un precipicio esperando no caer, lograron hacerse con el poder.

Pronto se hizo evidente de que Talbov era el más adecuado como gobernante.

Poseía dotes especiales, a diferencia de esos otros hombres que eran simples guerreros. Él, en cambio, tenía una visión, así como unas enfermizas ansias por el poder, las cuales crecían día a día.

Pero nadie conoce el sabor del poder hasta que lo prueba, es dulce y también amargo, aunque es delicioso, puede terminar por destruirte.

La naturaleza humana se deprava ante la magnificencia

15

de la grandeza, como si su propia mortalidad le llevara a desencajarse ante eso que es más fuerte que su esencia limitada.

Por supuesto, que eso lo aprendería con el pasar del tiempo, en ese momento se creía el rey del mundo y de todo lo que veían sus ojos.

Estúpida actitud de los incautos, de todos aquellos quienes creen que la mortalidad puede retener lo inmortal. En este ciclo de la vida, Talbov tiene muchas sombras que derrotar. Sigue mirando las estrellas y por segundos recuerda al niño inocente que fue.

Luego de su ascenso, descubrió que el poder es una dama exigente.

Necesitaba más, la sed no se apagaba, no le era suficiente el poder que ostentaba, y allí comenzó la verdadera vorágine de su vida.

La lucha por la transcendencia que es la máxima necesidad terrenal de los seres humanos. Matar, tomar, se convirtió en un ser igual o peor a los que tanto odiaba.

Se hizo con el poder de una manera superlativa y se le olvidó que alguna vez fue un esclavo, ahora era el señor de Babel, y se convirtió en alguien más cruel que los propios gobernantes que le antecedieron.

Ni siquiera Nimrod fue tan impredecible como él. Sus dominios se extendían por doquier, pero seguía sin bastar, la sed nunca se apaga.

Escupió en el rostro de todos los que le ayudaron, de aquellos por cuya causa había asumido el poder.

Pero lo peor de todo, escupió el rostro de los dioses babilonios y también de sus ancestros, blasfemó la cara de Ea y de Marduk. No se dio cuenta que uno de ellos había fijado sus ojos sobre él.

Una criatura que hacía tiempo observaba a los hombres, desde que decidieron enseñarles a dominar las fuerzas de la materia y la energía, y desde que se arrepintieron de haberlo hecho.

Este ser humano no ostentaba ese poder que con tanta temeridad usaron sus ancestros, pero poseía el mismo ímpetu, el corazón atrevido y la ignorancia desaforada que es común en la insignificante especie. Pero, sobre todo, Talbov poseía el orgullo y la necesidad de grandeza, no pararía hasta tomar al mundo con sus propias manos.

Por su parte, el señor de la luz era un ser que no soportaba las injurias de los hombres, así que ese resultaba el momento preciso en que se debía tomar a una de esas criaturas blasfemas y usarla en contra de aquellos que causaban el perjuicio de los propios humanos, ¿qué podía ser mejor que tomar la escoria para eliminar a la propia escoria?

Talbov se señaló a sí mismo y pronto Ruther-Oh-Rodem, uno de los señores de las estrellas, entendió que era el momento de equilibrar la energía. Talbov sería el primero y, por ende, el más poderoso se convertiría en la primera criatura, al menos en este ciclo del universo.

Ahora el orgulloso rey, soberano de Babel, señor de todo cuanto ven sus ojos, se pasea como acostumbra hacer por los contornos de su castillo, el señor de los antiguos se acerca calladamente, levitando por los aires, es una sombra que nadie ve y una brisa que nadie siente... hasta que ya es muy tarde.

Una tormenta se ha desatado, el relampagueo resulta impresionante y Talbov distraído le mira asombrado ante el poderío de la naturaleza, tan fuerte, peligrosa y tan hermosa al mismo tiempo.

La envidia, quisiera ser así, algo intrínsecamente fuerte, que no siente, sino que simplemente existe, no es bueno ni malo, es una fuerza que se lleva todo a su paso, que nadie cuestiona, como los antiguos dioses del fuego y la tierra, del agua y el aire.

Recuerda en un segundo su infancia en las praderas, al abrigo del fuego y los poderes de la tribu, así como del canto sacerdotal bajo la noche.

Se ve a sí mismo estirando hacia el cielo su mano para alcanzar las estrellas, sonríe, hace lo mismo y en verdad parece que las toma entre sus manos. Es un juego, uno que no tiene futuro, su vida en pocos minutos llegará a su fin por segunda vez.

-   Talbov, ruge Ruther, señor de todo Babel, dice como una burla, señor soberano, señor de todo lo que ven tus ojos.

El rey voltea rápidamente sacando instintivamente su cuchillo, se queda mirando a la extraña entidad.

Entonces cae en el piso, al instante sabe que no puede ser un hombre.

Además, la intensa energía que emana le produce una sensación de parálisis en todo el cuerpo.

No puede verle con claridad porque es como si entre los

dos una fuerza le desdibuja. Resulta imposible explicarlo, no puede, aunque quiera hacerlo.

¿Qué es esto?, ¿acaso los dioses babilonios han bajado en verdad para tomar el control de las tierras?

No sabe qué hacer, ni qué decir, sus labios tiemblan convulsivamente, así como el resto de su cuerpo.

¿Quién es este ser extraño que parece llevar el fuego dentro de sí mismo?, se pregunta.

- ¡Has blasfemado sobre los señores de la tierra!, exclama con fuerza. ¡Ahora debes pagar el precio!, su voz es como uno de los truenos que retumban en el cielo.
- Señor, ¿quién eres?, ¿quién… eres…?
- Haces bien en temerme, porque ante mí no eres nada, ruge. Hay fuerzas que no puedes entender, al menos por ahora, te sobrepasan en tu burda humanidad, a pesar de eso has querido jugar con ellas. Pobre humano, no sabes ocupar tu lugar, pero tu destino ha llegado, el Telos está ante ti. En ese instante levanta la mano y una energía enceguecedora sale de su cuerpo y Talbov cae en el piso con fuerza.

El impacto sobre su cuerpo es como un potente rayo que retumba, un fuego que lo ha traspasado desde su interior.

Se desmaya, parece casi muerto, en ese instante ve su corta vida desfilar ante sus ojos, mientras las palabras broncas siguen vibrando entre la tormenta, en la soledad abismal de la noche, en el latido de Talbov que cada vez se acelera más, luchando contra una fuerza desconocida que amenaza con matarle.

Tan pronto todo ha acabado, los babilonios no pudieron con él, pero sin duda este ser que parece salido del sol, sí lo hará. Se creyó invencible y ahora está comprendiendo su propia insignificancia, no es nada, no vale nada.

- Ahora ¿quién es más poderoso?, ¿blasfemarás contra mí? ¡Demuéstrame que eres el rey más poderoso del mundo como has dicho! Vomita sobre mi rostro, así lo has hecho antes. Baal-aberin, señor entre los señores, el único que logró vencer a Nimrud, no sabes cuáles son las fuerzas que has convocado.

No puede hablar, algo ardiente le está quemando la garganta, un fuego líquido que le hace retorcer de dolor, como si todo su cuerpo fuese un volcán en erupción.

Se da cuenta de que no puede desafiar lo desconocido, desatar la ira de aquello que no tiene nombre, forma, ni cuerpo, pero que es mil veces más poderoso que tú.

Esto solo puede terminar en una destrucción inminente y él lo está experimentando, dentro de poco, está seguro, este ser hecho de luz le dará muerte.

En su mente sigue oyendo su voz, puede hablarle en sus pensamientos, su poder le permite comunicarse sin mover los labios, no necesita ni siquiera hablar para trasmitirle sus palabras, ¿quién es este ser y de dónde ha salido?

Todo se colapsa, ¿cómo puedes explicar una fuerza como esa, un poder de tal naturaleza cuando en tu mente no posees el lenguaje para hacerlo? Este ser es como la misma tormenta que se lleva todo a su paso.

- Ahora ¿quién es el más fuerte? La voz retumba desde el

intenso resplandor blanco de su presencia, posee una energía incandescente, casi tanto como los relámpagos que retumban en el oscuro manto de la noche.

- Señor... responde desde sus pensamientos, eres poderoso, lo admito, por favor no me mates. No me mates, no quiero morir, por favor, por favor.
- Matarte es lo que quiero precisamente, solo que no de la manera que piensas. ¿Para qué alguien como tú quiere la vida?, ser un mortal es tener límites, tú has querido siempre traspasarlo todo, tener más, mucho más, ahora tus deseos serán concedidos, pequeño rey babilonio ambicioso e insignificante.
- Por favor señor, dime cuál es tu nombre para que pueda honrarte y quemaré ofrendas en tu nombre, todas las que sean necesarias para calmar tu ira y demostrar que eres el dios más importante de todo Babel y del mundo.
- Tengo muchos nombres, pero tus ofrendas no son requeridas, hablas grandes cosas, pero no tienes la menor idea de lo que dices, tu boca está llena de blasfemias e irreflexiones.
- Señor, por favor, si no me matas, te honraré.
- No sabes lo que hablas humano, reserva tus ofrendas para tus dioses falsos, para la luna y el sol, para la lluvia y los rayos del cielo, las vas a necesitar. Verás mucho de ello en todo este tiempo.
- Señor, ¿de dónde has venido?, dímelo, perdóname señor, todo lo que he hecho y dicho, ni siquiera sabía que eras real, yo no soy...
- Babilonio... ya lo sé, no eres más que un hacedor de barro, un insignificante hombre que honra al fuego... uno más entre muchos. Entonces sonríe, porque sabe exactamente el destino que este humano tendrá, pronto será el primero entre muchos.
- Así es mi señor, será como tú digas, pero no me mates,

por favor.

- He venido de las estrellas, mucho más allá de lo que tus fatuos ojos alcanzan a ver, ¿crees ser poderoso simplemente porque te has apoderado de algunas tierras? Pobre humano, no eres más que un despojo mortal, un montón de escoria, pronto todo cambiará para ti, no puedes imaginarlo, quizás estás más cerca de tocar las estrellas que cuando eras niño.
- ¡Seeeñoooor!, puede decir finalmente en voz alta, luego de un gran esfuerzo… ¿cómo es que… que sabes eso?
- Sin embargo, hay algo en ti, eres diferente al resto de estas personas, que viven ciegos sin saber lo que hay a su alrededor. Por esa razón te he escogido.
- ¡Señor, por favor, no me mates, te lo ruego!
- Haré algo mejor, te daré un don maravilloso, tan poderoso que podrás entender entonces la esencia de la verdadera grandeza.
- ¿Qué es?, dice finalmente, cuando su garganta cerrada se lo permite.
- Algo tan grande que no puedo describirlo, no hay punto de comparación para ti, es inútil que trate de explicártelo.

Se abalanza sobre él y en pocos minutos su sangre está derramada por doquier, ante la sorpresa no pone oposición, no podría, aunque quisiera, no tiene la fuerza como para hacerlo.

Es el procedimiento, la única manera de eliminar los restos mortales y crear a un ser potente y fuerte. Entonces, una vez que todo está fuera, derrama su hálito, su energía, es una esencia de potente color violeta, la cual rápidamente inunda su cuerpo volviéndole a la "vida", por así decirlo. Es el principio de todo, es allí cuando comienza su condena.

Ese momento, por supuesto, no queda registrado en la historia, pero es el inicio de todo lo que vendrá, cuando los hombres de las estrellas se unieron a los humanos para crear una nueva especie, las criaturas nocturnas, conocidas posteriormente por los humanos como "vampiros". El señor de las sombras está allí esperando que termine de producirse la trasformación, a pesar de sí mismo, debe salvar a los humanos.

- ¿Qué es esto?, ¿por qué me siento así?, todo a su alrededor da vueltas, una y otra vez, ahora la vida se siente diferente, como si pudiera ver el mundo con otros ojos.

Una especie de velo es sacado de sus ojos, este no puede ser el mundo real, es mucho más claro, y miles de ideas vienen una y otra vez como si su mente acabara de despertar de un intenso letargo. Colores, sabores, olores, el aire posee un aroma diferente, y las estrellas parecen tan cercanas que esta vez sí cree que podría tocarlas con sus manos. Escucha el canto del viento, que grita a la vida y clama a la muerte.

- Tranquilo, pronto todo habrá terminado, solo debes... ¿cómo se dice?, relajarte. Menciona con un gesto displicente. No te pasará nada, ya nadie puede hacerte daño, ahora eres como una de estas rocas. Incorruptible, fuerte, insensible, eso, estás hecho de la fuerza.

Talbov siente como un cuchillo en la garganta que le penetra en profundidad, sus pulmones parecen a punto de colapsar, el corazón corre desbocado a un ritmo irregular, cada vez más fuerte, como si luchara. Pero, finalmente, luego de una batalla cruenta su cuerpo se rinde, la fuerza de la muerte es muy poderosa y la vida tan frágil como las alas de una mariposa azotada por el   viento de la tormenta.

- Pronto, pronto vendré por ti, entonces te enseñaré la fuerza de una criatura, solo espero que entiendas tu nuevo lugar en esta tierra, sonríe, pero su risa no es hermosa, sino que tiene un gesto cruel, el resto de su cara permanece oculta ante la luz y en realidad no puede saber cómo luce realmente.

Le deja allí, moribundo, al desamparo de la tormenta, mirando el cielo desbarrancarse ante sus ojos. El intenso y anormal brillo le hacen colapsar, la luz enceguecedora de los relámpagos, parecen la última imagen que verán sus ojos. Estira la mano como si quisiera alcanzar el firmamento. La vida se le está escapando como agua que se escurre entre las manos. ¿Será que este es el gran dios Marduk, el señor de todo Babel?, su blasfemia le ha costado muy caro, la muerte entonces lo devora.

Cierra los ojos y allí se queda como una estatua, mientras la lluvia cae sobre él con intensidad. Su cuerpo bajo el agua se va enfriando, al igual que lo hacen los cadáveres de todos esos desafortunados que él una vez asesinó.

Ahora es él quien sufre bajo la violencia, y también con la misma crueldad con que han sido tratados quienes han muerto bajo su mano.

Es un témpano de hielo y ni siquiera puede sentir el agua inclemente que se derrama sobre él. Se levanta lleno del espeso lodo, camina entre el fango que le retiene como una barrera.

Está vuelto nada, camina y va quitándose cada una de sus ropas hasta quedar desnudo, de nada le sirve todo eso cuando su propio cuerpo no es más que un guiñapo.

Su piel se ha tornado pálida, casi tanto como los rayos que amenazan con fragmentar el cielo. Corre hasta la orilla de la montaña y se ve a sí mismo sin saber qué es, una especie de monstruo, ya nada tiene sentido.

- ¡Ahhhhhhhhh!, sus gritos de agonía penetran en la noche, pero no logran romper con el potente retumbe de los truenos, al menos no todavía. ¡Ahhhhhhh!, los gritos nacen de su interior rompiéndole desde lo más profundo, y esta vez son más fuertes, tanto como para desafiar a la cruel tormenta.

Cae desmayado, desnudo, una criatura desamparada en el crudo silencio, con la muda soledad de su vida como castigo y con un porvenir incierto.

Si los suyos toman el poder, entonces, ¿qué le queda?, una gran nada.

Jamás será otra vez un esclavo y su vida pasada es eso, pasado, sin poder, riquezas, ni territorios, de nada vale ya la existencia.

Corre hacia el acantilado y se lanza en el denso abismo, el frío de la noche le arropa, la sensación del viento va rozando su piel, no es ni remotamente parecido a lo que ha pensado. Ni siquiera lo siente, solo cierra sus ojos y se deja caer, la muerte le dará el descanso que ya su vida no le permite.

Espera hasta que el impacto le haga olvidar, pero, en cambio, una especie de fuerza le denomina.

Cuando abre los ojos se da cuenta con horror que está en la tierra, pero no es él quien ha sido destruido, sino las rocas y árboles.

Deja una especie de hundimiento, tal como si fuese un meteorito que cae sobre la tierra. Mira a su alrededor y no puede creerlo, pero el ser de luz se lo ha dicho: "ahora serás como estas rocas".

Retumban los truenos con tanta fuerza que el piso vibra, la potencia de la tormenta emula la suya propia, una fuerza incontenible brota de él rompiéndole, desgarrando lo poco que queda de su humanidad. Una especie de miedo primigenio le sobrecoge, un grito de auxilio, pero ya es muy tarde.

- ¡Qué soyyyyyyy!

Una voz responde muy cerca de él, esta vez con la suavidad de un arroyuelo. La sensación de tenerle a su lado resulta diferente, ahora parece más… humano, tal como lo dijo, el mundo no es lo que había pensado.

- Eres una criatura, le dice.
- ¿Qué es eso?, preguntó con temor volteando para observar al ser que finalmente deja ver su verdadera forma.

Esta frente a él y la luz no resulta tan intensa como antes, algo ha pasado o es que ya no posee los mismos ojos.

Es muy alto, de unos 2,50 metros (8 pies aproximadamente), completamente pálido, de intensos ojos violeta y facciones perfectas, ojos grandes, más de lo que cualquier humano pudiera poseer.

No es un hombre, de eso está seguro, le dijo que venía de las estrellas y se siente disminuido.

Lo que este ser le explica es cierto, hasta antes de su encuentro se creyó muy grande, tan solo por poseer unas extensiones de tierra, por gobernar sobre unos cuantos hombres. Ahora ante el señor, no es más que polvo, materia insignificante que, al igual que las rocas, está bajo sus pies.

El señor de luz, Marduk o cualquier otro dios, le mira desde su posición, entero y perfecto, mostrándole la verdadera grandeza, no solo suyo, es lo que ve con sus ojos, sino todo lo que puede dominar alzando la vista al cielo, él sí puede tomar a las estrellas entre sus manos. Mientras él que le mira desde abajo no es más que... no, no, ya no es un hombre, se dice, ya ni siquiera sabe lo que es.

- Entiendes bien, no eres nadie, hasta ahora, no obstante... y se calla, pero en su interior piensa que cuando tenga el verdadero poder se corromperá al igual que lo hizo siendo humano o mucho peor.
- ¿Qué señor?
- Tendrás poder y luego vendrá uno después de ti... cuando decidas irte.
- ¿Irme? ¿A dónde, mi señor?
- A la tierra de Los Grandes, dice con voz enfática, a donde pertenezco y algún día iré también.
- Señor ¿qué me has hecho?
- Te di uno de los mayores dones que puede ser conferido a un humano.
- ¿Qué, mi señor?
- La inmortalidad... el sonido de esa palabra retumba con fuerza, como un trueno más, pero él no entiende qué significaba en su completa magnitud, para alguien que siempre se ha cuidado hasta de su sombra, resulta difícil de comprender un lapso de tiempo tan extenso.
- Señor...
- Nunca morirás, eso significa, y creo que lo has comprobado con creces ahora mismo.

- No, no puede ser, está aterrorizado ante la evidencia, no son solo palabras, en verdad ya no es un humano, porque ningún hombre sobreviviría a algo como eso.
- Es ineludible, tu propia mente humana te lo dice, es imposible para un hombre sobrevivir a una caída como esa.
- ¿Qué quiere de mí?
- Esa es la pregunta correcta, entonces sonríe, solamente en ese instante su rostro puede confundirse con el de un humano.
- Entonces…
- Eres diferente a los otros, puedes ver más allá de lo que te dicen, te cuestionas, quieres pensar, hacer cambios y que otros lo hagan. Eso te hace especial, tu sentido de la vida, la energía, todo te hace especial… te quieren, te queremos.
- ¿Para qué?
- Estás entendiendo criatura, eres parte humano, parte nuestro, una mutación genética, una afortunada causalidad de este y de los otros universos.
- Universo… repite la sonora frase, cuyo significado todavía desconoce, mutación.
- Es difícil explicarlo ahora, mira, le dice señalando el cielo, todo lo que ves, todo eso se llama universo.
- ¿Universo? repite confundido.
- Así es, lo otro no te lo puedo explicar ahora, pero te aseguro que algún día lo entenderás, como lo hicieron los hombres que vivieron más allá de mar.
- Señor, ¿para qué me hizo esto?, ¿para qué me quiere?
- Para eliminar un grave problema.
- ¿Cuál señor?, ¿a qué se refiere?, no le entiendo.
- Queremos eliminar a todos aquellos que son como tú lo eras, le dijo con severidad.

- Señor, pero… me dijo.
- Todo cuanto vemos es destrucción, el hombre matando al hombre, miseria y cólera, odio, muerte, el mal se ha apoderado del mundo, todo es abominación. Consideramos aniquilarlos, pero no nos fue permitido. Aunque lo hubiese querido, no es posible.
- ¿Aniquilarlos?
- No es tu momento de entenderlo, debes esperar a que sea el tiempo adecuado, cualquier cosa que te diga no tendrá un contexto para ti. Te hemos escogido para eliminar la maldad del mundo, para sacar de su camino a los que con su naturaleza corrupta corrompen a los que respetan la energía.
- Entonces, ¿qué quiere decir eso?
- Quiere decir que los matarás, y por instantes sus ojos se enardecen, como si fuego líquido habitara en ellos.
- ¿Matar?, le dice impresionado.
- No será la primera vez que lo hagas, ni la primera ni la última, te necesitamos, tú ayudarás a salvar a los hombres y, por ende, al universo mismo.
- Entonces, ¿esto es por nosotros?
- Por ellos, querrás decir.
- Señor…
- Los matarás, deberás hacerlo, aunque no lo quieras, desde ahora tomarás el dominio de todo, no solo de estos territorios, sino de toda la tierra habitada y luego de toda la tierra sin habitar, así será tu poder.
- Señor…
- Deberás tomar una vida, crearás sirvientes que te acompañen y luego transformarás a otros que gobernarán, aunque no con tanto poder como lo harás tú, pero no dirás nada o acabaré contigo.

Talbov mira a este ser, es todo luz, pero en sí mismo

parece estar hecho de sombras, entonces una frase viene a su mente: "en las sombras hay luz, en la luz hay sombras". En la densa oscuridad de la noche emerge, más allá de donde sus ojos alcanzan ver, pero ahora está atrapado por él, aunque sea rey, sabe que de ahora en adelante la propia naturaleza que esta criatura ha depositado le hará también como un esclavo.

- Cuando te lo diga, entonces será el momento, vendré por ti y harás mis designios.
- Señor… y es todo cuanto puede decir, las sombras se lo han tragado, ahora son las sombras mismas quienes le dan la respuesta con el mudo silencio.

El tiempo pasa y Talbov aprende a vivir con su existencia inmortal, pero ha llegado el tiempo en que una sola criatura natural no basta, Gael es su compañía, pero el señor de las sombras quiere más. Ahora ha tomado el nombre de Amón, señor de los egipcios, es una nueva vida la que ha de cobrarse, pero por supuesto no será el señor quien lo haga.

La espera se hace imperiosa, allí siente cómo la joven Anhotep entra en la recámara para leer el libro del señor Amón con las palabras exactas que conjurarán sobre ella un poder que ni siquiera imagina, y que al igual que él, blasfema en las más miserables de las ignorancias.

Una vez que han sido soltadas al aire, ya no hay remedio, el eco enmudece en la sala que se encuentra en la penumbra de las antorchas, el aire enrarecido no le importa, pues hace mucho tiempo que ya ha dejado de respirar.

Al otro lado del Nilo, Gael le espera para seguir en el camino de la vida y del destino errante que les llevará quién sabe hacia dónde. Pero ahora se abalanza sobre la joven princesa y derrama su ser sobre ella para crear a una nueva criatura, aunque no tan poderosa como él, pero sabe que debe callar, es la condición del señor, es Amón quien le ha convertido, es eso lo que debe pensar, y jamás le dirá la verdad.

Robar la vida de esa manera no es agradable, el matar a los humanos nunca lo es. Pero hay algo en ella que le genera una especie de placer, la sensación de vengarse en un ser semejante, con el poder y la misma condición incrédula que le llevó hasta la muerte.

Sabe que ambos son una combinación de la oscuridad y de la luz, ambos están hechos del mismo material, aunque sean completamente distintos. Le mira desde el piso, se encuentra aterrada.

Ese ser moribundo no le inspira ni la más mínima de las compasiones, después de todo, él ya no es un humano, no es nada, mitad hombre, mitad sombra, mitad vivo y muerto, sale de allí sin siquiera ser visto. El señor Amón ha cumplido sus designios y Memeh se encargará de enviarla al lugar adecuado.

Al igual que él, deberá crear nuevos seres que serán criaturas con sus propios poderes, disputas y necesidades, seres que acabarán con la maldad de los hombres y que llegarán a las postrimerías de un futuro que él mismo no podrá ver con sus ojos. La mirada asustada de Anhotep queda en su mente para siempre, pronto volverán a encontrarse y la reina será entonces su enemiga.

La profecía de Ruther se ha cumplido, ha llegado quien le permitirá finalmente tener un descanso, pero ha tenido que esperar miles de años para ello. No lo entendió en aquel momento, pero ahora sabe que el incauto humano es su salvación, gracias a él finalmente será liberado y el señor de las sombras ha cumplido su promesa.

El joven está completamente asustado, siente su corazón, el delicioso aroma y su pecho exaltado, es una invitación para la muerte, y casi se relame del gusto porque sabe el sabor que posee su sangre. A lo que este hombre le ha dicho solamente sonríe, pobre humano, pobre miserable, no sabe que todo cuanto ha conocido desaparecerá para siempre.

- Así es, mi nombre es Talbov, he sido gobernante de todo lo que ves desde hace milenios, muchos, tantos que ya ni siquiera recuerdo o no quiero hacerlo.

El hombre se le queda mirando, en su mente repite como un conjuro el patronímico de quien ha venido a salvarle de la muerte: Mikhail Nikoláievich Yusúpov.

Así la historia sigue, hasta el final de los tiempos, pero ya eso no le pertenece, él solamente estará allí hasta que los antiguos le lleven y pueda finalmente descansar de esa tormenta que ha estado desatándose por miles de años.

A él le contará su historia, mil veces conocida de cómo llegó a convertirse en el emperador de los inmortales, aún de los que no saben de su existencia, el más poderoso de las criaturas, el más antiguo. Talbov, el rey, Talbov el maldito, el señor de Babilim "La puerta de los dioses", el que una vez fue feliz y quiso alcanzar las estrellas, quien ahora solo tiene miserias.

Las frases se repiten vez tras vez, es el mismo relato absurdo, porque cuando no conoces la inmortalidad, le deseas, pero una vez que sabes lo que es, desearías nunca haberle abierto la puerta. Hay poder en la fragilidad, lo efímero es valioso. Le repite las mismas palabras al joven Mikhael, las mismas que este repetirá a otros.

"Hace milenios no existían las criaturas, por eso el hombre no temía a lo desconocido como lo hace hoy en día, no había sucedido desgracias o maldiciones, pero un hombre decidió burlarse de las fuerzas y entonces quiso reunir a muchas personas para hacerse poderoso, incorporó muchos pueblos a su nuevo reino, los cuales tenían costumbres particulares y sus propias creencias. Este hombre quiso cambiar esas costumbres haciendo que sus nuevos súbditos renegaran de sus dioses, burlándose de ellos y promulgando que el único soberano sobre toda esa gran tierra sería él. Pero, esta blasfemia le saldría cara, de la noche a la mañana se dio cuenta que ya no era el mismo, era como si estuviese muriendo, pero estaba vivo, su piel se tornó pálida como el papel, sus ojos cambiaron de color, su cuerpo se fue transformando..."

Recibe Una Novela Romántica Gratis

Si quieres recibir una novela romántica gratis por nuestra cuenta, visita:

http://www.librosnovelasromanticas.com/gratis

Registra ahí tu correo electrónico y te la enviaremos cuanto antes.

CAPÍTULO II
Señores de la luz

Desde un lugar recóndito de la galaxia llegaron un día sin previo aviso, seres superiores que tenían una misión en su haber. Estaban hechos de la luz de las estrellas, brillaban como ellas en la inmensa oscuridad de la noche, al menos eso dice la leyenda de los habitantes de la antigua Göbekli Tepe en Turquía.

Seres hechos de luz que enseñaron a los hombres todo cuanto era provechoso para ellos, les sacaron de las cavernas y los llevaron a sitios donde pudieran tener una vida mejor, mostrándoles cómo hacer sus construcciones y transformar los cultivos salvajes en alimentos provechosos. Le mostraron la forma de dominar el fuego, también la manera de protegerse de las tormentas y los animales salvajes.

A algunos les llevaron en sus naves hacia ciudades ubicadas en los confines del mar, muchos jamás volvieron. Los viejos habitantes de la zona aún hoy día cuentan sus leyendas. Los seres de luz llevaron a los humanos a un espacio sin tiempo, una burbuja en la misma tierra, mientras otros comentan que fueron llevados más allá de donde los ojos alcanzan, ahí en el negro firmamento de la noche, donde fueron absorbidos volviéndose nada.

Pero algo pasó, lo que era bueno fue usado para lo malo, se levantaron unos contra otros usando lo que se les había enseñado para la destrucción. Dominaron con la violencia, las armas y la ira, la muerte se desató sobre la tierra. Así los señores de la luz debieron destruir lo que con tanto esfuerzo crearon, la profecía del señor Ruther se cumplió.

Los Grandes vieron que el hombre de seguir así, ocasionaría su propia destrucción, acabando con la fuerza más poderosa del universo, la única que no se podía crear otra vez. Debían tomar una decisión difícil, destruir a los hombres o generar un mecanismo para eliminar las energías de las sombras que estos desataron, para lo cual usarían a las sombras mismas. Estos seres tomaron el frágil poder de la vida para su beneficio, sacrificando a otros para sus propósitos vacíos egoístas.

Así decidieron crear a un nuevo ser que controlara a estos hombres primitivos, cuya maldad y dureza sobrepasaba cualquier otra cualidad. Tomaron entonces de entre los humanos a aquellos que estaban destinados a sobrepasar su mortalidad para llegar a ser algo más. Algunos eran ambiciosos y otros poseían la muerte en su corazón.

Estos eran seres que estaban más allá de la vida y la muerte, con poderes especiales, increíble velocidad, fuerza demoledora y, sobre todo, estaban sedientos de sangre. Criaturas de la noche, seres de las sombras, cuya naturaleza era tomar la vida de otros, de aquellos que hacían lo malo ante las leyes del universo.

Pero antes de que esto pasara, las estrellas se expandieron por el universo, mucho antes que los hombres existieran, cuando la tierra estaba formándose, gestándose y la energía primitiva aún se definía en esta parte del universo. La galaxia se formó de una fuerza embrionaria, una energía especial y latente de la cual salieron los Cyn, seres de la luz formados por los átomos de energía de una gran estrella llamada Alcyón.

La energía embrionaria que tejía los hilos de la vida era la única fuente que mantenía todo en su lugar, en equilibrio, de colapsarse el universo, poco a poco comenzaría su destrucción. En cada galaxia, guardianes tomaron el poder del fragmento de energía respectivo, que, como los hilos de una trama, formaban el Telos de la existencia. Estos eran seres eternos que portaban el milagro y la condena de existir por siempre, porque era la única manera de preservar el destino de los otros seres del universo.

Así los Cyn tuvieron el privilegio de ser formados de la propia luz, seres existentes en la energía, la más primitiva, la primigenia. Así, su estrella estaba formada de partículas especiales, las cuales dieron origen a seres frágiles y fuertes que poseían el don de decidir por sí mismos y, por ende, resultaban completamente peligrosos, a estos se les llamó humanos.

Era un don y una condena, porque con cada movimiento y hecho podrían colocar en peligro la existencia de los otros. Así los Cyn decidieron entrar en control de estas variables, pero esto tan solo acarrearía muchas más dificultades. No había respuestas precisas, el hombre resultaba completamente impredecible.

La vida de la tierra resultaba especialmente preciosa por su naturaleza frágil y poderosa. Debía ser controlada al punto de que no generara desestabilización de la energía, y los Cyn comprobarían lo difícil de esta proeza, tendría que transcurrir eones hasta que los humanos pudieran vencer su naturaleza imperfecta y entenderlo.

Aunque fuese incomprensible, a los humanos se les confirió un don especial que ningún otro ser en la galaxia poseía, algo invaluable, tan poderoso que solamente podía estar contenido en un envase frágil, de lo contrario, podría resultar contraproducente. El poder debía compensarse y por eso su existencia sobre el universo era efímera, resultaba un grave peligro la eternidad en seres poderosos, ya había sucedido antes, en el primer ciclo de la vida, cuando el universo todavía era joven.

Los Cyn se dieron cuenta que estos seres poseían el potencial en sí mismos para gobernar la energía, no solo de la galaxia, sino de todo el universo. Era el momento de hacer algo al respecto, el Telos se estaba expandiendo.

Alcyón es una estrella sumamente poderosa, de la cual estos seres extraían su poder, esta les permitía viajar a diferentes lugares de la galaxia para supervisar no solamente a los humanos, sino a otras criaturas. Compararon todas las formas orgánicas que encontraron, pero en ninguna hallaron tanto poder como en los hombres, sin lugar a dudas ellos eran los elegidos.

Pero, no todos estaban de acuerdo con esto, algunos de los señores pensaban que los humanos debían ser eliminados porque acarreaban un riesgo demasiado alto para la existencia en este universo. Pronto las diferencias se desatarían y los humanos se tornarían en una fuente de desestabilización para la energía del universo, así estaba destinado a ser desde un principio.

El resto de los Cyn sintieron que esto traía sobre sus hombros una gran responsabilidad, el proteger a estas frágiles criaturas era necesario, porque el plan del universo no podía cuestionarse, había algo grande que estaba por venir. A pesar de sus poderes, era difícil preverlo, por ningún motivo se debía alterar los designios que el tejido del universo había estipulado.

Los humanos y los Cyn habitaban entre las delicadas tramas de energía, un paso en falso y todo podría colapsarse. Estaban a punto de entrar en un momento decisivo.

Así consultaron con todos los señores de Alcyón, cada uno lo supo, la energía estaba latiendo con fuerza, como nunca lo había hecho anteriormente. Esto solo podía indicar algo: que estos humanos poseían un don poderoso, capaz de dominar las fuerzas del universo y era necesario hacer algo al respecto.

Viajaron al centro de la estrella donde tomaron la energía necesaria para emprender el largo viaje desde las Pléyades hasta On, la estrella que mucho tiempo después se conocería como Sol. El grupo supervisaría a los hombres. Además, les enseñarían el poder de la energía y sus consecuencias, también a sobrevivir como seres pensantes y propagar su simiente, de forma tal que los factores adversos no terminaran con su existencia.

Ruther-Oh-Rodem (○ ⟪¤⟫), en su idioma original, comandaba una de las naves, era uno de los pocos que no creía en el poder de los humanos, pensaba que eran cuerpos frágiles en mentes aún más frágiles.

Todo esto podía resultar una combinación peligrosa, estaba seguro de que estos humanos terminarían desestabilizando las fuerzas y que tarde o temprano tendrían que destruirles. Alguien que estuviese consciente de su propia pequeñez siempre trataría de alargar su existencia, aunque fuese de una manera simbólica o de otra peor.

Un ser frágil siempre querría más, y si se les daba poder, entonces luego sentirían que eran fuertes, comenzarían a oprimir a sus iguales, eso creía Ruther. Era una acción muy peligrosa la que los Cyn querían llevar a cabo.

Pero no estaba de su parte decidir, aunque pensaba que lo más prudente era eliminar a los humanos. No le preocupaba la energía, pues tarde o temprano el mismo universo crearía a otros seres mucho más sostenibles que mantendrían los hilos de la vida, ya que la naturaleza siempre encontraba el camino adecuado para abrirse paso. No sería esta la primera vez que el universo se expandiera, ni tampoco la última.

Ruther no confiaba en los humanos, quería mantenerlos en observación, eran peligrosos, seres inestables a los cuales no se les podía otorgar poder más allá del conocimiento necesario. Los grupos viajaron a través de la galaxia, la sensación general era de expectativa, pero él no sentía lo mismo.

Solamente este ser se mantenía al margen del entendimiento general. Desde el espacio el planeta lucía hermoso, su belleza era tan igual como ver el nacimiento de Alcyón desde el planeta Berar, este lugar era muy diferente al resto de la galaxia conocida, en ese sentido, las vidas que contenía eran especiales. Así lo creía Arem, cuyos poderes le permitían ver más allá del tiempo y por esa razón tenía la certeza de que estaban en lo correcto.

Las naves aterrizaron de forma silenciosa, los Cyn admiraron por primera vez un planeta de la zona D, el cielo era tan intenso, hermoso y la luz muy suave, eso permitía el crecimiento de formaciones vegetales de todo tipo, las cuales habitaban profusamente en ese globo de vida. Nunca observaron nada igual, la riqueza del lugar resultaba abrumadora.

Durante un largo periodo de tiempo exploraron las

diferentes zonas del planeta. Examinaron los organismos vegetales, las formaciones geológicas y supervisaron los entornos. El hombre era un ser primitivo, mucho más de lo que había pensado, se agrupaban como los animales en clanes diversos e interactuaban de manera rudimentaria, no poseían conocimientos técnicos de ningún tipo y solamente se dejaban guiar por sus instintos.

Les observaban, pero a su vez los humanos también les miraban a ellos. Se percataron de su presencia y con temor se preguntaban quiénes eran estos seres que llegaron quién sabe de dónde. Parecían dioses, tenían que serlo, de otra forma no podía explicarse que dominaran sobre el cielo, que navegaran en el dios cielo y en la diosa agua.

Los Cyn esperaban el momento correcto para realizar un acercamiento. Cuando se encontraron, entonces ocurrió la trasformación. Les enseñaron lo que debían saber, solamente que el hombre no tendría suficiente, siempre querría más de lo que poseía, mucho más.

A diferencia de los humanos modernos, los hombres antiguos conocían los poderes de los dioses, así también las cualidades que estos les confirieron. Registraron sus vivencias de manera tal que nunca se olvidara, el hombre había volado por los aires, por encima y debajo del agua, tal cual como los Cyn les enseñaron, esto era innegable.

Muchos añoraron su regreso, generación tras generación se hablaba de los seres de luz, los dioses que vinieron más allá de las estrellas para contar la verdad y enseñarles una vida nueva. Dándoles la dignidad de los seres humanos, permitiéndoles dominar su entorno, el miedo no era más que el producto de su propia ignorancia, porque la naturaleza estaba allí y ellos sabían cómo controlarla.

Hace muchos milenios las naves surcaban el cielo y los hombres sabían que sus benefactores les enseñaron el poder de la materia y de cómo transformarla en energía pura, explosiva, peligrosa. Los jefes expandieron sus dominios, viajaron a lugares remotos y fundaron ciudades más allá de "Los pilares de Hércules".

Grandes avances tecnológicos hacían pensar como una fantasía que tan solo unos siglos atrás los seres humanos tuviesen miedo a la noche y el frío, a las tormentas y los rayos. Pero lo cierto es que Ruther había tenido aprehensiones fundadas, porque este poder, que ahora los débiles humanos ostentaban, era precisamente el que les estaba haciendo perder el control sobre sí mismos, llevándoles a través de un espiral de perversión.

Manejaron las fuerzas sin ningún respeto y pronto el hombre, tal cual como Ruther lo había previsto, comenzó a depravarse. Cuando los señores de la luz volvieron para controlar el problema, crearon a las criaturas a partir de un solo humano, el cual debería controlar a estos seres primitivos que una vez no fueron más que unos pequeños y frágiles animales asustados, pero que ahora se revelaban contra sus propios creadores.

En este sentido, muchos debieron ser replegados, muertos, por lo tanto, los antiguos decidieron que un exceso de poder era demasiado, no estaban preparados. Así las poderosas ciudades que construyeron los hombres fueron eliminadas de la faz de la tierra, ocultas para que ningún otro pudiera conocer el poder que alguna vez tuvieron.

Todo se dio por mentira, no fue más que una leyenda. La cual todavía muchos hombres tratan de desentrañar de forma inútil. Göbekli Tepe, la Atlántida, el laberinto macedonio, los oopart, entre muchas otras cosas que no poseen explicación científica.

La historia lo ha dicho, la ciencia lo corrobora, los humanos no tienen más de 6 mil años sobre la tierra, los seres humanos no volaban y no podían surcar los mares en esas remotas épocas. Hace seis mil años el ser humano no sabía nada y, sin embargo, las piedras hablan, gritan todos los días en cada grabado lítico, en cada dibujo y fósil.

Los Cyn debieron borrar estos conocimientos en la memoria de los hombres. Había que limitarlos para que no terminaran consigo mismos. Ahora las criaturas estaban allí y los mantendrían en el lugar adecuado.

Ruther tal vez tenía razón, quizás la única manera de controlar a los humanos era dejándoles destruirse a sí mismos, pero también había otra alternativa, una tercera vía que este no había contemplado.

¿Quién sería la esperanza para los humanos sobre la tierra?, ¿quién salvaría a las razas vampíricas y por supuesto quién podría manejar esa energía que los Cyn custodiaban con recelo?

Una energía que creaba y mataba sin ser controlada, una fuerza poderosa capaz de salvarle de su condición, se llamaba (◀╫◉╤ᴸᴸ), por su nombre en el idioma original de Cyn. Seis criaturas le conocerían, seis criaturas salvarían al hombre.

CAPÍTULO III
La reina del Nilo

Son dos bailarinas cuyos cuerpos parecen moverse al compás de una flauta, sus senos menudos y desnudos se notan erectos y firmes. Su piel delicadamente rosácea es suave y hermosa. Las danzarinas marcan el compás silente, mientras sus cuerpos gráciles describen los movimientos, sus rostros son completamente hieráticos.

Estira su mano y las toca, el perfecto relieve está trabajado con maestría y cada detalle posee tal perfección que el sacerdote no puede, sino emitir un suspiro. Debe ser maravilloso tener el poder de transformar la piedra, de tomar aquello informe y darle un sentido en el espacio, piensa. Pero él posee otros poderes profundos y al mismo tiempo condenatorios, los cuales le atormentan insistentemente.

Memeh, uno de los sacerdotes del templo del señor Amón, sigue mirando como hipnotizado el muro, hasta que nota que la antorcha se está consumiendo. Tiene miedo, su señor le ha pedido un sacrificio y no uno cualquiera, quiere nada más y nada menos que a la hija del Faraón, el amo de Egipto, el señor de todo lo que se ve. Ha sido la elegida, los grandes lo han querido así.

¿Quién es él para cuestionar esos designios?, nadie por supuesto.

Ha visto al señor con sus propios ojos, sabe que es un ser de miedo, aún materializado en forma humana, entiende que domina las sombras y al mismo tiempo las equilibra. Su nombre ha cambiado con el tiempo, con cada cultura, Marduk para algunos, Motu para otros.

Amón se hace llamar ahora, el señor de la muerte, el dueño de las sombras, que también se presenta como Amón-Ra, la dualidad entre la luz del sol y la oscuridad de la noche, muerte y vida como parte de un todo.

La primera vez que le vio no daba crédito, ¿quién era él para que el gran dios le hablase?, ni siquiera Asim, el sacerdote principal del templo podría decir que el señor le hubiese dirigido la palabra directamente. ¿Cómo era que resultaba merecedor de tan grande privilegio? Pero, efectivamente, allí estaba, pidiéndole que le sirviera en esta vida, y él por supuesto no podía negarse a los requerimientos del gran señor de la muerte.

Ahora su corazón late con fuerza, mientras sostiene la casi extinta antorcha en su mano. El pórtico parece una sentencia, su rectangular forma lleva a un laberinto oscuro, a la nada de la cual no hay salida. Allí la piedra señala las generaciones hasta el señor Teti. Del otro lado, los gobernantes, los señores que reinaron sobre las tierras de Egipto antes de que los hombres ocupan su sitial, los nombres impronunciables aparecen claramente como testimonio que Egipto alguna vez fue gobernado por los dioses, seres brillantes, tanto como antorchas refulgentes en la oscuridad.

Le sobrecoge la profundidad del tiempo y la pequeñez de su propia humanidad. Las piedras saben hablar y sonríe porque le parece hermosa la frase que se le ha ocurrido. El señor ha hablado, ¿quién se atreve a cuestionar al gran Amón?

Ante la llama los dibujos parecen tomar vida y se

oscurecen sus líneas, los altorrelieves se llenan de belleza, las doncellas bailarinas han tomado movimiento. Memeh se maravilla ante el hallazgo, parece un niño jugando con el fuego y se dice que la llama es vida, siempre ha sido así desde que el hombre es hombre.

Ahora desde la oscuridad el señor Amón le observa, él no puede verlo, pero sabe que está allí, siente su imponente presencia. Antes que hable con su sentencia tiembla, no puede negarse, simplemente es su voluntad y esta debe cumplirse.

- Señor, ¿cómo tomaré la vida de la princesa?, es un gran pecado contra el rey de Egipto y la dinastía. Es una condena, estaré perdido en el más allá.
- Memeh, siempre has sido un buen siervo, ahora es el momento de demostrar más que nunca tu fidelidad. Ahora no lo entiendes, pero tal vez algún día, cuando estés con los tuyos, entonces podrás comprenderlo.
- ¿Qué haré señor?, ¿qué será de mí por tan grande falta contra el Faraón?, si me descubren podrían cortarme la cabeza.
- Memeh, ruge la voz profunda y cavernosa, sacerdote del templo de Amón, te ha sido concedido un gran don, el hablar con el señor de todo Egipto, lo cual no le es permitido a los hombres. Pero tú tienes el privilegio de hacerlo, ahora no entiendes lo que hacemos y puede que nunca lo hagas, tu mortalidad te limita en el tiempo y en el espacio. Pero lo que sí puedes entender es que el ser humano es corrupto, en todos hay perversión. La princesa ha sido evaluada y Maat ha pesado su corazón, el cual está lleno de ambiciones. Por lo tanto, es un sacrificio digno, su destino ha sido determinado, su mente y sus pensamientos trascienden este tiempo y momento, deberá

ser tomada para cosas más grandes. Su destino se proyecta en el remoto tiempo, es ella quien debe dar lugar a los demás que han de venir.

- Mi señor, ¿cómo lo haré?

El señor Amón entonces toma arena y la lanza sobre la piedra de la esfinge, esta inmediatamente se torna como vidrio y luego como fuego líquido, en el cual se comienza a vislumbrar una escena. Una mujer leyendo el libro de los muertos, recitando los cánticos prohibidos en el egipcio antiguo, el idioma que usaban cuando los señores de las estrellas gobernaban en el alto y el bajo Egipto.

Era el idioma de los dioses, en esa época cuando las lluvias besaban la tierra y todo era árboles y sabanas, en ese período remoto en que la esfinge era la leona, y no tenía la cabeza del señor Jufu sobre sus hombros. En ese tiempo cuando Motu era el señor de todo el territorio, mucho antes cuando los señores vivían entre los hombres como seres reales que brillaban como el sol, y no eran estatuas de piedra.

- ¿Qué significa eso?
- Significa el futuro, lo que hará tu señora si no cambia el curso de sus acciones, lo cual es bastante probable por su forma de comportarse, he escuchado todo lo que ha dicho de mí, francamente es una criatura bastante atrevida, será una buena adquisición para nosotros.
- Entonces… ¿cuál es mi misión señor?
- ¿Tu misión?, como si en realidad pudieras hacer algo, solamente le dirás que no lea el libro de la muerte, eso es todo, no necesitas más nada.
- Es decir…
- Lo prohibido Memeh, lo que es prohibido resulta atractivo para los humanos, como, por ejemplo, este joven

Abubacar, lo que el hombre no puede tener es lo que más codicia. Pero ya basta de tonterías, es hora de que cumplas con lo que te he encomendado, no quiero retrasos, el tiempo tiene sus designios y no podemos hacer nada al respecto.

- Entiendo señor.
- Cumple con tu misión Memeh, luego la sacarás de aquí, ella debe llevar el poder a muchos lados, con el correr del tiempo se volverá muy poderosa y otra más poderosa que ella vendrá luego… pero eso no te compete, solo haz lo que te digo.
- ¿Mi señor?
- El día se acerca Memeh, debo irme.
- Señor ¿huye de la luz? Ya Ra se acerca, mire, está saliendo del mundo de las sombras, ha renacido nuevamente.
- Estoy hecho de sombras Memeh, pero en las sombras también hay luz, y le mira con un gesto que el sacerdote no logra descifrar.

Entonces, el señor desaparece dejando al fiel sacerdote con la angustia en todo su cuerpo y el terror en cada parte de su ser. La luz comienza a ascender sobre la meseta de Gizah, aportando a las dunas un tono dorado, es un dibujo tridimensional que se extiende hasta donde la vista alcanza. Allí las antiguas pirámides se levantan como una premonición, este es el destino de los hombres, destruir o ser destruidos.

El señor Amón no parece amenazante, podría describirse como un extraño y alto hombre de barba y cabello con el color del sol. Es de un porte fino y de delicadas facciones, hay una profunda contradicción entre la belleza de su semblante y la fuerza cruel de esa mirada de un intenso tono violeta.

Su piel además es extremadamente pálida, como si llevara efectivamente la muerte en todo su ser. Sus ojos son muy claros, parecen estar llenos del horizonte, se asemejan a ese firmamento vespertino, cuando ya el sol se está ocultando, como el ópalo negro que trajeron de regalo y colocaron en el templo del mismo señor. Así se dice Memeh, tratando de traducir a palabras las complicadas sensaciones que el extraño ser le produce.

Camina lentamente hasta llegar a su caballo, pensando que si su señor Teti supiera lo que hará mandaría a rodar su cabeza sin pensarlo. Lo aceptaría con gusto porque podría justificar ante Maat la muerte ejecutada por parte de su soberano y no la traición que está a punto de cometer.

El lento andar compagina con ese estado de ánimo, siente el gran peso sobre sus hombros. Le antecede la deshonra que él mismo se ha buscado, aunque sabe que no es culpable, solo obedece órdenes. Pero cree que esas malas acciones podrían llevarle a la destrucción eterna, se imagina siendo devorado por Ammyt. ¿Qué le dirá a Osiris?, ¿simplemente que fue el señor Amón quien le obligó a cometer esa traición? Sospecha que eso no será suficiente y su alma se perderá para siempre en el mundo de los muertos.

Solo soy un humano y nada más, se dice, un triste mortal cuya vida tal vez pronto acabe. La traición, la traición es la frase que viene a su mente una y otra vez a medida que cabalga hacia el palacio del señor Teti, donde tiene muchos compromisos por cumplir. Pero de su mente no se aleja el inminente desastre que amenaza con tragárselo entero al igual que lo haría sin misericordia la mítica bestia del inframundo.

- Memeh, siervo de Amón, Memeh, Memeh, voltea y mira

distraídamente, y allí está Mefir sonriente con sus enseres recién traídos de las montañas y de las zonas orientales, un compendio de exquisiteces que van directamente a los depósitos del templo, y algunas veces a los de alguno que otro sacerdote. Son maderas perfumadas de sándalo, resina de oud, mirras de la mejor calidad y aceites supremamente valiosos, tanto como el oro mismo.

- Mefir… y vuelve a los asuntos terrenales, a las obligaciones propias de un encargado del templo. Veo que vienes cargado, le dice tratando de sonreír, aunque no tiene muchas ganas de hacerlo.
- Y de los mejores productos Memeh, todos dignos de los dioses de Egipto, desde el señor Osiris hasta nuestro oscuro Amón, huela este oud, no podría quejarse el señor de las sombras, pues todo lo que le he traído es de lo mejor.
- ¿De dónde vienes Mefir?
- De oriente, donde están los mejores hangares, no se imagina todo lo que he tenido que pasar para obtenerlo. Dice el sagaz vendedor adelantándose a lo que pueda aducir Memeh acerca de sus onerosos precios.
- Me imagino que toda esa palabrería redundará en el oro que vas a cobrarme.
- ¡Oh no, mi señor!, por supuesto que no, Mefir siempre cobra lo justo por sus productos.
- Mefir, vamos, deja los rebuscamientos conmigo, habla de una buena vez y di cuánto quieres por todo.
- 15 piezas de oro señor.
- ¡Motu!, hasta el señor Horus se escandalizaría con tus precios, creo que desbancarías hasta a la propia señora Sekhmet si pudieras.

Revisa los productos y nota su preciosa y magnífica calidad, el buen Mefir ha cumplido nuevamente. Este momento le hace olvidar que no es más que un traidor, y en ese instante siente una intensa punzada, no puede desobedecer las órdenes de su señor Amón, aunque estas le vayan a pesar por toda la eternidad, ¿quién es él para discutir con el dios?, un pobre humano, un ser cuya permanencia en la tierra no es más que el designio de estos mismos dioses que mandan de forma cruel y directa sobre su destino y existencia.

- Y bien, puedes ver mi señor Memeh la magnífica calidad, le dice apurándole para que le dé el dinero.
- Hablas con verdad Mefir, todo es excelente, dile a tus siervos que lleven todo dentro del templo, me has complacido. Toma, le dice extendiendo las 15 piezas de oro prometidas, aquí están, este es un valor considerable por todo lo que me has traído este día.
- Me gusta mantener contentos a los dioses, dice el ladino vendedor sonriendo.
- Ojalá fuese así de fácil… murmura Memeh.

Mefir sonríe con su boca desdentada, muerde el oro más por costumbre que otra cosa, pues este procede directamente de las arcas del Señor del Nilo. Mete las piezas de oro en una vejiga que lleva dentro de su manto y se va contento con el dinero que acaba de ganar.

- Mi señor… y se inclina, que el favor del señor Osiris esté sobre su cabeza.
- Así sea Mefir, espero que así sea.

Ahora se dirige hacia el interior del palacio, es hora de cumplir con una de sus más importantes obligaciones, educar a la princesa Anhotep acerca de los rituales que debe llevar a cabo como futura sacerdotisa de Amón. Está afuera en el patio central, pues está prohibido para todos los hombres, incluso los sacerdotes, entrar en el ala de las mujeres.

Enseguida la princesa sale de sus aposentos, lleva una capa en color blanco que no deja ver su rostro, pero sí permite adivinar su belleza y distinción, es una columna grácil, de perfectas formas. Camina erguida y con la seguridad de quien tiene el mundo bajo sus pies. Es arrogante y seguramente lleva muchos pensamientos de autosuficiencia en esa cabeza, tal cual como lo ha dicho el señor Amón, la pobre princesa no tiene idea de contra quien se enfrentará.

Lo más probable es que sea escogida como La Gran Esposa Real, ese sería su destino, pero allí está Memeh como un escollo en el camino, el primero de muchos que se atravesarán en su vida. La princesa pasa a su lado y esta asiente haciéndole una señal para que la siga.

Así lo hace, la sigue hasta el templo y allí comienza la lección del día. La princesa está distraída y parece hacer caso omiso a las instrucciones que el compungido sacerdote le dice.

- Princesa, ¿me está oyendo?
- Por supuesto, Memeh.
- Creo que está muy distraída pensando tal vez en... Abubacar.

Ella le mira molesta, no quiere que nadie se entere de sus debilidades, como le llama. Después de todo, la princesa de Egipto no se puede mostrar interesada por nadie en particular.

- Por supuesto que no, una princesa como yo no piensa en esas cosas, tengo otras ideas en mente.
- Es un buen partido, un soldado e hijo del embajador y general más importante del Faraón.

\- No pienso en eso, y sus ojos adoptan un matiz extraño e, incluso, un tanto siniestro, Memeh siente una especie de premonición.

La mira y sabe en lo que está pensando, el señor tiene razón, ella ambiciona lo que no debe tener y esa es la peor de las maldiciones. Un humano que quiere el poder de la muerte no puede terminar de una buena manera.

\- Mi señora, entonces ¿en qué piensa?
\- En el señor Amón.
\- ¿Por qué?
\- Porque no entiendo muchas cosas.
\- A los dioses no se les entiende, es imposible, simplemente se aceptan sus designios.
\- Amón, no sé, tengo la impresión que descuida a su pueblo, estos dioses no son muy sensibles respecto a las necesidades de su gente, dice con una sonrisa llena de sarcasmo, es evidente que ha perdido su fe por los señores de Egipto.
\- ¡Sacrilegio! No repita eso princesa, no vuelva a hacerlo. No se meta en problemas, ¡juro por todos los dioses que hará arder fuego sobre su cabeza como los antiguos!
\- Sabes, tengo una seria tendencia a pensar que los antiguos colocaron nombres a fuerzas que no podían controlar, pero que en realidad no eran más que cosas, materias que siguen sus propias leyes, por sí mismas están allí, pero eso no quiere decir que dependen de algo más.
\- ¡Calle! ¡Por Ra, calle!, que traerá una gran maldición sobre su cabeza y la de su padre, ¡sobre todo Egipto! Ha estado hablando demasiado con esos astrólogos del oriente que han visitado a su padre, ¿hasta cuándo seguirá comportándose de esa forma tan poco propia para una

princesa?, ¿no lo entiende? Usted misma cava su tumba, sería mejor si su padre la enterrara viva en una de las grandes pirámides antes que uno de estos dioses lanzara sobre usted y su familia una maldición.

- Jajajajajaja. ¡Qué exagerado! Todo para ti es una maldición, siempre con esos aspavientos, si escucharas cómo estos hombres sabios hablan, entonces sí que te escandalizarías, dicen que esas creencias no son más que droga para el pueblo, para hallar una forma de controlarlos, que la verdad está arriba y no aquí debajo, en las cosas materiales.
- ¡Calle, por Ra, se lo pido!
- Oh… pobre Memeh, le temes incluso a tu propia sombra.
- Todo para usted es un juego, un día de estos podría arrepentirse de sus palabras, ni Osiris lo quiera y entonces llorará lágrimas literalmente de sangre.
- Le tienes miedo a todo, para ustedes una nube es un dios, una gota de agua del Nilo también, todo, de seguro ves a Amón Ra en tus sueños y a donde quiera que vayas.
- Princesa, le ruego que no sigamos con esta conversación, no tire maldiciones sobre su cabeza.

Memeh no podía entender cómo una persona podía ser tan blasfema como la princesa Anhotep, casi pensaba que se merecía su destino. Pero, le había enseñado desde pequeña, y por eso, únicamente por esa razón, le tenía cariño, pero francamente sus maneras ya rayaban en lo obsceno.

- Entonces ¿es así como debo tomar el ánfora? Le dijo imitando la manera delicada como el propio Memeh lo hacía, con una especie de profunda reverencia que era obvio ella no poseía.
- Así, pero no importa la manera que la tome si su corazón deshonra a Amón, será lo mismo que si profanara el

templo, con esas maneras no puede ser sacerdotisa de nuestro señor, sería mejor que se le lanzara al Nilo con una piedra atada en sus piernas.

- No te escuche el Faraón.
- Que no la escuche a usted mi señora, porque entonces creo que él mismo ejecutaría la orden. No, así no puede ser la sacerdotisa, ¡ese irrespeto es indigno de este templo! dice casi molesto.
- Ya verás que sí y no pasará absolutamente nada, porque no hay nadie a quien ofender.
- Princesa Anhotep, no siga hablando.
- Como quieras, pero en el fondo sabes que tengo la razón, el mismo Asim jamás ha visto nada, todo eso son imaginaciones populares.

A Memeh le dolía ver cómo la princesa Anhotep daba los pasos hacia su propia destrucción. Estaba allí día tras día escuchándola expresarse de esa forma blasfema contra el señor. Cada palabra, frase y actitud la orillaban más, su sentencia de muerte estaba dictada, su señor se lo dijo claramente.

La parecía que vez tras vez tenían las mismas conversaciones, ella repetía displicentemente las palabras que le condenaban. Pues él mismo sabía que el señor le estaba escuchando atento y que ya le había señalado con su dedo acusador.

- Princesa, ¿ha oído todo lo que he explicado?

Memeh estaba preocupado, ya se acercaba el festival y la princesa seguía mostrándose tan indiferente como siempre, no mejoraba. Estaba angustiado sabiendo que pronto debería seguir con la orden que el señor le había dado, y que no sabía en qué forma exactamente este cumpliría su trágica palabra.

- Eh… sí señor, le dice, pero evidentemente que no había entendido casi nada, su mente divagaba en otras cosas, en sus ansias de poder, en la corona que quería sobre su cabeza y cómo su padre le había dicho que si fuese hombre gobernaría sobre todo Egipto, que sería el mejor Faraón de la historia, porque tenía el mismo carácter del gran Jufu y la habilidad de Pepi. La corona Shuti no era suficiente, ella quería mucho más, pues pensaba que no se necesitaba ser un hombre para serlo realmente.
- Recuerde que cada paso es muy importante, los rituales del dios deben hacerse con mucho cuidado, no se puede omitir ningún paso, eso es sumamente importante.
- Entiendo, contesta casi con aburrimiento.
- Su padre me pedirá cuentas de su educación, por mi dios que, si no lo hace bien, el gran faraón podría cortarme la cabeza.
- ¡Eres muy exagerado sacerdote!
- Su padre es un dios celoso mi señora y le gusta que todo se haga como debe ser, de lo contrario… bueno, usted lo conoce muy bien.
- Sí, es un hombre voluntarioso el faraón de Egipto, le dice sonriendo.
- Cuando los dioses gobernaron sobre Egipto, nos dieron el poder y ordenaron que respetásemos las creencias y siguiéramos las costumbres, por eso los sabios del Gran Egipto seguimos las tradiciones con gran celo mi Señora, debemos cumplir con esto a cabalidad. No se pueden violentar las normas del señor Amón.
- Entiendo Memeh, pero, ¿nunca has pensado si realmente nuestros dioses tienen el poder que le atribuimos? O si tan siquiera les importamos.
- ¡Sacrilegio! No se atreva a pronunciar esas palabras

dentro del templo del gran Amón, mi Señora, no desee nunca conocer al gran dios de Egipto.

Memeh tiene miedo, cree que en cualquier momento alguna especie de rayo o fuerza será lanzada sobre la princesa, cuya habla irreflexiva, está seguro, terminarán por destruirle. La mira a la cara tratando de analizarla y se nota que está completamente convencida de lo que dice, hay seres que están destinados a la destrucción, exclama para sí mismo con temor.

- Le temes mucho Memeh, y sonríe con sarcasmo, ya se lo ha dicho antes, pero ahora su gesto es mucho más descarado que antes, si no fuese la princesa de Egipto, le cruzaría la cara por hablar con esa suficiencia de algo que ni siquiera sabe.
- Sí, le temo mucho, y usted también debería hacerlo, si no quiere lanzar sobre su cabeza una terrible maldición que destruya toda su vida.
- Memeh… todo para ti es una maldición, le contesta riendo, pero él sabe la verdad, ha visto al señor Amón con sus propios ojos y, aunque parece un hermoso joven, sabe que en su ser guarda el terrible poder de la muerte, y que solamente está esperando el momento justo para usarlo sin misericordia.
- ¿Cómo pretende ser la sacerdotisa de Amón si no cree en sus poderes?
- Nunca pretendí serlo, son órdenes de mi padre, ese cargo me corresponde como hija del faraón, soy la embajadora de mi padre, su imagen en los festivales, es mi deber tomar el sacerdocio del gran dios.
- Esto no es bueno mi señora, nunca más vuelva a pronunciar esas palabras. Nunca más vuelva a dudar del Gran Señor.

Se queda callada mientras Memeh hace abluciones, ese es el ritual y debe respetarse cada paso, todo es importante, así como en el universo, cada cosa y movimiento determinada a miles más. No puedes obviar uno solo o el mundo entrará en caos. ¿Qué sería del hombre sin la luna, sin las estrellas y peor aún sin el poderoso sol Ra?

- Señor... le dice luego de un buen rato en silencio, y tal parece que la princesa Anhotep no puede quedarse nunca callada.
- No me interrumpa princesa, debemos recitar estas palabras, es menester hacerlo de la forma debida.
- Pero Memeh, esto es... quiero ver los libros sagrados, conocer más... dice de pronto, y Memeh siente que ya eso es demasiado, que ha entrado en un grado de blasfemia inconcebible, pero ya Amón se lo ha dicho, y sabe perfectamente lo que él tiene que hacer.
- No se meta con lo que no sabe, le dice Memeh con un tono de voz misterioso.
- Soy una princesa, mi padre es un dios, puedo conocer el secreto, puedo hacerlo, le dice con soberbia al sacerdote.
- Hay consecuencias, es mejor que se aleje de lo oscuro Anhotep, le dice en forma amonestadora el sacerdote, para quien la arrogancia de Anhotep resulta repulsiva.
- Señor, sabe que siempre me he sentido atraída por el Ka y los poderes del más allá, sin embargo, siento que los dioses no se preocupan por nosotros, ¿cuántas muertes han traído las pestes a nuestro pueblo?, y mi madre...

Memeh se da cuenta que ese es el verdadero punto de su discurso, la muerte de la Reina Sais. Por eso su aversión a los dioses de Egipto, el dolor en su corazón es el que habla, y eso de alguna manera le hace sentir mucho mejor. No es una blasfema, solo es una joven herida y sola.

- Princesa, es hora de irnos, le interrumpió... le ruego me acompañe, es mejor que nos vayamos, y le pido no siga cuestionando al gran señor, puede meterse en serios problemas, se lo ruego, será reprobada y eso es lo último que queremos le suceda.
- Está bien señor, le dice, pero en su cabeza ya la idea de leer el libro se convierte prácticamente en una obsesión.

Han pasado los días y el festival está cerca, la luna pronto se alzará sobre el cielo e iluminará el Nilo, haciéndolo lucir como si estuviese hecho de la más fina y maravillosa plata. Allí será el momento en que ocurra la conjunción, se recordará entonces la primera vez que el señor se dejó ver por los antiguos pobladores de las dinastías.

Esa noche el señor Amón visita a Memeh, es la hora de cumplir con su destino y el sacerdote no tiene ninguna alternativa ante los deseos del gran señor de Egipto. Su poder es tan grande que hasta el mismo faraón palidece ante este ser.

- Es el tiempo, le dice con dureza, y su rostro rubio como el sol se torna incluso oscuro.
- ¿Cuándo?
- El primer día de la luna llena, cuando entren al sagrado recinto, ella querrá leer el libro, le dirás que no lo haga, pero ella no te obedecerá, entonces por sus propios pasos lanzará la maldición y es allí cuando la tomaré para mí.
- ¡Sacrilegio!, ¡el canto de los muertos!, ¡no puede ser!, exclama horrorizado Memeh, ¿quién se atrevería a leer eso?
- No, algo peor, ese día nacerá la segunda criatura natural, la criatura de la noche, el mundo clama por justicia y un solo clan no basta, es hora de crear a uno nuevo, pero el

señor parece hablar consigo mismo, no con Memeh y este se queda mirándolo sin entender lo que dice.

- Mi señor…
- Debes ayudarla a escapar, luego de que la transformación esté lista, ya no podrá seguir aquí, es peligroso para todos, además, su destino está fuera de Egipto, el mundo es un lugar muy grande Memeh, mucho más grande que todo esto.
- ¿Qué pasará entonces señor?
- Tú solo has lo que te corresponde, lo demás no tiene nada que ver contigo.

Efectivamente, el señor Tetis había informado a Asim, sacerdote principal de Amón Ra, que su hija La Gran Princesa Anhotep sería sacerdotisa del señor Amón, además de La Gran Esposa Real de todo Egipto, la principal reina, el más grande honor al que cualquier mujer podría aspirar, pues sería como representar a la madre Isis sobre la tierra. De esta manera, se encargaría de dirigir los festivales del gran dios, a ese mismo dios del cual blasfemaba continuamente.

Esa noche no puede dormir, ve el rostro desencajado de la princesa, le atormenta la culpa, todo lo que padezca será en parte ocasionado por él. Sueña con la cara del dios riendo con su apariencia rubia como el sol, alto y fuerte, macabro, de una manera perfecta y alucinante.

- Perdóneme señor… dice cayendo de rodillas al piso, temblando como una hoja de papiro azotado por el viento, era una especie de ruego al vacío, implora el poder del faraón por lo que tendrá que hacer, pero eso no sirve de nada, su condena ya está dictaminada, al igual que la del resto de los hombres sobre la faz de la tierra.

Ahora contempla a la señora y sabe exactamente que le

queda poco tiempo, su mirada dice que ha tomado una resolución, leerá el libro de Amón. Se encuentra a un paso de su propia destrucción, sin saberlo ha escrito su sentencia de muerte. Esta es una muerte sin pasado, donde la no existencia es tan larga que te hace desear jamás haberle conocido.

- Bien Señora, hoy repasaremos los últimos rituales para las festividades, le dice tratando de parecer animado.
- El Señor Teti desea que las festividades de Amón sean las más grandes que se hayan conocido en toda la historia de Egipto desde que el señor Motu dejó su lugar al señor Amón.
- Así será mi Señora, se hará todo como usted lo diga, pero a Memeh le extraña esa repentina animación, algo debe haber sucedido porque el rostro de la joven ha mudado de repente y se ve diferente.
- Quiero miles de flores Memeh, muchas, como no se hayan visto en todo Egipto en ningún festival conocido.
- Así se hará, se traerán de todos lados para el gusto y deleite de mi Señora y de nuestro gran señor Amón.

Entonces, de pronto la joven lanza una palabra inesperada.

- Memeh, quiero ver el libro, y se le queda mirando de manera dura.
- ¿Cuál libro mi señora? Memeh trata de colocar una última frontera entre ella y su propia destrucción, pero en el fondo sabe que eso es imposible.
- El libro de Amón, dice decidida.
- No mi Señora, no puede ver el libro, sabe que no tiene acceso a él.
- ¿Por qué?

- Solamente lo puede ver nuestro Faraón y el Gran Sacerdote del Templo, el señor Asim.
- Soy la hija del Faraón, sacerdotisa de Amón y…
- Señora… es inútil, este es el destino y no hay nadie que pueda interponerse en él.

Ella será la Gran Esposa Real y a Memeh no le queda más remedio que obedecerle, en su interior se debaten dos fuerzas, esa que le impulsa a obedecer a su señor y aquella que le incita a salvar a la joven princesa de su infortunio. Pero la princesa es llevada como por una fuerza incontrolable, sigue empeñada en lanzarse contra el abismo y no hay nada que el sacerdote pueda hacer.

Entonces entra en el sagrado recinto y las puertas se cierran tras ella, ya no hay más nada que hacer, la suerte está en su contra y también a favor del dios de la muerte. Esperaron por horas hasta que se hizo evidente, algo malo estaba pasando. Luego de un tiempo prudencial, el sacerdote Memeh da la orden para que sean abiertas las puertas.

Pero está seguro que lo peor ha pasado, la propia princesa se lo ha buscado con su comportamiento irreverente. Cuando abren las puertas, está tirada en el piso con un gesto de terror en su cara, mirando hacia el cielo, implorante.

El señor Amón ha cumplido su objetivo, la señora Anhotep está comenzado su camino hacia el otro lado, únicamente ella sabe lo que pasó en ese lugar, porque Memeh solo puede imaginarlo. La llevan hasta el palacio, donde pronto se comienza a propagar el rumor "algo malo le ha sucedido a la princesa", "en el recinto sagrado algo sucedió".

Memeh está a la expectativa de lo que ocurrirá, pronto se hace evidente, algo muy malo ocurre con la princesa. Los médicos reales entran y salen de los recintos reales, todos con iguales rostros consternados, pálidos e, incluso, asustados.

- ¿Qué sucede doctor Usei?, le dice a uno de los médicos reales.
- Algo muy malo, contesta abriendo los ojos, se nota nervioso, y es cierto que en su rostro apenas logra traducir lo que su mente está tratando de procesar, Memeh ya lo sabe, ha dado inicio al proceso de la muerte, ahora solo queda esperar.
- Pero, ¿qué le sucede a mi señora?, insiste, quiere saber exactamente qué está pasando tras las puertas del palacio de las mujeres.
- No sabemos, hemos tratado muchas cosas, pero nada ha funcionado, parece como si una maldición hubiese caído sobre su cabeza.
- Por supuesto… dice en voz baja.
- ¿Qué dices Memeh?
- No, solo espero que la princesa se recupere.
- Todos lo esperamos.

Sale del recinto y Memeh entiende que el proceso es largo, el paso de la vida a la muerte no es tan fácil, la mortalidad se resiste a sucumbir ante el ímpetu de la muerte. Pero al final de cuentas, siempre termina por acabarse, la fragilidad es tan valiosa, la existencia de los mortales se escurre como agua entre las manos.

Sabe que el Faraón está horrorizado con lo que ha visto, tal parece que él mismo ha muerto cuando sale de los aposentos de la princesa. Personalmente, pide que llamen al señor Asim, sacerdote principal del templo y eso indica que es muy grave, todo el palacio parece convulsionado.

Memeh entonces escucha al gran señor de Egipto, hablar en sus propios aposentos con Asim y es terrible lo que sale de sus labios.

- ¿Qué crees que se pueda hacer con la princesa?
- Mi señor, solamente queda una cosa por hacer.
- Dime, haré lo que sea con tal de librar a Egipto de esta maldición.
- ¿Está seguro mi señor?
- Sí, lo que sea, el gesto de decisión presente en el rey es indudable, está dispuesto a lo que sea.

Memeh les espía desde uno de los múltiples pasadizos del palacio, uno que solamente conocen él y los sacerdotes más antiguos del templo. Asim está completamente decidido, y al parecer el señor de Egipto también.

El sacerdote se horroriza, no sabe hasta dónde su señora posee poderes, ni cuáles son. Debe ir hasta el templo para salvarle, nada puede obstaculizar los propósitos del señor Amón.

Desde temprano se esconde en el templo, sabe que esa noche se hará, pero tiene que impedirlo. Ahora solo queda esperar que entren los sacerdotes. Allí está temblando, sin saber a qué se enfrentará. El séquito entra y es evidente que se preparan para un sacrificio.

El señor Asim ha ingresado en la sala de sacrificios, lleva los ropajes, y por su rostro se nota que no tendrá piedad. El Faraón ha tomado su decisión, el bienestar de Egipto está por encima del amor que siente hacia su propia hija.

La traen y todo el cuerpo de Memeh se tensa, es como si le fuesen a sacrificar a él mismo. Espera, debe tener la mente alerta, no puede dejarse llevar por sus emociones. La princesa está perdida, se nota que no tiene idea de lo que allí pasará.

- Señora, es hora, dice uno de los ancianos sacerdotes, entonces Memeh tiene que controlarse para no ir encima de él, es Mencaih, y sabe que a este no le temblará el pulso, ni siquiera con la princesa.
- ¿A qué se refiere?
- La llevaremos con el gran dios Amón, sus palabras parecen una invitación al más allá.
- ¿Mi padre sabe de esto? Dice la princesa impresionada.
- Es la única forma de liberarla y liberar a nuestro pueblo de la maldición.
- ¡Nadie me va a sacrificar!, su gesto es decidido y la voz rabiosa.
- ¡Llévenla al altar! Dice el anciano sacerdote.
- ¡No!, ¡nadie hará nada conmigo!, la fuerza se caldea dentro de ella, es un arrebato intenso y ya los poderes de Amón comienzan a manifestarse en su ser.
- ¡Vamos!, ¡llévenla!, grita Mencaih.
- No podemos moverla señor.

Memeh sonríe, ahora entiende que el poder del señor Amón es mucho más fuerte de lo que imaginó, tal vez ni siquiera su intervención sea necesaria. Pero es horrible lo que tienen que ver sus ojos, la princesa se ha transformado y es evidente que ya no es la misma.

- ¿Cómo que no pueden moverla?, ¡es una niña! ¿No ven lo delgada que es?, grita Mencaih al ver a los hombres tratando de empujarla inútilmente.
- No podemos señor, es muy pesada.
- ¡Vamos! ¡Muévanla!, ¡por Amón!, ¡necesitamos hacerlo ya! Dentro de poco saldrá la luna, es hora.
- Vamos, muévete, dicen los hombres, vamos.
- ¡Nadie me hará nada!, sus ojos poseen un gesto de terror y su voz es como el trueno que rompe en el firmamento.

Lo que allí sucede después es una masacre, la sangre

corre por doquier, el propio Memeh teme acercársele porque tal vez quiera asesinarle, esta criatura ávida de sangre no es la princesa que ha conocido. Sus ojos son como los de un animal al acecho y su pecho está hinchado, como si estuviese a punto de saltar, se puede percibir el gesto decidido y la tensión de su cuerpo, se encuentra lista para atacar, es la diosa Sekhmet encarnada.

- Princesa, no me haga daño, solo quiero ayudarla, le dice con cautela, casi temblando, como si sintiera que se lanzará sobre él al igual que lo ha hecho con los otros sacerdotes del templo y sus ayudantes.
- Memeh, ¿qué haces aquí?, me dice y parece que no se ha percatado de lo que acaba de hacer.

Debe sacarla de allí, eso es lo único que sabe, pero no se atreve a decirle la verdad, ahora ella no es una humana, sino un ser diferente, poderoso, al cual todos le temerán y al que buscan para asesinar, después de lo que ha hecho con los sacerdotes del propio dios, tratarán de acabarle. Además, el señor se lo dijo, su destino está fuera de Egipto.

El día casi se va difuminando en el horizonte, la noche es temor para los humanos, pero no para ella. Es la reina del Nilo y, sin embargo, debe partir de su tierra hacia lo desconocido. Pero allí está Memeh, le guiará hacia su nueva vida, Anhotep le mira y sabe que ahora él es su único amigo, aunque no sabe que el mismo sacerdote ha conspirado en su contra para quitarle la vida en favor de los designios del señor.

La voz resuena en su mente, la voz de la Gran Dama diciéndole la oscura y aterradora verdad: "Ya no eres una humana, ahora eres como las criaturas del más allá, perteneces a Sehkmet, necesitas tomar el alma de otros para poder sobrevivir, eres una inmortal habitando entre los mortales".

El barco se aleja y Anhotep ya no será la misma, enteramente tapada, ve por última vez a Ra ocultarse tras el desierto, mira una vez más las pirámides, la esfinge y sabe que no volverá en mucho tiempo, y que ese mucho tiempo tal vez sea nunca. Se aleja, mientras Memeh le mira acongojado desde la orilla con la mano en el pecho, sintiéndose culpable por el destino de su señora.

- Haz hecho bien Memeh, entonces este se voltea impresionado, allí mismo, a su lado, está el gran señor, tal cual como si fuese una persona, sin las sombras ni los reflejos de la noche que le otorgan un aura espectral.
- ¡Señor! Dice asustado.
- Has hecho bien tu trabajo Memeh, para ti también habrá una recompensa.
- Mi señor, ¿a qué se refiere?
- Llámame Talbov, ese es mi verdadero nombre.
- Memeh se queda mirándole, no parece un dios, ¿es este el dios de los egipcios? Este ser que se posa frente a él con ese gesto de satisfacción tiembla, porque ahora tal vez sea la muerte la que le embista a él.

Una nueva casta ha nacido, una reina ha tomado el poder y pronto serán muchos sobre la tierra, los alfas se llamarán, porque creen ser los primeros, pero no, antes de ellos estuvo Talbov. Antes de Talbov estuvieron los señores que vinieron desde más allá de las estrellas, antes de ellos estuvo la (◀┤‖◉╤ᴸᴸ). Los grandes señores gobernaron alguna vez Egipto, son aquellos cuyos nombres impronunciables todavía permanecen en la Gran Dama, la esfinge de Gizah, aún las piedras hablan.

CAPÍTULO V
Depredadores de las sombras

Los Deltas son seres frágiles, pero al mismo tiempo poderosos, su misión es tomar la vida, así como también destruir a las criaturas que violan el vínculo del universo. Nadie lo sabe, nadie debe saberlo, pero esa es su misión. Como todo ser poderoso, fueron dotados de una debilidad para que sus instintos no se profanaran, al igual que lo hicieron los hombres en un principio, en el mundo de los antiguos.

Son sombras entre las sombras, deben ocultarse de la luz, ese es su punto débil. Poseen pieles pálidas como la luna y ojos azules como el cielo, sus cabellos platinados lo dicen, la luz del sol puede destruirles. Nacieron en la densa calma de la noche entre las brumas del tiempo, al abrigo del hielo que cubre las estepas. Fueron creados con la fuerza de un ser, cuya miseria le llevaba a desatar la muerte, aun cuando la detestara.

Son seres a los cuales se les confirió el don de la destrucción, ya que solo podían administrar en la forma y momento preciso. Para esto debía escogerse al humano adecuado, valiente, guerrero, alguien que pudiera tomar la responsabilidad en silencio. La elegida fue una joven, una reina de 18 años, que en ese momento dominaba las tierras donde el sol no se oculta y el hielo gobierna entre los hombres.

Ahman, era su nombre, pero con el tiempo sería conocida como la dama de hielo, cuya mención hacía retumbar con terror a muchos, a todos aquellos que en el silencio la conocían realmente, los que sabían de sus alcances y el poder que ostentaba. Aldebarán, su nuevo nombre, como la estrella, destructora y capaz de acabar con las criaturas infames. En silencio, como la noche llega y luego se va. Entre las sombras vive, ella y los suyos, a las sombras deben volver.

- Mi señora, dice la voz queda, el príncipe de Jutlandia está aquí.
- ¿Qué quiere ese bastardo?
- Viene a presentar sus respetos ahora que es la nueva reina de las tierras de hielo. Aunque no debe fiarse mi señora, ni de este y tampoco de Casper Olaffson.
- Deja que yo me encargue de quién puedo fiarme y de quién no.
- Mi señora... entonces hace una reverencia.
- Dile que pase, pero déjanos a solas y que nadie nos interrumpa.

Al instante, cuando ese hombre entra, sabe que de alguna manera todo estará mal, tiene la muerte marcada en los ojos y parece dispuesto a lo que sea. Posee en su semblante esa expresión de las grandes determinaciones, la cual conoce muy bien. Su mirada es como el fuego líquido y parece quemar en la misma proporción.

Jamás le ha visto, pero sí escuchado de él, sabe que se ha apoderado de importantes territorios al sur, que seguramente ambiciona nuevas tierras, y también que ahora viene por algo más que presentar sus malditos respetos. Está preparada para cualquier cosa, ha eliminado a contrincantes más poderosos, no será la primera ni la última vez que lo haga.

Está segura de algo, nadie puede ser bueno en este mundo, si lo eres estás muerto, porque ningún ser sobrevive con esa condición, la máxima es "matas o te matan", es la ley de la vida, no ha llegado a ser reina por comportarse como una dulce princesa. El ser extraño le mira y sonríe, como si estuviera complacido en su hallazgo. Tal parece que ya la conoce, porque sus ojos son de entendimiento, a la reina ningún detalle le pasa por alto.

- Su Alteza, dice, es un honor estar en su presencia.
- Rey Olaf, me... sorprende su visita, sea bienvenido.
- Gracias.
- Señor, le escucho.
- He venido a presentar mis respetos, soy el señor de Jutlandia, me imagino que ha escuchado acerca de mí o al menos eso espero.

Su sonrisa le resulta seductora, ha escuchado de él efectivamente, pero jamás le mencionaron que poseyera tal porte. Su semblante es delicado, el aspecto de este hombre está más cerca de una aparición celestial que de un bravío vikingo. Es, por supuesto, de una belleza imponentemente rubia, de facciones finas y masculinas. Es escultural y alto, muy alto, en todo sentido resulta imponente y gallardo.

Viste con un aire elegante y sus maneras parecen delatar a un noble, no es el guerrero que imaginaba, tampoco un ser dominante y rudo. Este hombre le sonríe delicadamente, con sus ojos logra transmitir una seguridad arrolladora, hasta ella, quien está acostumbrada a tratar con tantos caballeros y reyes, se siente seducida por el extraño e inesperado visitante.

- Sí, he escuchado de usted, pero jamás le había visto, incluso, había pensado que no era más que una leyenda inventada por los hombres que enloquece el hielo. Pero tal parece que es ella la que está enloqueciendo con el maravilloso visitante.

- Ya ve que no, no soy un delirio, aunque podría pasar como tal. No obstante, pienso que ese apelativo le quedaría mucho mejor a usted.
- No es necesario que diga esas cosas, prefiero ir al punto, le dice secamente, pues no puede darse el lujo de mostrarse débil.
- Como quiera, entonces vengo desde lejos...
- Sin duda, la cuestión es... ¿cuál es el motivo de esta agradable visita?, dice ella sonriendo, no puede negar que el rey de Jutlandia es un ser hermoso, pero al mismo tiempo tampoco puede negar que está cargado de una enloquecedora energía inquietante, que puede desatar reacciones extrañas en el cuerpo, y que, de hecho, ella está experimentando justo en ese instante.

El señor de Jutlandia posee un encanto embrujador y delirante, pero hay algo más, la sensación de estar explorando en lo oculto, el encanto del peligro. Esa noche bajo el oscuro abrigo de la estepa, en ese lugar recóndito de hielo, Talbov está con la hermosa reina, y pronto le ofrece mucho más de lo que ella puede imaginar.

Talbov permanece mucho tiempo con la reina, tanto que él mismo comienza a perder consciencia de su propósito, algo está pasando y no le gusta. Es el momento de llevar a cabo el propósito para el cual ha sido llevado hasta esas tierras donde el hielo campa eternamente.

Ante el fuego de la chimenea se queda mirando la nívea belleza de la reina. El cabello de color trigo es como los vivos rayos del sol en la arena del desierto. Sus ojos de un azul pálido han cobrado una nueva vida. Sospecha que los suyos también, y a diferencia de la princesa egipcia, la reina de la

71

estepa le inspira una especie de electricidad intensa.

- Olaf... ¡qué nombre más sonoro!, me gusta, ¿cómo es que llegaste hasta aquí?
- ¿A qué te refieres?
- Por favor, no me creas tan ingenua como para pensar que solamente viniste hasta aquí para estar conmigo, no soy una mujercita ingenua.
- La verdad es que no, tienes razón, he venido con un propósito.
- Lo sabía.
- Vine a proponerte algo, sé que eres una reina poderosa que tiene bajo su mando todos estos territorios, conozco de ti como has expandido los dominios de tu padre desde que quedaste al frente de tu gobierno.
- Bien, entonces dice levantándose de la cama y tomando el contenido de una copa de oro colocada en la mesa contigua. Lo que deseas es una alianza, un pacto para acrecentar tu poder ante los demás reyezuelos escandinavos.
- ¿Eso es lo que crees?
- El rey Casper ha dominado grandes territorios, supongo que te propones enfrentarlo.
- ¿Enfrentarlo?, jajaja, no, no me interesa enfrentar a... ese rey.
- ¿Qué quieres entonces?
- Algo mucho más importante.

La reina retrocede y se queda observándole, pues teme que de su boca salgan palabras temibles. Tal vez lo que este hombre venga a buscar sea su propio reino, se prepara mentalmente para responder. Sus guardias pueden someterlo, la pregunta es ¿por qué ha venido solo? ¿Acaso su gente está escondida en algún lado, esperando la señal de este hombre para atacar el castillo?

Se le queda mirando con una serena sonrisa pintada en su faz. Es como si pensara que tiene realmente el dominio de todo, para ella resulta insultante la desfachatez de este personaje.

- Mi querida reina, tal vez podamos esperar para hablar de estos asuntos.
- ¿A qué te refieres?, ¿qué pretendes rey Olaf?, ¡habla!, ¡te lo ordeno!
- No puedes ordenarme nada mi querida reina, no quiero tratar estos asuntos en este instante, pero si tú así lo deseas, entonces tendré que complacerte.
- ¡Habla de una buena y maldita vez!

Se levanta y ella puede percibir una especie de cambio en la energía de la habitación. Su rostro luce diferente, más oscuro, como si una sombra se hubiese posado de repente sobre él.

- ¡Habla o juro que mandaré a que mis guardias para que te apresen y haré rodar tu cabeza!
- Me gustaba más verte desnuda en la cama, esa versión me agrada, pero esta reina no me gusta mucho.
- ¡Maldición!, ¡estás agotando mi paciencia! ¡Habla de una maldita vez!
- No puedes matarme, eso no es posible.
- Te aseguro que sí lo es, he hecho rodar muchas cabezas antes, su expresión es fiera, él sabe que es capaz de hacerlo.
- Estoy seguro que así es, pero eso no pasará conmigo.
- ¿Por qué estás tan seguro?
- Espera, primero tengo que explicarte algunas cosas.

- No tengo paciencia para esto, sé perfectamente lo que quieres.
- A ver, dime, y sigue sonriendo de una manera descarada.
- Hay dos opciones, o bien quieres pactar conmigo para que te dé mi apoyo en alguna campaña o eres tan absurdo como para creer que puedes venir hasta aquí a quitarme lo que es mío, y que por derecho me pertenece.
- ¿Derechos?, ¿acaso no sabes que tus antepasados se apropiaron de estas tierras?, le sigue mirando con descaro, como si realmente se estuviese burlando de ella.
- ¿Qué es lo que dices?, entonces se viró agresivamente, como si estuviera a punto de librar una guerra, y de hecho así era.
- Estas tierras fueron tomadas a la fuerza por tus antepasados, eso no es ningún secreto.
- Me niego a ser tratada con tal irrespeto, en ese momento se dirigía a la puerta para llamar a los guardias cuando el llamado rey Olaf se levantó vertiginosamente de la cama y la tomó por el brazo.
- ¡Suéltame!, ¿qué haces?, ¿cómo te atreves a tocarme así?
- Te he tocado de formas peores a esta.
- ¡Maldito reyezuelo!
- Espera, no sabes lo que dices, sé que te gusta el poder y eso es lo que he venido a ofrecerte, poder, una increíble cantidad de poder como el que nunca te podrías imaginar.
- ¿Qué poder podrías darme que ya no tenga?
- El poder de vencer sobre la muerte, que es el mayor de todos, la fuerza que mueve al mundo puede estar en tus manos.
- No te entiendo, pero pudo observar cómo en los ojos de ella se perfilaba el interés.
- Ya veo.

- ¿Qué?
- Te gusta el poder, exclamó sin soltarla del brazo.
- Habla o haré que te liquiden mis hombres.
- El poder, ya te lo dije, de la vida sobre la muerte y de la muerte sobre la vida, ese es el mayor de todos, en esta o en cualquier otra existencia.
- Solo hay una existencia.
- ¿Estás segura?
- Por supuesto, ¿qué clase de cosa me propones?, ¿brujerías o poderes del sol y la luna?, ya hay suficiente en esta tierra, no necesitamos más.
- Jajaja, no, no se trata de eso.
- Entonces, solo estás distrayéndome mientras vienen tus hombres a conquistar mi castillo y tomar mis tierras.
- No, he venido solo.
- Eso no me consta.
- Puedes mandar personas, pero no encontrarán nada, no necesito de nadie para llevar a cabo mis propósitos, aunque debo decir que me has distraído bastante, ha sido… digamos… agradable compartir contigo.
- ¡Guardias!, el rey apretó su mano y ella no puede moverse más.

Sus ojos tienen un gesto de terror, no sabe lo que está pasando, se encuentra completamente paralizada. Está preguntándose ¿qué rayos es todo eso?, ¿qué tipo de poder ostenta este hombre que de solo tocarla le produce ese tipo de parálisis?

- Mi señora, ahora hablaremos usted y yo, es mejor así, no quería que las cosas fuesen de esta manera, pero no me deja otra opción.

La reina le sigue mirando horrorizada, por más que trata

de moverse, no lo consigue.

- Es inútil, solo podrás moverte cuando yo lo desee, de lo contrario, no lo harás, incluso, si quisiera podría dejarte ahí toda la vida.

Le mira con terror, por su mente pasan mil cosas, los pensamientos viajan a millones por segundo, ¿qué es esto?, ¿acaso es un verdadero hechicero o sabe algo más que el resto de ellos ignoraba? Este hombre hermoso e inconcebiblemente perfecto posee algo que no sabe, siente miedo por primera vez en su vida.

- Bien, así me gusta, esto es agradable, el silencio, mmm, de esta manera nos entenderemos mucho mejor. Sabes, lo que te ofrezco es un gran privilegio, no hay muchos como tú que puedan beber de la eternidad en esta forma.

Finalmente, este extiende la mano sobre su rostro, se acerca lentamente y acaricia sus labios, lo cual le genera un estremecimiento interno que le hace temblar.

- Oh… sí, yo también siento lo mismo, ahora te diré a qué he venido, te ofrezco el poder de la inmortalidad.
- ¿Quién eres?, y su voz tiembla, la voz sale de su garganta solo porque él así lo ha querido.
- Un sueño o una pesadilla, ¡qué más da!, es prácticamente lo mismo.
- ¿Inmortalidad?
- Así es, una idea dispersa, abstracta, pero tan real como esta habitación en la cual estamos tú y yo.
- Eso es imposible.
- También era imposible que tan solo con tocarte un hombre te hiciera quedar paralizada, hasta hace unos minutos atrás lo era, pero has descubierto que no es así, en ese

sentido, hay cosas que desconoces. Un hombre con poderes, seguramente estarás pensando, pero si es así, entonces dentro de unos minutos más te darás cuenta que sigues estando engañada.

- Estas palabras y estos trucos son tu manera de...
- ¿De hacerme con el poder?, no, pero debo admitir que eres valiente, que muchos en tu lugar habrían desmayado por el terror.
- ¿Terror?, he visto caer a mis pies la cabeza de mi padre, mi tío le asesinó, y luego él mismo murió al enfrentarse a mi ejército, no tengo miramientos, así que has lo que quieras.
- Eso me gusta, si quisiera una reina, serías tú, para ser lo que eres, resultas valiente.
- ¡Maldito!, ¡si vas a matarme hazlo ya!
- Todo a su tiempo, cada cosa requiere paciencia, esa es una cualidad que me gusta, el tiempo es una medida fascinante, relativa, para algunos como tú muy corta, para otros como yo, se hace tan larga que esto será una esperanza.
- ¿A qué te refieres?
- Has sido elegida, la inmortalidad te espera.
- ¿Me matarás?
- Al contrario, te convertiré en algo mil veces mejor que un triste y frágil humano.
- Deliras hombre, lo que sea me hayas colocado, alguna especie de yerba en la bebida también la has tomado, esto no es más que un delirio.
- Es un argumento inteligente, sin lugar a dudas que sí, pero no es cierto, tu mente busca algo que te corrobore, te aferras a la realidad en la que has creído, la que te dijeron era cierta, quieres seguir creyendo en ella porque es más difícil admitir la verdad.
- ¿Cuál verdad?

- Hay cosas que ignoras, la realidad es mucho más compleja de lo que parece.
- Como ¿qué?
- Te diré una historia, y nuevamente se sienta en la cama, mientras ve su cuerpo paralizado y sonríe al observar cómo lucha empecinadamente por moverse. Es inútil, nada de lo que hagas te permitirá moverte.
- Olaf…
- Mi nombre es Talbov, nací hace tanto tiempo que no vale la pena siquiera mencionarlo, pero en esa época los hombres eran seres asustadizos, aunque valientes por vivir en un mundo llego de inclemencias y peligros reales, animales salvajes que le helarían la sangre a muchos, lluvias, tormentas, hambre, sed, en fin, todo era misterioso y sin nombre.
- ¿De qué me estás hablando?, dice la reina con cara de extrañeza.
- Te hablo de los albores de la humanidad.
- Estás delirando Olaf, el frío te ha hecho daño.
- Justamente, pero los hombres conocieron a aquellos que venían de las estrellas y les enseñaron a dominar los elementos, ahora los seres humanos creen que conocen porque pueden construir un castillo como este hecho de piedra. Pero en aquellas épocas volaban, navegaban a altas velocidades por el mar, dominaban la materia y cosas que te harían explotar la cabeza.

La reina le mira como a un lunático, todo lo que dice suena como el delirio de una mente enferma. Este hombre, piensa, se ha vuelto loco, ¿qué clase de sustancia le ha administrado y qué ha tomado él mismo?, ¿por qué habla ese montón de incongruencias?

- Lo que dices es imposible.

- Es imposible para ustedes, pero hace 10 mil años el hombre podía volar, manejar fuerzas que ahora suenan a fantasías, más allá de Grecia existían culturas que sabían cómo transformar la materia en energía, y claro, eso les llevó a la destrucción, hay evidencias en todos lados. Seguramente no lo sabes, pero tu impresionante castillo palidece ante la magnificencia de las grandes pirámides de Egipto.
- ¿Pirámides?
- Sí, es algo maravilloso, algún día las conocerás, lo cierto es que hasta hace poco no sabías nada de esto, y pronto sabrás mucho más.
- Como ¿qué?, dice casi por seguirle el juego, aunque hace rato que ha perdido el dominio propio.
- Por ejemplo, lo que te mantiene paralizada no es un veneno, es el poder que reside en mí y que no tiene nada que ver con ninguna sustancia vegetal, animal, ni mineral.
- Talbov…
- Así es, entonces se levanta, ese es mi nombre, Talbov de una tribu que ahora no existe, de la cual fui raptado por los hombres del gran Nimrod, vendido como esclavo a los babilonios, maltratado, muerto y vuelto de las sombras a la vida o, mejor dicho, a una existencia, eso es más apropiado.

Sus ojos destellan cuando lo dice, se tornan profundamente violetas y la reina comienza a sentir una especie de vago temor. Hay una sombra en su mirada, es un aura que se proyecta a su alrededor.

- Mi reina, hoy te ofrezco ese mismo poder que me ha sido otorgado, fuiste escogida para una misión especial, una guerrera como tú tiene un propósito grande.
- Escogida ¿por quién y para qué?

- Eres una mujer brillante sin duda. ¿Por quién?, hay seres que no son de este lugar, vienen de arriba, dice señalando el techo. ¿Para qué?, fuiste escogida para destruir lo indestructible, esa es la razón, porque no hay otra manera de hacerlo.

Se queda sin palabras, todo lo que este ser le dice es un conjunto de frases que no tienen mucho sentido. Pero ¿cómo es que entonces ha llegado hasta allí solo, sin un grupo de hombres, armas?, nadie ha venido por él.

- ¿Quién eres entonces?
- Esa es la pregunta correcta, ¿quién soy?
- ¿Quién eres?, le repite la pregunta.
- Soy alguien que ya no es humano, un ser que murió hace mucho tiempo y que vivió como consecuencia de los designios de otros más poderosos que yo, alguien con muchos nombres, uno que los hombres antiguos confundieron con un dios, una criatura de las estrellas me mató y luego me convirtió en esto.
- ¿Por qué?
- A los hombres les corrompió el poder, tenían entonces que…
- Matarlos, ¿es eso?
- Sí, así es, matarlos.
- ¿Por qué no lo hicieron con sus potentes armas?
- Es una buena pregunta, pero antes, entonces levanta la mano hacia ella y otra vez su cuerpo comienza a moverse.
- ¿Qué es esto?, dice asombrada.
- Esto es el poder que te ofrezco, con el cual puedes ser soberana por siempre, con el que tendrás un poder inimaginable.
- ¿Como paralizar personas?
- Muchas cosas más, incluyendo el vencer a la muerte.

- ¿La muerte?, entonces me ofreces una vida en la cual nunca seré mayor.
- Exacto, sonríe, mírate, cada vez que lo hagas verás este mismo rostro.
- ¿De dónde has salido?, dice ella retrocediendo.
- De muchos lugares, ¿quieres lo que te ofrezco?
- ¿Cuál es el precio?, le dice mirándole fijamente.
- Muy bien, el precio es la sangre, tú sangre y la que debes tomar de otros.
- ¡Matar a otras personas!, exclama asombrada.
- Dices que no tienes miramientos, entonces no creo que sea un problema, una reina como tú está acostumbrada a sacar del camino a unos cuantos.
- ¿Qué eres?, y siente que su corazón palpita con fuerza, como si hubiese estado esperando eso toda su vida.
- Una criatura, nos dicen criaturas nocturnas.
- ¿Eres un animal que caza personas?
- Exactamente, cazamos a aquellos que violentan el ciclo de la vida humana.
- ¿En eso me quieres convertir?, ¿quieres que sea como tú? Retrocede, no puede que esté hablando de eso, tal parece que está teniendo un sueño o más bien una pesadilla.
- No, nunca serás como yo, tú perteneces a otra esfera, un ser distinto, con poderes diferentes a los míos, y con una capacidad especial y única.
- ¿Cuál?, tal parece que la ilusión del poder le cosquillea en todo el cuerpo.
- La de eliminar inmortales.
- No entiendo.
- Los humanos se corrompieron y nos crearon a nosotros, los inmortales se corrompieron entonces…
- Quieren crear un depredador para ellos.

- Así es, una cadena alimenticia necesita eslabones, controles, de lo contrario habría desequilibrios.
- ¿Qué viene después?, crearán a alguien para destruirme.
- Por supuesto, nadie puede estar por encima de los otros.
- Excepto tú, me imagino.
- Te equivocas, no es así, y he procurado que no lo sea.
- ¿Por qué?
- La eternidad es muy larga y solitaria.
- Si te mato…
- No lo harás, solo a quienes ellos te digan.
- ¿Quiénes?
- Los carsonianos.
- ¿Carsonianos?, ¿qué estás diciendo?
- Seres humanos escogidos para esa misión, pero lo importante es que tú has sido seleccionada para algo grande, tan grande que no puedes siquiera imaginarlo.

Le mira atentamente y en verdad cree en lo que está diciendo. Ahman sabe ahora que esto es cierto, el ser que le habla con fervor ha demudado su rostro y entonces camina hacia él.

- ¿Por qué yo?
- Eres una reina poderosa, han luchado por tus tierras, aunque trataron de quitarte lo que es tuyo, no pudieron hacerlo, eres alguien hábil, valerosa, tienes cualidades especiales y eso te hará una gran criatura.

El poder es una gran ambición, Ahman siempre ha detestado la imposibilidad que el tiempo le brinda a la expansión de sus territorios, esta es la oferta que ha estado esperando toda su vida. Aunque, por supuesto, no sabe en lo que se está metiendo, no conoce en su amplitud las implicaciones de pactar con este ser, el cual nunca dice todo lo que sabe y jamás da a entender todo lo que lleva entre manos.

- Haces lo correcto, no sabes cuántos han deseado una oferta como esta y no han podido recibirla.
- Entiendo, entonces ¿qué se hace en estos casos?

La criatura sonríe, avanza hacia ella y las sombras se desatan a su alrededor. El dolor es demasiado grande, recorre todo su cuerpo como una corriente, se retuerce y arrepiente, pero todas las criaturas hacen eso, siempre sienten el remordimiento de si han hecho lo correcto, la noche es oscura y ahora ha caído sobre Ahman, tal vez si hubiese conocido lo que en verdad Talbov quería hacer con ella, entonces habría visto una vez más y, por última vez, la luz del sol.

Ahora cientos de años después observa al joven, es hermoso y rubio, le ofrece algo que Talbov nunca le dio, la igualdad en una lucha, el verdadero reconocimiento de su poder. Este es el comienzo de las luchas y sabe que pronto deberá destruir a muchas más criaturas. Los pocos carsonianos verdaderos que quedan saben la verdad, y es solamente a través de ellos que puede cumplir con su misión, todo es cuestión de esperar y escuchar para saber cómo serán las suertes esta vez.

- Así que quieres una alianza, jamás escuché de algo igual, no al menos como lo planteas tú, Talbov era muy orgulloso para tratarme como a una igual.

La verdad es que Talbov era muy orgulloso siquiera para reconocer que necesitaba de otros, la primera criatura después de todo se creía investida con poderes especiales. Pero este chico, el cual le mira con su rostro poderoso es diferente, entonces puede haber una esperanza entre la niebla que parece haberse esparcido gracias a la invasión de los renegados.

- Lo sé, esto resulta novedoso, eso lo entiendo, pero unidos somos más fuertes mi reina, es hora de reunir nuestras fuerzas para protegernos.

Su voz es poderosa y atronadora, una fuerza hay en su interior y ella puede sentirla. El joven ha sido seleccionado, al igual que muchos, pero este tiene algo más, la energía de los nuevos tiempos, en que habrá un cambio en el ciclo de los inmortales y de los humanos. Lo ha sentido, el cambio de la vida y de la muerte, solo ha estado esperando el momento que en estas fuerzas finalmente se manifestasen, y esta es por supuesto una señal.

- Tú dices ser un Emperador, pero ¿de qué?, pronuncia analizando al joven, Talbov era un ser poderoso, directamente escogido por los seres antiguos, pero este chico, ¿qué es lo que pretende? Tal vez solamente quiere averiguar si es cierto que puede eliminar a otras criaturas, y ¿si Talbov le ha dicho antes de haber desaparecido? No va a ser usada como una herramienta de destrucción para los suyos, eso solamente los antiguos lo saben.
- Eso es un mero título, le contesta, el joven no quiere proclamar su poder, sabe quién ha sido Talbov y que ahora es el heredero de todo, siente que puede acabar con los demás inmortales porque él se lo ha dicho, que su poder es muy grande, más que el de la casta alfa, que los renegados y que por supuesto la de ella.

Pero la reina Aldebarán está pensando exactamente lo mismo, que puede destruirle tan solo de una manera muy fácil, al igual que lo ha estado haciendo por siglos con todas las criaturas que han sido elegidas. Como le comisionó Talbov hace siglos atrás, usando a los carsonianos, a los que saben realmente la verdad, aquellos que pueden salir a la luz del sol a diferencia de ella, que tiene casi mil años sin verla.

- ¿No me estarás engañando?
- Por supuesto que no, si fuese así, usted lo sabría, Su Majestad. Le mira con gesto insinuante, ha aprendido bien de su maestro, pero no tanto como para engañarle, ella sabe muy bien quiénes son los Betha y que no se puede confiar en ellos, pero esto es algo que le conviene, porque los alfa son criaturas sinuosas y los renegados se han vuelto sus peores enemigos, demasiado fuertes como para ser controlables. Una aberración tanto o peor que todos aquellos humanos que se dispersan por la tierra haciendo el mal a sus semejantes, por esa razón deben ser eliminados del ciclo o acabarán con la energía, son un peligro, piensa.
- Talbov siempre ha sido una criatura sinuosa, no me extrañaría que todo esto sea una farsa para hacernos creer que ha desaparecido, sabe perfectamente que jamás haría una alianza con él, pero contigo es diferente.

Solo quiere ver lo que el joven le dirá, pues sabe perfectamente que Talbov ha desaparecido, era su momento y así debía ser, los antiguos han dado paso a alguien más y el rey de las criaturas estaba cansado de la eternidad. Como casi todos los seres nocturnos, una vez que el tiempo ha avanzado se percatan que, en realidad, no avanza hacia ningún lado.

- ¿Usted sabe de las intenciones de Talbov?
- Por supuesto, él siempre ha subestimado a las demás castas, pero la verdad es que siempre he conocido de sus malditos juegos.

- Talbov está... eliminado.
- Mmm, a ver, mírame, eso, así, oh... ya veo, lo odias, por eso lo hiciste.
- Debía hacerlo, ya era suficiente.
- Te ha hecho sufrir mucho, así como al resto de nosotros, ya veo, era el momento de comenzar algo nuevo, eso creo, el universo siempre busca la manera de generar nuevos caminos, es eso lo que siempre he creído.
- Mi señora...
- Quieres aliarte para combatir contra los Alfa.
- Contra los renegados también.

Eso es lo que esperaba escuchar, aunque sabe perfectamente que una criatura como él no puede destruir completamente a otra, pero le deja hablar, es conveniente escuchar lo que el joven tiene para decir. Además, podría sacar muchos beneficios para sí misma, en su recinto todas las demás criaturas también lo han entendido de esa forma, es un ser hermoso, fuerte, el futuro de los inmortales.

- Los renegados son una fuerza muy poderosa que no querrás enfrentar, creo que es mejor tomar otros canales.
- ¿Qué quiere decir eso? Le dice asombrado.
- Es mejor dejar que otros luchen con ellos, para después destruir a los que queden, ¿me entiendes? Así todo será más fácil.
- Entiendo, era la misma conclusión a la que Talbov había llegado.

La rubia reina le mira con ojos de inteligencia y el joven la contempla deslumbrado, su belleza es de otro mundo, definitivamente nunca ha visto a una mujer así. Es un ser de la oscuridad, pero prácticamente luminoso, su piel mucho más pálida que la suya y el cabello de un tono casi blanco. Sus ojos delicadamente azules le imprimen una belleza tierna, y esta le mira con esos enormes ojos que poseen un encanto sublime, es como la naturaleza, poderosa y extraña, y por lo mismo no es bella, es sublime.

Pensó que era una buena alianza, pues estos seres eran mucho más sensibles que ellos a la luz del sol, pero al contrario de los Betha, los Deltas poseían el secreto de la muerte. Resultaban mucho más fuertes en la oscuridad, y eso era lo que necesitaba para conquistar a los Alfa, necesitaba luchar contra la reina Sehkmet.

- Sehkmet es una reina poderosa, dice con fervor, y con su tono de voz ella sabe exactamente todo lo que él está pensando.
- No tanto, su reino está fracturado y ella es una criatura muy ambiciosa, ahora irá tras el clan de Casper, después no parará hasta convertirse en la Emperatriz de las sombras, entonces allí será su fin.
- ¿Qué propones?
- Propongo dejar que se mate por sí misma, cuando sea enemiga de Eleazar, entonces la destruiremos, sabes que él tiene el poder, en la Esfinge.
- Lo sé, le responde.

Una nueva lucha está por desatarse y ella lo sabe, en ese instante recuerda a Talbov, la forma cómo lo miró por primera vez cuando este le llamó para decirle que había llegado su momento. A la media noche le vio y este se encontraba prácticamente destruido, su cuerpo desmembrado y roto, había sido Logan. Aldebarán sonrió porque sabía que esta era su última hora, y lo que había depositado en ella por fin serviría para cobrarse venganza sobre este ser que le había despreciado por la eternidad.

Pero el recuerdo de su gallarda presencia pasó ante sus

ojos, era como aquella noche, en la cual se encontraron por primera vez.

- ¿Estás satisfecha?, le indica. Mira, en esto se ha convertido el gran Talbov de Babel.
- Talbov de Babel, un buen título si me preguntan, pero ha llegado tu hora, ese joven debe ascender en tu lugar. Sin embargo, no te entiendo, siempre has querido el poder, toda tu existencia, te has ufanado de ser mucho más poderoso que las demás castas, aunque estas ni siquiera lo sepan, aunque crean que fueron los dioses que les trasformaron y no tú. No sé por qué ahora quieres dejar este lugar cuando puedes ser mucho más fuerte.
- Estoy cansado, dice simplemente, ella se le quedó mirando, apenas podía creer en las palabras que Talbov le decía.

Pero fue la forma como las pronunció, su voz vibrando con desdén contra el viento, algo dentro de le dijo que ahora lo sabía, que este sería el final para él y luego todos. Una nueva era estaba cerca, en la cual los seres primitivos desaparecerían para dar paso a una nueva generación de criaturas, ¿qué significaba eso?, no lo sabía. Pero lo que sí conocía era que, así como Talbov estaba desapareciendo, ella también lo haría en algún tiempo, como esa misma brisa que ahora podía llevarse la voz de la criatura que algún día fue muy poderosa.

Todo fue muy diferente como lo había pensado, creyó que sentiría un intenso placer al hacerlo, pero no, ahora experimenta una especie de dejadez emocional, melancolía, no sabe cómo llamarle. Al fin el gran rey descansa, y en cierta forma ella también, se ha terminado una era. Se levanta mirando al horizonte, pronto el sol saldrá, y es el momento en que debe irse porque su luminoso enemigo espera para matarle, tal vez esa sea la única forma decente de morir para ella, dejar que su ancestral rival la tome por completo.

Pero no, aún no es su hora, hace falta mucho tiempo para que la existencia termine y las nuevas criaturas tomen el poder de su dinastía. Aldebarán lo sabe, puede leerlo en los signos del tiempo, en esta noche que se ha enrarecido con la sensación de una pérdida, de la no existencia que ahora es la verdadera nada.

Mira al joven y analiza sus propuestas, sabe que se cree mejor y más poderoso de lo que es realmente, y sonríe, es bueno que lo piense, porque tal vez así puede hacer lo que siempre ha querido. Sabe lo que piensa y se le queda mirando, el joven Logan está molesto, quiere saber lo que conoce, pero es imposible, porque la muerte solo dice sus cosas en el momento correcto.

La amenaza, quiere que le diga todo, pero eso no pasará, finge temerle, porque ahora eso es lo más conveniente. Le sugiere ir con el oráculo, quien les informará de los acontecimientos, aunque sabe perfectamente que no es el tiempo adecuado, conoce quién es el oráculo, pero no se lo dirá.

Logan mira a la dama de hielo y sabe que su suerte está echada, que de ahora en adelante la existencia calmada que ha llevado en el castillo con las otras criaturas ha llegado a su fin. Solamente en ese instante entiende a Talbov y sabe que el poder, la muerte y, sobre todo el gobierno de estos, te hace sentir una especie de embriaguez, pero al mismo tiempo una soledad, la melancolía del vacío. La rubia reina sonríe, no le dirá lo que sabe.

Acepta ir con el oráculo, necesita saberlo, el profeta le dirá lo que debe hacer, el camino es largo y cruento, pero no tiene otra opción.

- La guerra está cerca, le dice, ese es el precio que debemos pagar por lo que queremos.
- No sé lo que quieres reina, pero si nos aliamos será mucho más fácil evitar una guerra a destiempo.
- Así es, ahora debes irte.
- Muy bien.

Ella le mira, una de las doncellas entra y le ofrece una caja preciosamente decorada.

- ¿Qué es eso?
- Ábrelo, solamente así lo sabrás, le dice aludiendo a su capacidad de saber cosas que otros no pueden.
- Bien, arruga el entrecejo.
- Es algo muy especial.

Abre la caja y entonces retrocede, es un anillo, uno que reconoce muy bien, pertenece a su padre, o al menos solía hacerlo.

- ¿De dónde has sacado esto?
- De una criatura.
- ¿Cómo?
- Sí, tu padre, por una criatura.
- ¿Quién?, dice con los ojos casi delirantes, ¿quién lo ha hecho?
- Una de las criaturas de la antigua reina.
- ¡Maldición!
- Así es, te han estado engañando todo el tiempo, todos, Talbov y la reina, te buscaron desde el principio, a ti y tu familia, a todos los tuyos, a tu hermano.

- ¡Esos malditos!

La reina sonríe, es lo que ha estado esperando, descontrolar a este ser, hacerle manipulable a sus fines y tal parece que lo está logrando. Las cartas están echadas y la guerra se desatará, casta contra casta, criatura contra criatura, y los resultados no pueden preverse. El ciclo comienza, otra vez la energía comenzará a desestabilizarse.

Cuando el emperador se va, ella se queda con el mal sabor de boca, perderá otra vez su paz, pero con la expectativa de ganar el poder. Un Delta como soberana sobre todas las castas, ella misma, por sobre los Alfa, la subestimada especie de las sombras finalmente tendrá lo que merecen, su poder superior será finalmente conocido. Ha vivido en la oscuridad, pero también de las sombras puede salir la luz, y es la hora de que esta muestre el camino entre la oscuridad de los tiempos.

CAPÍTULO VI

Los Carsonianos

La Copa sagrada, la copa de la ira, traída desde un lugar desconocido, pero con el poder de potenciar la sangre de los inmortales, aunque también con el poder de aniquilarles. Había sido conferida a los Delta los únicos con la capacidad de eliminar fácilmente a las criaturas, pero también a los Carsonianos, quienes conocían lo efímero de la existencia.

- ¿Qué haremos con estos inmortales?
- Estos seres son impredecibles.
- Lo supe desde un principio, la especie es sumamente problemática, debimos dejarlos destruirse, es lo que merecen.
- Sabes que eso no es posible, son necesarios.
- Aún no entiendo por qué debemos depender de estos seres tan primitivos.
- No es necesario entenderlo, la fragilidad humana es valiosa, la vida de los hombres es importante, son una marca indeleble en este universo, una marca que debe prevalecer.
- Pero las criaturas también se han corrompido, nos hallamos en este dilema, en el cual creamos seres de destrucción y ahora se están destruyendo a sí mismos.
- Sin duda debemos crear a otros seres…
- Y luego a otros que destruyan a estos y así sucesivamente.
- Es una cadena alimenticia, como los seres orgánicos de este planeta, todos tienen un depredador.
- Ya creamos criaturas que eliminen a estos humanos,

ahora haremos humanos que eliminen a criaturas.

- Sería una ironía de la vida, precisamente aquellos que crearon para destruir, podrían ser destruidos por sus propias presas, tal vez eso aplique a nosotros también, no te acongojes señor, todo eso lo decidirá el (◄╫ ▣╤ᴸᴸ).

- Pero, ¿cómo unos simples humanos podrían destruir a seres poderosos?

- Ellos también son humanos ¿recuerdas?

- Lo sé.

- Entonces, ante ti tienes tus respuestas.

- ¿Cuál es la solución a este dilema?

- Otorgarle poderes a los humanos, a este grupo de humanos a los cuales hemos entrenado.

- ¿Cómo haremos eso?

- La copa.

- De ninguna manera, eso es demasiado peligroso, el poder de la copa no debe ser profanado por insignificantes humanos.

- Pero debemos crear una vía, un camino para solucionar estos escollos.

- Eso es cierto, pero tiene que haber otra manera.

- Haremos un espacio para estos humanos, en el que se sientan protegidos de las criaturas y de cualquier otra amenaza.

- Me pregunto ¿cómo los protegeremos de sí mismos?, esa es la gran interrogante.

- Tal parece que no consideras nada valioso en estas criaturas.

- Lo que considero es su naturaleza corrupta, te aseguro que las sombras de la perversión habitan en ellos. No importa lo que hagamos, siempre terminaremos en este dilema.

- Ruther, eres un ser que huye de las luces, los demás

93

señores hablaron.

- Los demás señores no están aquí.
- No necesitan estarlo, tal parece que esta energía te ha afectado.
- Tal parece crees estar tratando con Cyn, son humanos, su destino será siempre destruirse.
- Sea como sea, nuestra misión es ayudarles a sobrevivir, así sea a uno solo de ellos, Ruther, haremos esto, le dijo Arem de forma enfática, tomaremos a estos hombres para apartarlos, a los que ya hemos entrenado, ellos serán nuestros cazadores y eliminarán lo que sea necesario, pero no deben saberlo, deben creer que son invencibles.
- Haremos como desees Arem, tus órdenes serán ejecutadas de inmediato.

Tomaron de entre los humanos a aquellos que fueron apartados, les llevaron a un lugar donde los entrenaron meticulosamente. Los humanos respondían bien, pero Ruther se mostraba escéptico porque estos seres, de acuerdo a sus premisas, poseían la depravación en su interior, y tarde o temprano mostrarían lo que realmente eran.

No se les debe dar el poder porque esto les pervierte, se dijo enfáticamente. Pero los otros señores no compartían su misma opinión. Les miraba pelear y supo que pronto se engrandecerían por encima de los demás humanos.

- No te preocupes Ruther, estos serán apartados de los demás.
- Los humanos podrían ser un peligro para ellos, y ellos para los demás seres humanos.
- Tus sombras te acompañan, le dijo Arem.
- Eso no es lo que me preocupa, sino que terminen por matar a todos, por querer posicionarse por encima de los

demás humanos o de las criaturas.

- Eso no pasará Ruther, tienes un pensamiento muy crítico, pareces un humano, no te gustan tal vez porque tu energía es combativa como la de ellos.

- No me digas eso, le responde y se retira, sabe lo que pasará, pero no puede discutirlo, sabe que solamente el ver los resultados les hará comprender que tiene la razón, y que, aunque quiere preservar la energía del universo, los resultados no pueden ser satisfactorios al involucrar a los humanos en el curso de ellos.

Los humanos finalmente son trasladados al lugar donde pertenecen. Carson es un espacio aislado, en una espacie de burbuja del tiempo creada por los señores, en la cual ninguna criatura puede penetrar, exceptuando los Delta, donde muchos de ellos no conocerán lo que sucede fuera. Los escogidos, son aquellos que después serían llamados cazadores, los descendientes de Mae, el primer escogido por los Cyn, de donde saldría una valiente guerrera llamada Chista Mae, mejor conocida como Fire, la cazadora.

Cuando regresen, Ruther sabe que las consecuencias de lo que acaban de hacer serán terribles, tendrán que dejar correr el tiempo para saberlo. Pero los efectos serán evidentes tarde o temprano, el ser humano solo destruye y las criaturas procedentes de él harán lo mismo.

- Ruther, saldrá bien, lo importante es preservar la energía del universo que por tanto tiempo ha sobrevivido desde los albores de la existencia, desde que el universo se expandió por el espacio.

- Sé que llegará el momento, todo es cuestión de esperar, Arem, estamos equivocados y tendremos que pagar el precio.

- Tal vez deberías quedarte con ellos y supervisarlos por ti mismo.

- No será necesario, Talbov lo hará, él es el ser destinado a hacerlo.
- Tomará tu lugar entre las criaturas.
- Es mejor que crean somos nosotros, porque así creerán en su poder, cada uno pensando que son elegidos, no sabes cómo el poder hace alucinar a estos seres, no sabes cuánto, he estado en sus mentes, sus pensamientos son insoportables, solo piensan en sí mismos, en lo que necesitan, en lo que quieren, seres egoístas por naturaleza y están destinados a ser destruidos, la misma naturaleza se encargará de ellos.
- Cuando llegue el momento, ya no serán necesarios, todo volverá a su cauce, el ciclo retornará y entonces serán lo que debieron desde un principio.

Desde la nave, Ruther mira la tierra, hay una especie de vacío en él, pues sabe que es un error, pero no puede hacer nada al respecto. Se alejan y la expectativa de saber lo que pasará atormenta su calmada mente.

- Ruther, esto acabará con tu energía.
- No, esto acabará con todos, pronuncia casi con un acento cabalístico, con pesar, la energía del universo se perderá.
- No menciones esto con los otros sabios, los señores reprobarán tus criterios, esto puede meterte en problemas.
- Lo sé, pero el tiempo me dará la razón.

Los humanos les miraban desde su pequeña posición, él les observó cómo se haría con una hormiga y deseaba aplastarles de igual manera. Pero no podía, aunque tal vez algún día lo hiciera, entonces allí la energía del universo volvería a su equilibrio.

- No lo entiendes Ruther, ellos son la fuente de la energía

del universo, lo que son, nadie más lo puede ser.

- Arem, no sabes lo que dices.

El sonido de la nave les calló, la energía era intensa y Ruther sabía que la sombra de este error les pasaría su precio más temprano que tarde. Era como retardar lo ineludible, que el hombre estaba condenado a destruirse a sí mismo y no había nada que pudieran hacer al respecto.

Pronto tendrían que volver cuando las fluctuaciones en Alcyón les indicaran el peligro inminente en que la energía podría perderse para siempre. Los señores no le escucharían, pero los hechos los convencerían.

Las fuerzas de Carson, con sus cazadores permitirían retardar el proceso, al igual que los Delta, pero tarde o temprano las fuerzas se desatarían, encontrándose como el cauce de varios ríos que finalmente desembocan en el mar. Cuando las fuerzas se encuentren, entonces el caos sería inminente. Ahora en este presente estaba pasando, tal como el señor lo creyó, las pugnas se estaban gestando una tras otra, como una reacción en cadena, todas las castas se enfrentaban, incluyendo a los Carsonianos, el hombre domina al hombre, la sed nunca se apaga.

CAPÍTULO VII
Primer encuentro

Un encuentro determinará el principio de un conjunto que terminaría con la aparición de un importante personaje en la historia de las criaturas y las personas: Sekhmet. La Emperatriz, que tendría un papel preponderante en este ciclo de la vida.

Pero en este momento nada de eso ha pasado. En ese instante, no es más que Alicia, la tierna chica que un día planea ir a un lugar equivocado en busca de un sueño fútil, quien con una sola acción cambiará para siempre el curso de su existencia, así como la de todas las demás criaturas y mortales.

The Black era un lugar de diversión muy popular para los jóvenes, pero también un espacio en el cual se reunían seres en busca de sangre. Criaturas de todas las castas y también Carsonianos, así como humanos, la mayoría de los cuales no tenían la menor idea de lo que pasaba a su alrededor.

Esa noche la joven universitaria Alicia Pons, hizo su primera presentación como cantante y sabe que algo extraño ha sucedido, hay una fuerza a su alrededor que puede percibir. Sentada en esa silla ve algo que capta poderosamente su atención.

Lo que no sabe son todos los vericuetos que la vida y la muerte han tenido que recorrer para que este encuentro se produzca desde las nieves de San Petersburgo hasta la esmeralda perenne del Ávila.

En una calle de la ciudad rusa, más de un siglo antes una rubia espera en una esquina, y a comienzos del siglo XX una fuerza feroz acecha en las calles de París a una joven que el destino ha señalado: Danielle Benet. Pero pertenece a otra historia, una escrita con letras de sangre.

Pero la energía ha elegido nuevamente, ahora Alicia está a punto de encontrarse con su destino de una forma inesperada y no hay nada que pueda hacer para evitarlo. De repente ve a un hombre, este viene hacia la mesa, sí, ese portento masculino se le acerca y no puede creerlo.

Piensa que no puede ser de este mundo, viste de una forma regia, completamente de negro, es como si dominara el espacio, camina e instantáneamente todo comienza a girar a su alrededor. Ella no puede quitarle los ojos de encima, resulta imposible hacerlo.

Es un hombre muy alto, de figura atlética y posee ese look europeo que tanto le gusta. Su cabello liso es intensamente negro, lo lleva recogido en una coleta alta, lo cual le aporta un look más misterioso e interesante, su piel es intensamente pálida, tanto que le recuerda a estos chicos que se maquillan para emular a la muerte. Es una figura imponente, nota cómo a su alrededor todas las mujeres también lo están mirando.

Especialmente, una chica de cabello largo y rizado, rojo como el fuego, parece interesada, sus ojos dicen más de lo normal, ese no es el interés de una simple admiradora. Parece incluso conocerle, pero ahora sus ojos vuelven nuevamente al hombre olvidándose que alguna vez ha visto a esa chica.

Lo que más le impresiona del personaje son sus ojos penetrantemente azules, posee un aire completamente sexy, es ese estilo que grita claramente "soy inalcanzable". Todas están hipnotizadas, incluyéndola, el tiempo parece que se ha detenido. Lo prohibido atrae, se dice, y este hombre grita peligro por todos lados.

Mentalmente le compara con su novio Gustavo, no hay punto de comparación porque la gracia de este hombre es sobrehumana. No es ningún príncipe azul ni mucho menos, sino alguien salido de un cuento oscuro, donde el peligro te acecha en cada esquina.

Se acerca y entonces percibe su aroma, es una mezcla maravillosa y masculina, oud, sándalo y no sabe cuántas cosas más. Olfatea y hay algo, una profunda y penetrante esencia masculina. Su cabello refleja las luces del lugar, es tan negro que parece azul, y el contraste con su piel es impresionante.

Al acercarse, nota aún más la profunda intensidad de sus ojos, penetran como dagas, y su expresión es como la de un felino que está a punto de atacarte, es un animal depredador. Está cerca de ella y todo su cuerpo se eriza, es tan elegante y propio que se siente intimidada.

- Buenas noches, madame Alicia ¿verdad?

Le está hablando, es con ella definitivamente, pero ¿qué puede querer este hombre de ensueño?, se pregunta, está efectivamente esperando una respuesta.

- Así es, le responde apenas con un hilo de voz.

Está tan nerviosa que su forma de hablar resulta completamente patética, no posee su tono de voz habitual.

- La señora Gabrielle desea verla.
- ¿La señora Gabrielle?

- Sí, es la productora que te dije, acotó Orlando.

Orlando, el mejor amigo de su novio Gustavo, conoce muy bien la onda musical caraqueña, sabe quién es Gabrielle y en el fondo está molesto consigo mismo por haber desperdiciado la oportunidad de ser seleccionado por la importante mujer. Es precisamente esta chica sin ninguna experiencia la que le está robando la oportunidad que tanto ha soñado, definitivamente eso es algo que le molesta sobre manera.

- Eh… ¿y para qué quiere verme?
- La señora desea hablar con usted acerca de su presentación madame.

Alicia experimenta escalofríos en todo su cuerpo, no sabe qué le produce este hombre, pero sin duda resulta algo muy intenso. Su presencia es completamente imponente, trasmite una sensación que invade, no tiene que pedir permiso, está tan claro como la luz del día.

Gustavo la mira con cara de querer asesinarla, aunque hay muchos chicos interesados en Alicia, este hombre es diferente, algo le dice en su ser interno que las cosas serán distintas. Es el aura de él, una sensación de absoluta seguridad que le produce intimidación, algo que jamás ha sentido con otra persona.

- ¿Madame?
- Eh… sí, claro, voy, voy, dice levantándome torpemente de la silla, tal parece que su cuerpo no responde como lo hace normalmente.
- Espero tengas suerte, dice Gustavo tratando de mantener la compostura.

Alicia se da cuenta que la voz de Gustavo rompe con el

encanto, incluso, se le había olvidado que estaba allí, eso la hace sentirse culpable. Hasta que ve al extraordinario hombre y se le olvida nuevamente el chico del cual ha estado tan prendada hasta minutos atrás.

Ella no lo sabe en ese instante, pero hay fuerzas que se están moviendo en el universo, hilos en la trama de la energía que están acercándose para formar el Telos de la existencia. En ese momento todo desaparece, ¿quién no pensaría así?

- Ah... ¿sí?, gracias, ya vengo, le dice. Eh... espero tener suerte, sonríe nerviosamente, y su estado de ánimo no se debe precisamente a su entrevista con Mademoiselle Gabrielle.
- Te espero, agrega Gustavo, pero es evidente que se encuentra molesto.

Alicia sigue al atractivo extraño y nota su andar grácil, es tan elegante que parece levitar. La conduce hacia las escaleras, por supuesto, esa mujer debe estar en la zona VIP, en una de esas habitaciones. Todo el lugar posee un diseño minimalista, de formas simplificadas en su máxima expresión, todo decorado en negro y blanco.

- Por aquí Madame, su acento es muy sensual.

No logra determinar de dónde procede este portento de hombre. Alicia intuye que algo especial está pasando, pero no puede concientizarlo completamente. El hombre abre la puerta laqueada en color negro y ella puede ver la estancia prolíficamente decorada.

Posee un estilo barroco, oscuro, como todo el lugar, está magníficamente decorada, con un gusto exquisito. Alicia lo nota inmediatamente, eso la hace sentir más intimidada aún.

Dentro de esa estancia hay cuatro personas, todos poseen ojos alucinantes e intensamente azules. Este hecho le hace sentir un nudo en la garganta.

Todos son increíblemente hermosos, de facciones simétricas y atractivas, ella experimenta de inmediato esa sensación de ser observada por una manada de leones. Hay tres mujeres, una sexy rubia de rostro acorazonada y labios sensuales, una pelirroja de aspecto renacentista, y finalmente, a la cabecera de la mesa, se encuentra una mujer de melena intensamente oscura, tanto que su cabello parece de color azul.

Lo lleva totalmente liso y partido a la mitad, sus ojos permanecen ocultos tras unas inmensas gafas de diseñador y aun así parece que la está mirando. Esta parece la líder del grupo y debe ser Mademoiselle Gabrielle, se queda paralizada, es ese tipo de personas que te hacen sentir fuera de lugar.

A un lado hay un hombre de aire misterioso, es muy atractivo y elegante, de preciosas facciones asiáticas. Sus ojos son hermosos y están enmarcados por cejas rectas. Sus perfectos pómulos le dan un aire muy particular y atractivo. Aunque le parece extraño el intenso color azul de sus ojos ¿serán lentes de contacto? Se pregunta.

-    Bienvenida, dice la mujer invitándola a su mesa.

Nota que frente a ellos hay una ventana desde la cual es evidente que la mujer ha estado observándola. ¿Por qué una persona tan elegante y cosmopolita como esa se siente interesada por ella?, es lo que se pregunta. El estar con esas personas le produce la sensación de ser un conejo atrapado entre una manada de lobos, como si alguno de ellos le fuese a saltar en cualquier momento.

- Adelante, siéntate, vamos, su voz es diferente a cualquiera que haya oído, es un terciopelo que acaricia los sentidos.
- Gracias, responde tratando de parecer segura.
- ¿Quieres tomar algo?, ¿vino, agua…?
- Eh… no, es que estaba tomando cerveza.
- ¿Cerveza? Mmm, responde, como si analizara cada una de sus palabras y también sus movimientos.
- Eh… usted dirá señora.
- Disculpa mis modales, me presento, mi nombre es Gabrielle Achour, soy productora musical y lo que hiciste allá abajo estuvo muy interesante, si me permites la expresión.
- Gracias, se emociona por el cumplido y eso la hace sentir más turbada todavía.
- El joven que te acompaña es Alexander, ellos son Safire, Taishō y Eloise, mis colaboradores.
- Mucho gusto, dice Alicia casi temblando.

Se da cuenta que la rubia esboza una sonrisa de burla, no le ha caído bien, y resulta perfecto porque ella siente exactamente lo mismo.

Alexander… repite mentalmente, qué nombre más sensual, ese tipo a diferencia de los demás le produce una energía vibrante. Tal vez se debe a que le ha gustado mucho, no, eso es poco, lo que produce este hombre es una especie de torbellino en conjunto con una tormenta eléctrica, todo al mismo tiempo.

Parece una maravillosa escultura griega, permanece parado junto a la elegante puerta como esperando la siguiente orden de la mujer, quien se sirve una copa de vino. Lentamente se la lleva a los labios, los cuales están pintados en un intenso color rojo.

- Bien, lo que hiciste me gustó, y deseo verte en privado en mis oficinas para que hablemos.
- Eh... sí, claro señora, como usted diga.
- Bien, tal vez te hayan comentado que tengo muy buen ojo para estos asuntos, si me gustas y te firmo podrías volverte muy famosa, pero lo importante es que seas una buena cantante, y creo que tienes un buen material allí, dice señalando su garganta.

Su voz tiene un efecto extraño, se estremece, como si obedeciera a lo que esta mujer le dice. Tiembla, ¿quiénes son estas personas?, ¿por qué le hacen sentir así? Mademoiselle Achour sonríe, como si sintiera satisfacción.

- Bien, Alexander se encargará de todo, dale tus datos y él te llevará a mi estudio, es todo por ahora Alicia.

Alexander la mira, no puede admitirlo, pero la joven Alicia le produce una sensación confusa, uno de esos momentos en que deseas volver el tiempo atrás para que la vida sea otra y, en consecuencia, él también pueda ser diferente. Pero eso nunca pasa, porque solo la inmortalidad es capaz de violentar el tiempo de los hombres y del universo.

- Eh... bien, responde nerviosa, entonces quedamos así señora, gracias por la oportunidad y su tiempo, es...
- No te preocupes, no es nada, al contrario, ahora ve a tu casa y descansa, y su voz meliflua le convence que eso es exactamente lo que desea hacer.

Se levanta de la silla y sonríe queriendo verse calmada, pero solamente logra verse más patética de lo que se ha mostrado hasta ese momento. Alicia no lo sabe, pero para las cinco criaturas resulta muy evidente todas sus reacciones, pueden sentir el aroma de su sangre mezclada con el cortisol, la adrenalina y también sus alborotadas feromonas.

Alexander se mueve elegantemente a un lado de la puerta, y a ella le fascina cada uno de sus gestos. Es definitivamente el ser más fascinante que ha conocido en toda su vida.

- Madame... le acompaño hasta su mesa, le dice con esa sensual voz que tanta turbación le causa.
- No es necesario, ya sé el camino, le contesta.
- No importa, es mi deber hacerlo, insiste él.

Está tan nerviosa que no sabe siquiera qué contestarle, su voz tiembla patéticamente, es un remedo de persona. Cree que, tanto Gabrielle como Alexander creerán que es una completa idiota.

Alexander la acompaña de vuelta a la mesa, Alicia se siente como si estuviera en una escena de un libro caballeresco ¿quién se comporta así en pleno siglo XXI? En la mesa Gustavo parece molesto y mira al hombre con cara muy seria.

- Madame, por favor envíe sus datos a este teléfono. Si tiene alguna duda puede dejar sus preguntas aquí con el joven, y señala al chico rubio que la había llevado al escenario.
- Bien, contesta, pero una vez más su sonrisa resulta tonta.
- Ha sido un placer, entonces se retira tan elegantemente como ha llegado, con el silencio y encanto de quien sabe que tiene todo bajo control.

Su novio la mira molesto, sabe que ese hombre le ha despertado algo, no es cualquier cosa, un sentimiento intenso se mueve dentro de ella. Espera para ver si Alicia se recupera, pero siente que es un descaro la manera en que mira al tipo ese.

Inmediatamente, surge entre los dos una discusión, en otro momento le habría importado o se hubiese puesto a llorar, pero de pronto ha surgido en ella una fuerza abrazadora, una especie de extraña valentía que nunca antes ha experimentado. Sale del lugar y Gustavo ha entrado en cólera.

Mientras tanto, Alexander ha vuelto al recinto, donde Anhotep le espera para hablar con él.

- No los entiendo, ¿qué le ven a esa chica?, es totalmente insignificante, dice con maledicencia la rubia criatura.
- No estoy pidiendo tu opinión Safire, dice Anhotep mirándole con severidad.
- Lo siento, señora.
- Ven conmigo Alexander, le dice llevándole a otro salón.
- Señora… dice con reverencia.
- ¿Qué te parece la joven Alicia?
- Me parece muy hermosa y… una muy buena persona.
- ¿Buena persona?, no creo que sea la descripción que esperaba.
- ¿Qué espera mi señora?
- Que me digas realmente lo que sientes, no te cohíbas, igual puedo saber lo que sientes.
- No quiero transformarla.
- No es cuestión de que quieras, sabes que debe ser así. Bien, lo haré yo entonces, dice al ver su rostro de determinación.
- Es que… no quiero que pase lo mismo que con la joven Danielle.
- Danielle, ella no estaba destinada, debes entenderlo.
- Mi señora, la he observado atentamente, no creo que sea

la persona que estamos buscando.

- ¡Basta! No discutiré esto, es algo que no debemos cuestionar, Amón lo ha dicho, ella es la elegida y tú no eres quien para cuestionarlo.
- Lo siento mi señora, pero... ¿y si ella no quiere convertirse?
- ¿Tratarás de convencerla?
- Puede ser.
- No lo harás, lo he visto en sus ojos, ella lo quiere, está dispuesta a pagar el precio.
- Señora.
- Eres encantador, Safire sería tu pareja ideal, pero nunca lo has querido, no puedo hacer nada respecto a eso, el destino lo quiere, el señor Amón lo ha determinado, así como lo hizo conmigo.

No sabe lo que el destino les depara, ni siquiera la reina Anhotep lo conoce. Pero la energía requiere sacrificio y Alexander está a punto de conocerlo, el verdadero sentimiento que lleva en su corazón le impulsará a encontrar el camino que los Cyn han estipulado y que los hilos de la energía han estado tejiendo. Alexander mira con resignación a la reina y sabe que deberá hacer lo que ella quiera.

- Ve por ella, acaba de tener una discusión con el mortal, y ya sabes cómo son los humanos, sería apropiado que... la interceptaras para crear un vínculo emocional con ella.
- ¿Un vínculo?, repite él, hace mucho tiempo que no ha tenido ningún vínculo con nadie.
- Búscala, no te será difícil, posee un aroma delicioso ¿no es cierto? De solo recordar su aroma...
- No la morderé señora, la buscaré para usted, pero nada más.

La ve desde su auto, parece un poco perdida, es una zona peligrosa, se nota que está turbada por la discusión. Pero la verdad preferiría dejarle morir que verla convertirse en una criatura.

El auto negro se estaciona en la esquina, ella gira y comienza a caminar en dirección contraria, Alexander la sigue, entonces ella se molesta y se tira agresivamente sobre el vehículo lanzando improperios. El vidrio ahumado baja y Alicia se queda impresionada, su corazón se detiene ¡es Alexander!

Se emociona, su corazón retumba con fuerza, las piernas ahora le tiemblan, trata de recomponerse, pero se le hace muy difícil.

- Madame, no debería andar sola de noche por aquí, puede ser peligroso.
- Oh… señor Alexander, es usted, me asusté muchísimo, disculpe.
- No madame, soy yo quien me asusté con usted, sonríe y ella se queda impresionada, es la primera vez que le ve sonreír y resulta un momento encantador.

Su dentadura nacarada le impresiona ¿puede ser este hombre más perfecto? Esos hoyuelos en sus mejillas son encantadores.

- Me asusté mucho, disculpe, pensé que me iban a secuestrar o algo así.
- Por favor madame, venga, la llevaré a su casa, le dice con ese sexy tono de voz que posee.
- Eh… es que…
- Por favor, no puede andar sola por aquí, es peligroso, le ruego venga conmigo.
- Eh… bien, bien, entonces sin más insistencias entra en el

precioso y elegante auto.

El caballeroso Alexander le abre la puerta, al pasar por su lado experimenta una sensual sensación eléctrica en todo el cuerpo. Dentro, el auto es todo lujo y sofisticación, con asientos suaves y confortables. Se olvida completamente de Gustavo, es imposible pensar en otra cosa con alguien como él cerca.

La sensación térmica es agradable en comparación con el terrible frío que hace afuera, sin duda que no se ha vestido de una forma adecuada, pero la calefacción le hace sentir mejor. Además, hay otra cosa, es él mismo quien parece emanar un aura de encanto, así lo sintió desde la primera vez que le vio.

Luego del impacto inicial percibe el sonido de fondo, es Wagner, la música es "El Ocaso de los dioses", su profesora se la ha colocado muchas veces, así que la reconoce al instante.

- ¿Le gusta la música clásica? Le pregunta, trata de no parecer tan emocionada, pero se le hace muy difícil.
- ¿Acaso hay otra? Le dice sonriente, y le resulta encantadora su manera de hablar.

Pero hay algo en él que le parece curioso, es evidente que es un hombre joven, le calcula cuanto mucho unos 25 años, pero se comporta como si tuviera 50, es más, incluso, le parece que es un personaje salido de una novela del siglo XIX.

- Mmm, no sé, usted se mueve en el mundo de la música, le contesta, pero luego se da cuenta que él podría tomarlo como un sarcasmo.
- Lo sé, pero si hablamos de calidad musical, creo que

estará de acuerdo conmigo Madame, que no hay nada como la música clásica.

- Sí, en eso podemos acordar, su trato es tan formal que le resulta extraño.
- Aunque mi favorito es otro compositor.
- ¿Cuál?
- Tchaikovsky.
- ¿En serio? Él sonríe y parece que le ha agradado mucho de que ella se exprese así.
- Sí.
- A mí también me gusta mucho, su sonrisa luce más amplia y encantadora.
- ¿Cuál de sus composiciones le gustan más Madame?
- Patética.
- Concordamos en que es una muy buena composición, la he disfrutado muchas veces, y nota que parece recordar algo.
- Supongo que le trae buenos recuerdos.
- Así es.
- Usted ¿de dónde es?, tiene un acento particular, pero no sé definirlo.
- Soy ruso, mi nombre es Alexander Petrov, Madame.
- Ruso… dice, y se siente fascinada, por supuesto ¿de dónde más podría ser este hombre encantador que de buenas a primeras se le ha cruzado en el camino?

Mientras tanto, Su Alteza ha llegado a la mansión, conoce a Alexander y sabe perfectamente que le ha gustado. La casa se siente solitaria y oscura e inmediatamente se da cuenta que un inmortal está allí.

- Anhotep… dice la profunda voz, es una sombra, un ser del cual solamente puede distinguir sus contornos.
- Señor… y se inclina.

- Quiero que esta vez no se cometan errores, la joven Alicia es la elegida, haz lo que sea necesario.
- Se hará como usted diga señor.
- Eso espero, te mostraré algo que necesitas ver, entonces extiende la mano sobre una de las blancas paredes.

Al instante esta transluce y puede ver una imagen, es una hermosa mujer tan blanca como la luna, de cabello intensamente oscuro. La imagen es fascinante, una intensa fuerza cubre a la criatura.

- ¿Qué es eso?, dice mirando el muro sorprendida.
- El futuro, milenios en el futuro de tu dinastía.
- ¿Ella es la elegida entonces?
- Si escoge bien, puede salvarlos.
- Esperemos que lo haga entonces, mi señor.
- Primero procura que sea convertida.
- Así lo haré.

Sigue mirando la fascinante imagen, un ser con capucha avanza hacia ella, mientras lo cubre la potente energía. Anhotep lo siente, quizás esta vez la maldición de Amón pueda finalmente revertirse. Ese encuentro ha sido la clave, pero sabe que se necesita más, pero todavía queda tiempo…

CAPÍTULO VIII
Segundo encuentro

Una verdadera realidad es que la naturaleza siempre encuentra su cauce, las sinuosidades de la existencia no pueden ser previstas, ni siquiera por quienes han tomado en su ser los hilos del tiempo y la materia. Eso fue lo que sucedió de forma callada y haciendo eco de la verdad, no solo la de Ruther, sino de los hombres mismos.

El destino de los humanos estaba tejiéndose desde hacía mucho tiempo, desde antes que ellos mismos existieran. Desde que los propios señores Cyn fueron formados con la joven energía de Alcyón. En la más profunda oscuridad del universo, una intensa energía estalló... allí comenzó el primer ciclo de la vida, en ese instante, el hilo de la existencia buscó entre la nada para dar origen a lo que no era.

Los guardianes, millones de años después llegaron a la tierra y crearon a la primera criatura, creyendo que controlarían la energía. Sin embargo, la vida se seguía buscando entre el laberinto del tiempo, hasta encontrar a quien estuviese listo para ser merecedor del (◄┤‖▣╤ᴸᴸ).

Dos fuerzas debían encontrarse, el sacrificio ante la muerte y la ambición frente a la vida. Alexander Yúsupov y Alicia, Mikhail Yúsupov y Ana. Una que renuncia a todo y otro que entrega lo que es a cambio de nada.

El segundo encuentro entonces ocurriría muchos años después, entre una especie desconocida y el propio Emperador de los Inmortales. Dos seres diferentes que, sin embargo, tuvieron un destino en común desde siempre. Casi mil años los separaron, pero la energía ya había previsto que se hallarían entre los sueños y las arenas del tiempo.

Corre el año de 2860 y ahora el mundo está lleno de tecnología. El hombre cada día se encuentra más conectado al mundo virtual. Para Malva James, esta visión de un mundo lleno de montañas y tonos verdes resulta novedosa. Casi ha olvidado su pasado en Tambov, en su Rusia natal, hace ya muchos siglos que se acostumbró a habitar en grandes ciudades.

No obstante, en países como Suiza conservan su naturaleza y resulta un deleite para Malva ver todas las explanadas que le recuerdan a su aldea. Siente que de alguna manera se está acercando a su destino, no puede explicarlo, pero así es.

Desde su cápsula de desplazamiento recuerda cuando no era Malva, sino aquella chica incauta que quería huir de una realidad que le resultaba aterradora. Cuando pensó que las cosas no podían ir peor en su vida y Gael se cruzó en su camino.

Algo se agita en su interior, trata de asociar la sensación con algo conocido, al principio no puede, pero luego recuerda aquella noche, cuando sintió la presencia. Era una fuerza casi impersonal que la penetró hasta lo más profundo, después de ese día jamás volvió a sentir nada igual.

No le vio jamás, pero la sensación se le ha quedado profundamente grabada en su ser. Al principio creyó que era un sueño, pero luego de vivir tantas cosas sabe que ha sido una criatura, una muy especial. No era Gael, porque a este lo recuerda perfectamente, el que acabó con su vida y la condenó a vagar en la completa soledad.

Recuerda aún al centenario y rubio joven que la miraba con sus profundos ojos violeta. Tan joven que no aparentaba sino unos 20 y tantos años. Pero sospecha que Gael ha desaparecido, pues por años pudo sentir esa sensación molesta, una especie de conexión, pero hace mucho tiempo dejó de sentirla. En cambio, la potente sensación de aquella noche no se esfuma y cuando duerme puede sentirla con mayor claridad.

Malva James no es una criatura como todas las demás, en su cuerpo se alberga un gran misterio. En ella se han conjugado dos fuerzas contrarias, la vida y la muerte. Por lo tanto, puede considerarse como un ser híbrido, pues la inmortalidad parece residir en ella, pero sorpresivamente desde hace casi mil años su corazón ha estado latiendo.

Para ella su propia existencia es un misterio, el cual no ha logrado desentrañar, Gael debe haber hecho algo mal, de lo contrario, no estaría en esa especie de estado transitorio entre los mortales y las criaturas. Su vida tiene ventajas y desventajas, puede comer y dormir, pero no pertenece a ningún lado, no tiene cabida en el mundo de los inmortales porque es una aberración y no posee un lugar entre los hombres porque no es una de ellos, ya se le olvidó cómo se siente ser Ana Porter.

De pronto se queda dormida y otra vez el sueño vuelve, es el mismo todo el tiempo. Corre a través del bosque oscuro, la sensación es de una libertad absoluta, el viento roza con intensidad su cuerpo. La luna se levanta en el firmamento de una forma fiera, casi como si le retara.

Sale a un claro y allí está, la luna es tan inmensa que no

puede sino maravillarse, debajo puede ver San Moritz, un precioso castillo se alza, al instante un ruido la distrae. Como salido de la nada está él, pero como siempre no puede distinguir su rostro, este la mira, siente que la ha estado esperando, como ella a él...

Se despierta, está en la cama de la habitación, como siempre ha sido un sueño. Va hacia la ventana, todavía con la molesta sensación de la frustrada experiencia. La noche está muy oscura, tanto que le hace recordar ese día cuando Gael casi la mata.

El sueño ocurre en ese mismo lugar, y siente que de alguna manera está tentando a la suerte. Tal parece que Selene saldrá en algún momento y sonríe porque le hace recordar cuando tenía 16 años y jugaba a encontrar la cara de la luna.

Todo parece tan lejano, ahora es tan distinta a la joven Ana que trabajaba en el palacio de los Romanov. Su vida era bastante convencional, en esa residencia campestre podía ganar dinero y al mismo tiempo estar cerca de los suyos, no necesitaba más. Pero para su madre nada era suficiente, mientras ella se contentaba con ver de lejos a los príncipes que visitaban el lugar, su mamá tenía una óptica mucho más pragmática de la realidad.

Le había dicho miles de veces que no era bonita y que debía conformarse con lo que tuviera a la mano, eso de pensar en príncipes era supremamente tonto. Pero ninguna de las dos sabía que alguien le espiaba, la criatura Gael estaba a su acecho y había concebido un plan para arruinar al joven Yúsupov. Al sentir su aroma creyó que enloquecería, en todos los milenios que tenía de existencia jamás había experimentado un aroma como ese.

Le vio escoger las verduras, se veía feliz, sintió malestar, ¿quién con una vida miserable como esa podía ser feliz? Tambov era un lugar pequeño, bastante rural e insignificante, y allí estaba esa chica con su maldita sonrisa. La odió porque por un instante le recordó a sí mismo, cuando también podía sonreír, maldita Ana Porter, se dijo.

Después de eso, supo que su existencia no tendría sosiego si no la mataba. Además, la insignificante joven le permitía también destruir a Mikhail, el rival que amenazaba todo por cuanto había luchado. No era más que una vil trampa, esa noche de cacería estaba dispuesta para que fallase. Pero Gael no esperaba lo que ocurriría, los hilos seguían tejiendo un Telos, entrecruzando vidas y formando encuentros.

Desde su posición las tres criaturas espiaban a la joven Ana, mientras esta descansaba profundamente, luego de un agotador día de trabajo.

-    Bien, hemos detectado a tu presa Yusúpov, ahora iremos por ella, ven, es hora de cazar, dijo Gael con una sonrisa de medio lado.

Pero algo detuvo a Mikhail, una fuerza que le decía "no, no es el momento". Una sensación tan fuerte que no podía callar ni siquiera por encima de sus fuertes impulsos de depredador. Se detuvo en seco y retrocedió.

Esa noche la joven Porter se había salvado, pero si no era él, sería otro, su sangre era demasiado tentadora como para que alguna criatura no se percatara de su presencia. Lo que no esperaba Gael es que fuese él mismo y esto derivara en su propia destrucción.

Lo último que vio fue a Aldebarán sobre él, había violentado uno de los principios matando a un inocente sin autorización. En su afán de sangre no la había desangrado, de modo tal que ambas naturalezas se mezclaron generando una aberración, mitad mortal, mitad inmortal.

Ahora Malva sale al jardín, se lanza por la ventana, hace tanto frío que de otra manera llamaría la atención, y ya lo ha hecho demasiado al preguntar por el castillo Saint Morizt. Comienza a caminar entre las sombras de esa noche oscura, la soledad le viene bien y no tiene otra alternativa, porque para cualquier clan ella no es más que un sacrilegio.

Sus poderes también deben serlo, de hecho, cree que en realidad las criaturas temen, porque sus poderes, en muchas maneras, son más fuertes que los de un inmortal. Ahora finalmente corre por el bosque que es tan negro como los presagios de su destino, siente el aire gélido que corta sobre su rostro como una daga filosa.

El sonido del bosque es encantador y siempre le ha fascinado como crujen las enramadas al contacto de su cuerpo. Es como una caricia, avanza a una velocidad tan alta que los contornos de las cosas se desdibujan. Es como estar en un sueño, piensa, pero está segura de que esto es la realidad.

Un claro aparece ante ella, se detiene, allí está, es la belleza argéntea de la luna, su tamaño no es natural y jura que en todo el tiempo que tiene como criatura jamás ha visto una luna tan preciosa como esa. Camina hacia ella convencida de que puede tocarle, está segura de ello, como por un influjo mágico la busca, hasta que llega al borde del precipicio.

Mira hacia el valle y entonces lo ve, es el castillo Saint Morizt, luce exactamente igual que en su sueño ¿será que está soñando? No, esta vez es verdad, el aroma de la noche se lo dice, lo grita a mil voces.

- Es hermoso... susurra, el castillo posee una belleza medieval y oscura, se imagina cómo estos hombres llegaron a construir esta portentosa maravilla.

Entonces lo comprende, quizás sus sueños no son sueños, tal vez algo canta a su mente, susurra que este es el lugar y el momento. Tensa los músculos, está a punto de saltar, quiere ver el castillo desde cerca, pero algo la distrae.

Es un ruido, mira alrededor y no ve nada, tal vez sea el viento que parece susurrar en su oído. Voltea nuevamente, mira la preciosa luna y trata de encontrar nuevamente su cara, como lo hacía la joven Ana.

Una sensación le invade, es la certeza de que una presencia está cerca. El latido de su corazón aumenta, no puede ver nada, pero sus otros sentidos se lo dicen, su olfato ha detectado un sutil cambio en el aroma del bosque. Está allí, en alguna parte, lo sabe, solo espera que se haga visible.

Las criaturas le generan aprehensión, no sabe cómo reaccionaría alguna de ellas si le descubren, si llegan a darse cuenta de lo que es realmente. Sus ojos observan el bosque y siente que, en cierta forma, el bosque también le observa.

En un tramo oscuro del bosque divisa un par de ojos brillantes, como si un felino estuviera al acecho. Se voltea inmediatamente dispuesta a correr, no quería encontrarse con alguna criatura territorial, eso podía ser peligroso. Olfatea el aire, un inconfundible aroma la deja impresionada, la sensación le invade. No puede ser, se dice.

Sus músculos se tensan y se prepara para huir, una corriente eléctrica eriza toda su piel. ¿Qué está pasando?, debe correr, pero no puede hacerlo, algo la detiene.

- Alto, dice la suave y profunda voz de terciopelo.

Esa voz, ¿qué pasa?, penetra en ella como una daga, la separa en partes, ¿de dónde la conoce? Una figura oscura avanza hacia ella, no puede distinguir, solo puede ver los contornos. Es un hombre o al menos eso parece.

Él sigue caminando hacia ella y ahora duda, tal vez sí esté soñando. Quizás en cualquier momento despierte en su cama y sepa que nunca conocerá el rostro del ser con el que ha estado soñando por casi mil años.

Se detiene, parece asombrado, está más cerca, es alto, atlético y fuerte.

- ¿Quién eres?, le pregunta.

Es la misma frase, no puede creerlo, sí, se dice, en cualquier momento se despertará.

- Te he esperado... contesta, y sorprendentemente él repite las mismas palabras...
- ¡Por mucho tiempo!, vuelven a decir al unísono.

Ella está esperando el momento en que se dé cuenta que todavía sigue en el hotel, que no ha salido por la ventana, sino que se quedó dormida. Pero eso no ocurre, él está allí mirándole en silencio como si también se preguntara si es un sueño.

Para Mikhael la sensación es análoga, se pregunta efectivamente si esta es una aparición de sus momentos de cavilaciones, cuando entra en uno de esos letargos en que mil imágenes vienen a su cabeza. Apenas puede creerlo, pero allí está, tal cual como la ha visto antes, como una preciosa figura en contraluz de la luna.

- ¿Eres un sueño? Le dice, y ella siente que es la pregunta más hermosa que le han hecho en toda su vida.
- No, ¿y tú?, le responde.
- No, pero ojalá lo fuese.
- Yo también desearía lo mismo, ¿de dónde has salido?
- Del bosque, ¿tú qué haces merodeando por aquí?
- No merodeaba, estaba corriendo, me gusta… correr en el bosque.

Su cara cambia cuando dice esto, olfatea y siente que su aroma es diferente al de cualquier criatura.

- Ya veo, espero que no hayas estado cazando aquí, sin mi permiso.
- No, pero ¿por qué habría de necesitar tu permiso?
- Ah… ¿no sabes quién soy entonces?
- No, pero si me lo dices, tal vez pueda saberlo.
- Mi nombre es Mikhail.
- ¿Un nombre ruso? Le gusta la sonoridad y su acento, le recuerda cuando ella también era rusa.
- Así es, ¿por qué te asombra?
- Pensé que sería alemán o algo así.
- No necesitamos de territorios, sabes que podemos viajar donde queramos.
- Sí, eso es cierto, le sigue en su equivocación, no quiere que sepa la verdad.
- ¿Qué quieres aquí?, tu nombre es…

- Una pregunta por vez, sonríe, corro por el bosque y mi nombre es Ana.
- ¿Ana?, hermoso nombre, entonces ¿qué haces mirando hacía mi castillo Ana?, ¿te gusta la arquitectura acaso?
- Sí, me gusta mucho la arquitectura.
- Mmm, interesante, pero lo que deseo saber es ¿cómo llegaste hasta aquí y qué pretendes?, sé que no eres un Betha porque si no… entonces la luz incide sobre su rostro, y ve que sus ojos brillan, distingue en uno de sus ojos el intenso color violeta.
- ¿Eres una Betha? Le pregunta extrañado, ¿cómo no se ha dado cuenta de eso?
- Tú eres un Betha, obviamente.
- Te hice una pregunta Ana.
- Sí, lo soy, pero parece dudarlo.
- Déjame verte de cerca.
- No.
- ¿Por qué?, ¿qué pasa?
- No pasa nada, este encuentro ha sido muy bonito, pero ya debo irme.
- ¿Qué sucede?, podemos hablar, no te haré daño, ven, quiero verte mejor y esa luz no me deja.
- Tengo que irme Mikhail, lo siento.

Entonces comienza a perseguirla, ambos corren a través del bosque, ella huye y él siente que por alguna razón no debe dejarle escapar. Mikhael conoce el bosque mucho mejor que ella, así que corta distancia y, a pesar de la increíble velocidad de Malva, le sale al paso.

- Ana, no trates de escapar, a ver, ven acá.
- Déjame en paz, Malva trata de huir, pero él le toma las manos y la acerca.

Cuando la luna incide sobre su rostro, él parece sobrecogido. No es solo el rostro angelical, la hermosa cabellera y las facciones perfectas, aunque extrañamente humanas, es algo más... el maravilloso aroma que posee, cualquier criatura lo recordaría.

La malla del tiempo se traspone y él viaja cientos de años en el pasado, a un instante de su vida en que todo era confuso y triste, en el cual debió tomar una decisión trascendental. Allí estaba, frente a esa casa, en la densa oscuridad de la noche, entre la indecisión y la necesidad imperiosa de la sangre. La voz se lo decía "no, no lo hagas".

¡Era ella! Pero ¿cómo?, ¿cómo ha llegado hasta él y por qué? Su cuerpo se electrifica, el aroma es sutilmente distinto a como lo recuerda. Sin duda es una inmortal, pero tiene algo distinto.

Su mirada era intensa, pero con un cálido matiz de dulzura. La luz incidió entonces completamente en su rostro. Mikhail retrocede, tiene un ojo violeta y el otro azul ¿qué es eso?, se pregunta.

Esa criatura le hace estremecer, comprende en ese preciso momento que ni Elena, Luna o alguna otra ha sido el ser que buscó en sus delirios. Es ella, es ¡Ana Porter!, quien ahora le mira con sus ojos delirantes y magníficos, como si creyera que puede retarle.

Es una maravillosa criatura salida de algún lugar desconocido, ¿será que Talbov no le ha dicho toda la verdad? De pronto lo siente, bajo sus muñecas algo está vivo, ¡su pulso! ¡Maldición!, se dice, su corazón está latiendo. Era cálida, podía sentirlo, la sangre estaba en todo su ser y era la esencia más encantadora que hubiese sentido.

El viento azota con fuerza el bosque y parece que canta, las enramadas descansan mientras Mikhael siente aprehensión por primera vez desde hace mucho tiempo. De una extraña manera parece que una vez más estuviese vivo.

Ahora Talbov mira sorprendido el muro donde yacen las imágenes que el señor Ruther le ha mostrado. El poder del señor es grande, y sabe que no puede cuestionar sus designios y mucho menos después de todo lo que ha visto.

- Cuando ya no existan y esta esfinge sea tragada por las arenas del tiempo, yo seguiré existiendo y volveré a buscarte hasta que el Telos se cumpla.
- Señor, tus deseos son órdenes para mí.
- Busca a Anhotep, el sacerdote Memeh te ayudará.
- Señor…
- Es importante que no menciones tu identidad a ninguna criatura. Anhotep debe buscar entre los hilos de la vida al joven Alexander y tú buscarás a Mikhael, es la única manera de salvar a los humanos en este ciclo.
- Así lo haré mi señor, dice mientras mira en el antiguo muro a la joven Ana Porter que no nacerá, sino dentro de unos 5 mil años.
- Los Bethas serán muy poderosos y con la mestiza lo serán más.
- Señor.
- Procura que sea así y le mira con ojos amenazantes.

Así, un segundo encuentro determina el destino de las criaturas y de los humanos. El primero de ellos será decisivo y el segundo aún más, todavía faltaba tanto en los vericuetos de la existencia. El Telos del universo gesta la trama con la cual el propio Ruther ha previsto que la naturaleza se abrirá camino entre las voluntades de los grandes, guardianes, humanos, carsonianos, criaturas, todos luchando, todos deseando. Pero la última palabra la tendrá siempre la energía.

Talbov mira desde la oscuridad del santuario al sacerdote Memeh, quien incautamente se ha cruzado en el destino. Desde las sombras le espera, lo acecha para tomar el control de su vida, mientras este hace abluciones al dios Amón. Ahora avanza hacia él y las tramas de la no existencia comienzan a tejerse.

CAPÍTULO IX
El Telos

Es la fuerza que creó al universo, una sola partícula, de una primitiva y anti existencia nació todo lo que se puede ver: los señores de la luz, las criaturas, los humanos, los carsonianos y muchas otras formas que componen el intrincado universo, las cuales coexisten sin saberse ni conocerse.

Los Cyn lo supieron, algunos podían entenderlo y otros no. Era mejor de esa manera, preservar la energía es y siempre ha sido lo más importante. Es la premisa desde que Alcyón se formó y los señores de la luz fueron comisionados como guardianes en este lado de la galaxia, aún de la zona D.

No todos podían conocer la energía, de hecho, los únicos seres destinados a manejarla eran tan insignificantes que por varios milenios pasaron desapercibidos. No obstante, su Telos era muy certero, el ser humano tendría que encontrarse a sí mismo, reconstruirse y volverse a construir, para que dentro de millones de años pudiera estar en la capacidad de dominar esta energía y así el universo, pronto a ser reabsorbido y retraído, este era el ciclo de la existencia.

La vida era lo más valioso, y resultaba necesario defenderla a cualquier costo, el ser humano tenía que sobrevivir a pesar de todo, y de sí mismo. Sus partículas debían viajar para encontrarse en el centro del universo, y una vez que cumpliera con su destino, entonces sería el propio universo que se encargaría de eliminarles del espacio y del tiempo.

Solamente así podrían superar su condición y convertirse en seres de luz como los señores Cyn. Era difícil, porque los humanos no parecían sino condenados a la destrucción.

Renacer, un proceso difícil, una esencia que está a punto de usar la energía, seres sin tiempo que escogen por encima de sí mismo, y entonces el universo entiende. Son las fuerzas más latentes de las estrellas que se conectan por hilos invisibles, cada acto queda grabado, cada acción, y a medida que el hombre avanza el Telos se expande, hasta que ya no quede más y el hombre cumpla con su cometido. La partícula de la vida, con la fuerza más poderosa entonces se hará una con él.

Un primer acto de vida está ocurriendo, alguien que se sacrifica por amor, es la máxima demostración, hay una esperanza, pero pronto vendrán muchas más porque es necesario que se repita, vez tras vez en el ciclo del universo, hasta que la partícula primigenia deja de retraerse y permita que la existencia siga su curso. La materia, la energía, la ausencia y la muerte, la vida... todo junto en un solo ser.

De las sombras sale la luz, de la muerte nace la vida, de los oscuros designios pueden salir las máximas resoluciones. Talbov mira el Telos que el señor de la luz se lo muestra, sabe que milenios le separan de la muerte, pero es necesario que así sea.

El muro se ha tornado como el agua, con un solo gesto la arena del desierto se transforma en una especie de vidrio líquido, el mismo reverbera en el muro. Talbov está asombrado, las figuras se mueven como si nadaran sobre esa superficie acuosa. En esta extraña estructura que se parece mucho al agua del Nilo, las sombras de un futuro lejano comienzan a aparecer.

Una joven lucha mientras es azotada por la tormenta de energía, sabe en su interior lo que debe hacer, pero algo le detiene. Es tan fuerte la luz que le enceguece, sabe que el señor la destruirá, o al menos eso piensa. Pero esta fuerza no es la del dios de las sombras, sino más bien algo impersonal, es la propia fuerza del universo la que ha tomado posesión del lugar para cobrar la maldición que la señora Anhotep ha desatado.

Se debate entre lo que anhela y lo que sabe debe hacer, para la joven es una decisión difícil, en su interior el corazón se esfuerza por hacer lo correcto. El señor Amón es un dios celoso y ahora le mira inquisidor, o al menos eso cree ella. Este poder es algo más, es como el dios de los hombres primitivos que nada sabe, no entiende más allá que la necesidad de expandirse y convertir la materia en energía.

Talbov mira fascinado sabiendo que posiblemente sea la primera y última vez que sus ojos verán esa imagen. El señor Ruther se lo confirma, no le es dado existir porque hay otro que viene después de él… Uno entre muchos y luego uno entre todos.

- ¡Alexander!, grita la joven, y parece que la energía la está consumiendo. Extrae de ella su fuerza inmortal y de seguro terminará en la nada.

La criatura lo sabe, es la misma fuerza que Ruther posee, acabará con ella. ¿Por qué le muestra esto?, ¿para qué lo hace?, Talbov no lo entiende, pero esta fuerza del universo es la misma que ha creado la existencia y así mismo puede arrebatarla, se expande hasta el límite y luego se contrae, hasta que comienza un nuevo ciclo.

El muro brilla, las sombras del pasado siguen su curso, y

es fascinante ver todo lo que aún no ha pasado. ¿Por qué el señor Ruther quiere mostrarle eso?, ¿para qué quiere hacerlo?

- ¡Debemos aguantar!, grita él.
- ¿Hasta cuándo?
- Hasta el final, hasta que ya no quede nada.
- ¿Recuerdas la visión?, por esto te escogió la señora, ¿sabes por qué lo haces?
- Por ti, lo hago por ti Alexander, porque quiero que esto se acabe, quiero que seas feliz, por todas las criaturas, quiero que esta pesadilla acabe y quiero que los humanos vivan sin esta amenaza sobre sus vidas.
- Mariposa mía ¿recuerdas?

Mil imágenes pasan, se suceden, todos y cada uno de los momentos que les han llevado a ese instante de la vida. Todo retrocede, se va desdibujando, uno tras otro. Y al final, dos seres mirando en un portal de fuego que parece vidrio líquido, como si fuese un espejo Talbov se observa a sí mismo en el acto de verse.

Se escucha una voz que ruge por encima del tiempo y el espacio que grita:

- ¡Eso ya no importa!, ¡ahora es el momento!, ¡te amo!, ¡sé feliz!

El eco queda suspendido en el vacío… una partícula primigenia se expande, entonces de la nada surge lo que no era… y nace el nuevo ciclo de la vida.

Del Telos de la existencia nació la vida y la muerte, del Telos de la existencia nacería por siempre, expandiéndose, redirigiéndose. Repitiéndose las historias y las narrativas de la vida. Antes de que fueran los hombres, fueron muchos otros y después de ellos serían muchos más. De la partícula de la energía vital nacieron, eran ellos los únicos que podían manejarla, aunque no lo sabían.

Del centro de la galaxia, en lo más profundo de las estrellas, con las explosiones del universo, entre los hilos de la vida y la muerte, así se buscó la materia hasta encontrarse. Ahora un nuevo ciclo comienza, las criaturas nacerán. La muerte será como la vida… así nacerán de la umbra, la más plena oscuridad dará origen a Los Lucertum y pronto de las sombras renacerá nuevamente la luz.

"Hay una fuerza más poderosa que la vida y la muerte, una que decide por sobre todas las demás, no tiene nombre, no tiene inicio, ni final, todo lo puede, todo lo sabe y pronto comenzará el nuevo ciclo, una vez más…"

Ruther-Oh-Rodem

Señor de Alcyón.

Fin.

Espero te haya gustado este libro que es el comienzo de la saga.

Si te ha gustado, por favor déjame un comentario en Amazon ya que eso me ayudará a que lo lean otras personas.

Otros libros de esta saga:

Inmortales. Génesis. El Origen de los Vampiros. (Libro No. 1)

Metamorfosis. El Legado Secreto de los Vampiros (Inmortales Libro 2)

Metamorfosis. El Legado Secreto de los Vampiros (Inmortales Libro 3)

Metamorfosis. El Legado Secreto de los Vampiros (Inmortales Libro 4)

Reina de la Oscuridad. Una Historia de Romance Paranormal (Inmortales Libro 5)

Reina de la Oscuridad. Una Historia de Romance Paranormal (Inmortales Libro 6)

Reina de la Oscuridad. Una Historia de Romance Paranormal (Inmortales Libro 7)

Seduciendo al Vampiro. Desafío de Fuego. Una Historia de Romance Paranormal (Inmortales Libro 8)

Seduciendo al Vampiro. Desafío de Fuego. Una Historia de Romance Paranormal (Inmortales Libro 9)

Seduciendo al Vampiro. Desafío de Fuego. Una Historia de Romance Paranormal (Inmortales Libro 10)

Guerrera de Fuego. El Vasto Precio de la Libertad (Inmortales Libro 11)

Guerrera de Fuego. El Vasto Precio de la Libertad (Inmortales Libro 12)

Guerrera de Fuego. El Vasto Precio de la Libertad (Inmortales Libro 13)

Dinastía de las Sombras. La Oscura Corona. Una Historia de Romance Paranormal de Vampiros (Inmortales Libro 14)

Dinastía de las Sombras. Juegos de Poder. Una Historia de Romance Paranormal de Vampiros (Inmortales Libro 15)

Dinastía de las Sombras. Cantos Oscuros. Una Historia de Romance Paranormal de Vampiros (Inmortales Libro 16)

Corona de Fuego. Una Historia de Romance Paranormal de Vampiros (Inmortales Libro 17)

Corona de Fuego. Una Historia de Romance Paranormal de Vampiros (Inmortales Libro 18)

Corona de Fuego. Una Historia de Romance Paranormal de Vampiros (Inmortales Libro 19)

Otros libros de mi autoría:

Azul. Un Despertar A La Realidad. Una Novela romántica de Mercedes Franco Saga No. 1

Azul. Un Despertar A La Realidad. Una Novela romántica de Mercedes Franco Saga No. 2

Azul. Un Despertar A La Realidad. Una Novela romántica de Mercedes Franco Saga No. 3

Azul. La Princesa Rebelde. Una Novela romántica de Mercedes Franco Saga No. 4

Azul. La Princesa Rebelde. Una Novela romántica de Mercedes Franco Saga No. 5

Azul. La Princesa Rebelde. Una Novela romántica de Mercedes Franco Saga No. 6

Secretos Inconfesables. Una pasión tan peligrosa que pocos se atreverían. Saga No. 1, 2 y 3
Autora: Mercedes Franco

Secretos y Sombras de un Amor Intenso. Saga No. 1
Autora: Mercedes Franco

Secretos y Sombras de un Amor Intenso. (La Propuesta) Saga No. 2
Autora: Mercedes Franco

Secretos y Sombras de un Amor Intenso. (Juego Inesperado) Saga No. 3
Autora: Mercedes Franco

Rehén De Un Otoño Intenso.
Autora: Mercedes Franco

Las Intrigas de la Fama
Autora: Mercedes Franco

Gourmet de tu Cuerpo. Pasiones y Secretos Místicos
Autora: Mercedes Franco

Pasiones Prohibidas De Mi Pasado.
Autora: Mercedes Franco

Hasta Pronto Amor. Volveré por ti. Saga No. 1, 2 y 3
Autora: Mercedes Franco

Amor en la Red. Caminos Cruzados. Saga No. 1, 2 y 3
Autora: Mercedes Franco

Oscuro Amor. Tormenta Insospechada. Saga No. 1, 2 y 3
Autora: Mercedes Franco

Otros Libros Recomendados de Nuestra Producción:

Contigo Aunque No Deba. Adicción a Primera Vista
Autora: Teresa Castillo Mendoza

Atracción Inesperada
Autora: Teresa Castillo Mendoza

El Secreto Oscuro de la Carta (Intrigas Inesperadas)
Autor: Ariel Omer

Placeres, Pecados y Secretos De Un Amor Tántrico
Autora: Isabel Danon

Una Herejía Contigo. Más Allá De La Lujuria.
Autor: Ariel Omer

Juntos ¿Para Siempre?
Autora: Isabel Danon

Pasiones Peligrosas.
Autora: Isabel Guirado

Mentiras Adictivas. Una Historia Llena De Engaños Ardientes
Autora: Isabel Guirado

Intrigas de Alta Sociedad. Pasiones y Secretos Prohibidos
Autora: Ana Allende

Amor.com Amor en la red desde la distancia
Autor: Ariel Omer

Seducciones Encubiertas.
Autora: Isabel Guirado

Pecados Ardientes.
Autor: Ariel Omer

Viajera En El Deseo. Saga No. 1, 2 y 3
Autora: Ana Allende

Triángulo de Amor Bizarro
Autor: Ariel Omer

Contigo En La Tempestad
Autora: Lorena Cervantes

Recibe Una Novela Romántica Gratis

Si quieres recibir una novela romántica gratis por nuestra cuenta, visita:

http://www.librosnovelasromanticas.com/gratis

Registra ahí tu correo electrónico y te la enviaremos cuanto antes.

Metamorfosis.
El Legado Secreto de los Vampiros
(Inmortales Libro 2)

La Otra Casta

LOS BETHA

Si crees conocer todo acerca de los vampiros, si piensas que has leído todas las novelas que se han escrito, si sientes que ya no tienes nada más por descubrir acerca del mundo de la noche y la sangre, déjame decirte que te equivocas. Como bien lo dijo una hermosa criatura que conocí una vez: "si crees que la vida de los vampiros es idílica, digna de un ensueño, debo decirte que no sabes nada".

No conoces este mundo, quizá hayas visto alguna criatura alucinante, pero créeme, nada de lo que experimentes en el cine o la televisión es real, los vampiros no son lindos, al menos no en la forma que crees o concibes, de ninguna manera, somos depredadores, los más feroces y peligrosos. Fuimos creados para un mundo más allá de todo, no sentimos como los hombres, no amamos de esa forma, ni somos nada de lo que hayas visto, leído, sentido o percibido jamás.

¿Cómo lo sé? Pues sencillo, yo soy uno de ellos, pero no te asustes, mi raza solo mata cuando es necesario, no temas, al menos que… estés haciendo algo malo… entonces deberías temer, y mucho.

Las castas vampíricas son más complejas de los que muchos piensan, incluyendo a las propias criaturas que forman parte de ellas, tanto es así que para muchos hay una sola raza, pero eso es totalmente falso, hay tres tipos de vampiros, y yo pertenezco a los más poderosos, ya que nos hacemos llamar los Betha.

Somos diferentes en muchas maneras a los Alfa, sí, mucho más poderosos, hermosos, rápidos y letales, y es por esa misma razón que permanecemos en lo oculto, sin declarar nuestra verdadera naturaleza. El poder es tentador y decirlo a Vox Populi nunca ha sido recomendable, eso lo aprendimos de la peor manera, con Talbov, uno de los primeros Betha, quien nos enseñó cómo el orgullo podía consumirte.

Los Betha han dirigido el destino de los vampiros y de los hombres, aunque a algunos les guste pensar lo contrario, las órdenes occidentales y orientales no tienen idea de lo que somos, ni siquiera que existimos. Ahora solamente ustedes y yo lo sabemos, pero eso no será por mucho tiempo…

Todo vampiro vive 12 momentos importantes en su vida: cuando eres convertido, cuando entiendes que ya nunca más serás un humano, cuando asesinas a los mortales o estos tratan de asesinarte, cuando te das cuenta que no pueden hacerlo porque no mueres, cuando te vengas de ellos y pruebas su sangre, cuando todos han muerto a tu alrededor y te quedas enteramente solo, y entiendes que ya no eres verdaderamente humano, cuando conoces al amor de tu vida, cuando te das cuenta que no es verdad, cuando percibes que la inmortalidad es solo un gran vacío, cuando conoces al verdadero amor de tu vida, cuando lo vives y, finalmente, cuando te sacrificas por ella…

Si crees que sabes de vampiros, entonces abstente, pero si tienes el suficiente coraje para reconocer que tienes todo por aprender, entonces eres bienvenido. Mi nombre es Logan Daniel, y esta es mi historia, la Dinastía Betha, la otra casta.

CAPÍTULO I
Vampiro Estepario

Corro por el bosque que ahora es tan oscuro como mi propio corazón, la sensación de sentir mi propia fuerza es alucinante. Avanzo con tanta rapidez que se pierden los contornos de las cosas, y, sin embargo, puedo distinguir todo con completa claridad. Corro a una velocidad inimaginable con la seguridad de quien no tiene nada que temer, porque el temor soy yo mismo.

Los árboles en la plena oscuridad de la noche se suceden uno tras otro interminablemente, la luna comienza a salir levantándose de manera alucinante y poderosa, me río, siempre es la misma luna, pero nunca deja de fascinarme. No se puede ser más pueril como cuando te yergues en una montaña escarpada simplemente para contemplar el espectáculo más fútil de todos, la salida de Selene.

Pero algo más distrae mi atención, no me percato que he avanzado mucho hacia el sur, y entonces sin querer, casi sin darme cuenta, he caído en una trampa del pasado. Allí viene con su argénteo brillo, rasgando el negro manto de la noche, pero ahora es otro espectáculo el que llama mi atención, uno muy diferente al de la plácida contemplación lunar.

La finca de Kurks parecía engalanada como para una fiesta, las luces doradas rutilaban de forma casi grosera y pude percibir la sensualidad de la sangre femenina que pululaba en el lugar, era un aroma que conocía muy bien. La brisa lo traía hacia mí de forma tentadora, y la casi erótica sensación parecía cosquillearme en el paladar, me mordí los labios, no había venido a eso, pero era casi seguro que allí había algún maldito bastardo con potencial para morir esa noche.

Hacía tanto tiempo, siglos que no veía el lugar, sentí de pronto una sensación erróneamente humana, di un paso en falso, entonces ese conjunto de imágenes que creía olvidadas en mi difunto corazón comenzaron a fluir como un manantial. Recordé que fue en el año de 1865 cuando vi la luz de este mundo, al menos eso dijo mi madre, todo estaba lleno de fastuosidad y elegancia, viví mil fiestas como esa que aquellos pobres incautos celebraban creyendo que era lo más maravilloso de la tierra.

Pero en aquel entonces eran fiestas verdaderas llenas de los más opulentos lujos, cuando el dominio de estas tierras pertenecía a una dinastía poderosa, Los Romanov. Hombres que nacieron para la realeza, para el poder, seres que dominaban miles de kilómetros hasta donde las estepas rusas se perdían en el horizonte, donde existían inviernos impenetrables que helaban la sangre de los forasteros y volvían infranqueables las fronteras de nuestro imperio.

Sonrío, puedo verlos desde donde estoy, cada detalle, sus estampas orgullosas, como si fuesen los dueños del mundo, no tiene idea de nada, son unos pobres hombres que juegan a dominar, podría partirlos en dos con la facilidad con la cual se quiebra una rama seca. Pero no lo haré, al menos no por esta vez.

Hace mucho tiempo yo también fui un humano, conocí de las sensaciones como el miedo, el frío, la vergüenza, y muchas otras emociones bajas que comparten los hombres. Pero ya nada de eso es parte de mí, se ha ido poco a poco como suele pasar con Los Betha, dejando solamente una vaga zozobra que se presenta algunas veces como un eco y que solamente se produce en algún instante de impacto, como el que estoy viviendo ahora.

Mi nombre es Logan Daniel o al menos ese es uno de los muchos que he usado. Una vez deseé algo que no conocía y por esa debilidad, por ese paso en falso, debí pagar el precio, uno demasiado alto. La experiencia me ha enseñado que solo deseas lo que no conoces, estuve allí, no lo deseé, pero eso no importó, una vez dentro te atrapa, te moldea, comienzas a moverte dentro de ese juego.

Fue en 1885, a los 20 años cuando perdí mi vida por el dudoso atributo de la inmortalidad, mi historia es diferente a la de muchas criaturas, no fui seducido por un vampiro alfa, ni fue una bella criatura femenina la que me llevó al abismo, no lo hice de manera voluntaria por probar el poder o ninguna otra tentación. La vida me fue arrancada tan rápidamente que no me di cuenta, aunque debo admitir que con un profundo dolor.

Mi verdadero nombre es Mikhail Nikoláievich Yusúpov, príncipe de Rusia, hijo de príncipes, nieto de príncipes, hasta los confines del tiempo. Nací el 22 de diciembre de 1865 en el Palacio Moika en San Petersburgo, fui el hijo mayor de Nicolás Felixovich Yusúpov, mano derecha de Su Alteza Imperial el gran Zar de Rusia, mientras mi madre, la princesa Eleonora Alexándrovna Románova, era sobrina del poderoso Zar Alejandro III de Rusia. Mi nacimiento fue visto como un buen augurio, según la tradición, los hijos nacidos en pleno invierno traerían algo especial a este mundo, y tuvieron razón, solamente que no de la manera que ellos pensaban.

Tuve dos hermanos menores, Alexander e Irina, de él todos conocen la historia y de Ira, como le decíamos, ya no recuerdo, son vagas las imágenes que se cuelan en mi memoria, el brillo del hielo y los trineos, tal vez ese sonido seco y el chirrido es todo cuanto viene a mí. Pero son formas vagas, carentes de sentimientos, como toda criatura, nuestras sensaciones, las que percibimos cuando fuimos humanos, se presentan de manera confusa.

Perdí mi vida un 23 de octubre de 1885, un día que también desearía olvidar, pero no puedo. En ese entonces no era más que un joven cretino y hedonista, que estaba seducido por las ideas del simbolismo y ciertas corrientes a las cuales me llevaron algunos amigos de tomar absenta y fumar opio.

Gustaba de leer a los filósofos y degustar nuestros conocimientos, era una vida deseable, aunque muchas veces carente de todo significado, fácil, sin dilaciones. A veces visitaba con mi padre las zonas rurales y me debatía entre la opulencia de mi existencia y la miserable condición de los campesinos, quienes prácticamente morían de hambre y frío, además de tener una vida condenada a la miseria y trabajos inhumanos.

Pero parecía que yo era el único ser en mi entorno que se percataba de ello o sentía el sufrimiento de los demás. Podía recordar una sensación llamada asco, eso era precisamente lo que tenía cuando las personas disfrutaban de la abundancia de los festines y en mi mente solamente podía ver a los pobres buscar comida entre la basura o soportar largas jornadas en el intenso clima para comer una miseria.

Todos esos sentimientos permanecían callados, hablar de ellos sería renegar de mi dinastía, del poderío de los Yusúpov. Pero era una especie de bomba que latía dentro de mí, y que pronto estaría a punto de estallar. Sonreía porque los hombres siempre son los mismos, hacen cosas iguales y hablan de

145

idénticos asuntos, aunque crean que no es así, la vida mortal o inmortal es un ciclo que da mil vueltas, claro, unas menos que otras.

Ese octubre salí del palacio luego de reunirme con mi padre para planear problemas de Estado. Eran las siete de la noche y hacía un frío intenso, era otoño y el clima se estaba volviendo agreste, mi chofer me esperó como siempre, pero yo, empeñado en reunirme allí cerca con algunos amigos a tomar absenta, decidí ir caminando contra todo buen juicio. Ajustaba mi abrigo cuando pasé por un callejón oscuro, tan oscuro como la boca de un lobo.

Cuando se ha decidido sobre tu vida no tienes ninguna opción, fue tan solo mirar por un simple instinto que no sé aún a qué obedecía, entonces vi algo raro, una sombra encima de otra, agudicé la vista y era una mujer que extrañamente succionaba del cuello de un hombre. Sabía que existían muchas perversiones en esa época, pero jamás había visto una como esa, el pobre miserable parecía hipnotizado con la fémina que estaba sobre él.

Por unos segundos me quedé mirando, era una escena grotesca pero al mismo tiempo, y por alguna mórbida razón, fascinante. La mujer entonces volteó rápidamente hacia mí, sus ojos brillaban en un tono violáceo alucinante e irreal, pude ver su expresión y sentí miedo, era una especie de instinto de conservación, no tenía la menor idea de lo que estaba pasando, pero era algo malo, muy malo, todo mi cuerpo lo decía a gritos.

Pude ver con mayor precisión que ella tenía sostenido al caballero con uno de sus brazos obligándolo a permanecer recostado a la pared. El gesto de la mujer no era para nada natural, mi corazón latía a una velocidad acelerada, en cuestión de segundos soltó al pobre hombre y prácticamente se difuminó apareciendo ante mí en un movimiento irreal.

- ¿Así que te gusta ver las cosas privadas?, dijo la mujer con la voz más seductora que había escuchado en toda mi vida.
- No, contesté locamente, porque en realidad no sabía ni lo que estaba pasando, era como estar en una película donde todo trascurre en cámara lenta y de forma inconexa.
- Pero sigues allí parado, justo frente a mí, ¿quién te crees?
- Perdón Madame, disculpe si he cometido una torpeza.
- Oh… eres un caballero, eso es mucho mejor, sería algo novedoso a los torpes granjeros y vulgares comerciantes de siempre, dijo relamiéndose los labios y mirándome como si yo fuese una golosina.

Estaba paralizado, no podía moverme, aunque quería hacerlo, ella era la mujer más hermosa que había visto en toda mi vida, su porte era exquisito y nadie la igualaba, ni siquiera la más atractiva de las princesas que había conocido, ninguna de las damas de la corte le llegaba siquiera a los tobillos. Sus cejas eran perfectamente arqueadas, la nariz recta, sus labios simétricos y carnosos, el cabello suelto, extraño para la usanza, pero era una maravillosa cascada de ondas en color rojizo y me miraba con un gesto fantástico, con esos ojos de color violeta.

- Dicen que se guarda lo mejor para el final.
- ¿Perdón?, fue todo lo que acerté a decir.
- Ahora tú serás mi postre y sus extremidades se tensaron como si fuese un felino a punto de saltar sobre su presa.
- ¡Suficiente Adelice!, dijo una voz masculina desde uno de los rincones oscuros del callejón.

147

- ¡Gael!, dijo ella revolviéndose.
- No sabes lo que haces, si matas a este hombre, Talbov te destruirá.
- ¿Por qué?, respondió casi con un rugido, como si fuese un animal salvaje.
- Porque ha llegado el momento.

Hablaban como si no estuviera allí, como se hace frente a una animal que sabes nunca entenderá lo que estás haciendo. La mujer parecía molesta mientras el hombre se mostraba calmado, al menos por su voz, me imaginaba a un hombre de unos 40 años, de porte elegante y caballeresco, a juzgar por las maneras con las que hablaba. Pero entonces salió del rincón oscuro donde había permanecido hasta ese momento y me sorprendí de ver a un chico, era un joven rubio de cabello corto que vestía enteramente de negro, aunque su porte parecía inocente, en sus ojos pude notar cierta crueldad, además, poseía los mismos ojos que la mujer.

Entonces comenzaba a preguntarme ¿qué clase de seres eran estos?, había leído novelas con personajes fantásticos, pero en ninguna de ellas se hablaba de cosas como las que estaba observando en ese momento. Era un hombre extremadamente hermoso, de una belleza casi angelical, pero que, sin embargo, intuía era todo menos eso.

- Ahora vete y llévate tu basura.
- Pero Gael…
- No me hagas molestar Adelice.
- Señor, dijo ella inclinándose, entonces tomó al hombre tal como si fuese un viejo saco de papas y saltó por encima de las casas prácticamente volando, me quedé con la boca abierta, eso no era normal en ningún modo. ¿Quiénes eran estos seres extraños y oscuros que me

había topado?, pensé que allí a dos cuadras estaban mis amigos esperándome, pero eso nunca pasaría, jamás me volverían a ver, ni yo a ellos.

- ¿Eres Mikhail Yusúpov?
- ¿Cómo sabe mi nombre?
- Sé muchas cosas de ti, más de las que tú mismo, tienes conocimiento, me dijo sonriendo de medio lado.
- Tengo que irme, dije tontamente.
- Ahora es muy tarde para eso Mikhail, es por eso que nunca debes ver a través de callejones. Personas como tú siempre andan en carrozas y son custodiados por pajes, pero la verdad real, es que nada de eso servirá con nosotros, siempre encontramos lo que queremos de una forma u otra, y lo tomamos cuando es menester hacerlo.
- Por favor señor, llévese todo lo que quiera, tómelo, tengo dinero y joyas, tómelas todas.
- Jajajajaja, me tomas por un vulgar ladrón, eso jamás me había pasado, es un insulto a mi condición, estás jugando con fuego Mikhail y te vas a quemar, dijo mirándome con un gesto que me generó un temblor en todo el cuerpo.
- ¿Perdón señor?, le dijo nerviosamente, no sé quién es usted, me disculpo si no he reconocido a algún señor del imperio.
- Soy un señor, en eso aciertas, pero no del imperio que crees, sino de uno mucho mejor, del gran imperio de las sombras.
- Perdón, me disculpo, ahora debo retirarme, le dije en un último intento con el cual esperaba salvar mi triste pellejo.
- No irás a ninguna parte Yusúpov, te quedarás justo ahí donde estás, vendrás conmigo.
- De ninguna manera, no lo conozco señor, debo retirarte.

El joven rubio entonces me tomó por el brazo, sujetándome tan fuerte que caí vencido en el piso, era imposible de creer que tuviese tanto poder, considerando que era más alto que él y muy atlético, mientras éste poseía una contextura más bien ectomorfa. Me apretaba con tanta fuerza que pensaba tumbaría a un toro con tan solo sus manos y un poco de voluntad.

El dolor era increíble, pensaba que me había fracturado el brazo. El chico sonreía, tenía un aire de satisfacción y una absoluta confianza en su mirada. Mientras yo temblaba en el piso como una hoja azotada por el viento.

- Señor, por favor, ¿quién es usted?, si es de los rebeldes, le juro que no diré nada, no lo denunciaré con el zar, pero déjeme ir, no me mate.
- Jajajajaja, ¿matarte?, pobre miserable hombre, lo que haré contigo es todo lo contrario, te daré un regalo que jamás esperaste y que si me preguntas considero del todo inmerecido, pero no puedo discutir las órdenes de mi señor.
- ¿Quién es su señor?, puedo negociar con él, podemos llegar a un acuerdo, soy un hombre muy rico.
- Ya te dije que no me interesa tu dinero.
- Entonces, ¿qué es lo que quiere?, déjeme ir de una buena vez.
- Estás perdiendo la paciencia Mikhail, estás llegando a tu punto de quiebre, no pensé que pasara tan pronto, siempre pareces tan controlado.
- Cielos, suélteme, me va a partir el brazo.
- No te preocupes, si te lo parto se arreglará.
- Usted está loco, es un maldito desquiciado y debe estar en un hospicio.
- Tranquilo, pronto todo el dolor que sientes se irá.
- ¿Está loco? Dije desesperado, ese maldito me estaba partiendo el brazo en dos, y parecía estarlo disfrutando

realmente. Su cara de sádico me lo decía todo, era cruel y despiadado, ¿en qué me había metido?, me dijo, idiota y todo por la curiosidad de mirar hacia donde no debía, eso pensé en el momento.

Pero estaba completamente equivocado, la naturaleza de este encuentro no tenía nada de casual. Se había estado gestando desde hacía mucho tiempo, aún sin saberlo, y todo lo que me llevó a ese lugar estuvo planificado desde tiempo antes.

- Ya es suficiente de estúpidas conversaciones.
- Por favor, no me mate.
- ¡Maldición!, espero que no seas así una vez que terminemos contigo.
- ¿Qué?, pero entonces vi con horror cómo el joven me golpeó y luego no supe más de mí, perdí completamente el conocimiento.

No supe cuánto tiempo pasó, abrí lentamente los ojos, estaba amarrado en una especie de celda oscura, mis brazos atados al igual que mis piernas, el dolor en los antebrazos, era insoportable. ¿Por qué me estaba pasando esto?, no tenía la menor idea, lo cierto es que lógicamente pensé que se trataba de un secuestro y que estas personas extrañas deseaban cobrar un rescate por mí.

En mi mente lógica, entrenada con los principios de la filosofía de Kant y los grandes del razonamiento, no podía admitir que en todo lo que me estaba pasando había algo de sobrenatural, seguramente lo que había experimentado no era más que el producto de algún potente opiáceo que había hecho mella en mis nervios, produciéndome visiones y sensaciones sobrenaturales. El sitio estaba oscuro, se sentía un goteo y había humedad como si estuviera en alguna especie de sótano o lugar escondido bajo tierra.

Un sonido estruendoso me hizo volver en mí, la puerta se abrió, entonces entraron dos hombres y una mujer. Uno de ellos era el joven que me había traído, vestía enteramente de negro y tenía un aire de satisfacción en el rostro, el otro era más alto, fuerte y parecía un poco mayor, tenía el cabello intensamente negro y era pálido como la muerte. Su actitud era más bien de incredulidad, estaba serio y su rostro no demostraba ningún gesto o emoción, era completamente impenetrable.

Por su parte, la mujer era alta y también intensamente pálida, de cabello rubio platinado, poseía unos ojos grandes y alargados como un felino, todos tenían el iris en color violeta, un tono sumamente particular. Además, tenían algo en común, eran perfectos, me refiero anatómicamente hablando, eso me llamaba la atención, ¿cómo era posible que existiesen seres tan hermosos?, eso no era posible, seguramente la droga todavía estaba en mi sistema.

- ¿Así que este es?
- Sí.
- ¿Estás seguro que no te equivocaste?
- Léelo si no me crees Sebastián.
- Bien, vamos a ver.
- ¿Quiénes son ustedes?, ¿qué rayos quieren de mí?, tomen lo que tengo, mi padre pagará un buen rescate si eso es lo que quieren.
- Esa acotación es importante, si eso es lo que quieren… pero no queremos nada de eso Mikhail, te queremos a ti.
- ¿Por qué?, no entiendo, no los conozco, no sé quiénes son, díganme ¿por qué estoy aquí?, ¿qué pasa conmigo?
- Te lo diremos a su debido tiempo.

El hombre llamado Sebastián se acercó a mí mirándome de una forma particular y profunda, entonces me tocó y todo mi cuerpo se erizó, ese ser era tan frío como un témpano de hielo, me recordó a esa vez cuando por accidente caí en un lago congelado y el ayudante de mi padre me sacó, la sensación era como la de mil agujas traspasándome entero. Traté de apartarme, pero resultaba imposible, él me sostuvo y sentí una corriente por todo mi ser, cerró sus ojos y se quedó muy quieto, mientras los otros dos permanecían parados, tan derechos como unos soldados.

- Tienes razón Gael, es quien estamos buscando.
- Te lo dije.
- Felicitaciones, esta vez has hecho las cosas de acuerdo a lo programado.
- Por favor, suélteme, no soporto el dolor, no puedo aguantarlo, suélteme.
- ¡Ja!, ¿lo has oído? Quiere que lo sueltes, dijo la mujer sonriendo, déjamelo a mí, yo lo haré.
- De ninguna manera, el señor acabaría con nosotros, él quiere hacerlo en persona.
- No lo entiendo, ¿qué de especial tiene este pobre hombre?, míralo, es un jovencito mimado y nada más.
- ¡Soy un príncipe!, dije con rabia, como si eso me fuese a salvar o me hiciera más especial que los otros.
- Jajajaja, lamento informarte que no es un argumento aceptable, joven Mikhail, aquí todos somos príncipes.
- Y estuve a punto de ser una reina, dijo la mujer, claro si no me hubiesen…
- ¡Silencio! Ahora no es el momento, dijo el hombre que parecía mayor.
- Entonces, ¿cumplirás con lo prometido?
- ¿Tengo alguna opción?
- Sabes que no, dijo sonriendo el rubio.

- Bien, dejemos a nuestro invitado a solas.
- Por favor, no puedo aguantar este dolor, es insoportable, no me deje aquí, se lo ruego.
- No suena muy feroz.
- Lo será.

Salieron dejándome allí, soportando el intenso dolor en todo mi cuerpo, las cadenas tensionaban mis músculos y sentía una sensación pulsante. Creo que me desmayé, no se puede soportar tanto, si de algo estoy seguro es que el dolor es uno de los mayores miedos del ser humano, con él pueden hacerte de todo, como la Santa Inquisición que hacía confesar a sus víctimas crímenes que jamás habían ocurrido, eran seres enloquecidos capaces de decir lo que fuese con tal de aliviar su sufrimiento.

Creí que eso era lo que me estaba pasando, ellos querían algo de mí, eso era evidente, pero ¿qué?, no lo sabía, ni tampoco por qué no terminaban de decírmelo. ¿Cuándo acabaría esa pesadilla?, ¿por qué me estaba pasando esto?, me preguntaba sin cesar.

Estaba sumido en una especie de neblina oscura, allí caminaba por un sendero hacia la nada, lentamente avancé con la dificultad de quien no puede ver por dónde se dirige, a lo lejos, bajo un rayo de luz, una figura delgada como una sílfide, por sus contornos era una mujer, parecía esperarme, pero no podía percibir su rostro. Sin embargo, algo me decía que esa persona era importante.

- Mikhail, Mikhail, decía, su voz era como el susurro del viento en la estepa, como uno de los arroyuelos que despiertan en la primavera.
- ¿Quién eres?
- Sabes quién soy, me dijo quedamente.

- No lo sé, jamás te había visto.
- Todavía no, pero lo harás.
- Entonces ¿cómo puedo saber quién eres si jamás te he visto?
- Lo intuyes en tu corazón.
- Eres…
- La salida a tu dolor, cuando sepas lo que debes hacer, entonces yo te estaré esperando.
- No entiendo, entonces sentí que todo comenzó a desaparecer, y finalmente abrí los ojos, estaba nuevamente en esa mazmorra, escuchando el impertinente goteo del agua.

Seguramente mi padre estaría buscándome, no tenía idea del tiempo que había permanecido en ese lugar, pero a juzgar por mi barba y la condición de mi ropa, podrían ser días. La oscuridad era intensa, casi no necesitaba cerrar los ojos, y ya no podía sentir las extremidades, no sabía si era bueno o malo, pero por lo menos no sentía el cruel dolor que me atormentaba antes.

La puerta se abrió lentamente, quería que todo terminara, que me mataran de una buena vez para aliviar el tormento y el miedo que arropaba mi cuerpo. Me dolía la vista, una luz difusa entró por la puerta, y con ella dos hombres a los cuales no pude distinguir, hasta que mi vista se acostumbró nuevamente a la luz. Era el mismo hombre, Sebastián, y estaba con otro a quien no conocía, este vestía de una forma muy elegante, llevaba barba y el cabello largo hasta los hombros, era rubio y tenía facciones hermosas y finas.

- Mikhail Nikoláievich Yusúpov, suena muy bien decir al fin ese nombre, dijo relamiéndose los labios, como si lo saboreara en su paladar.

- Señor, ¿quiere que lo prepare?
- No Sebastián, yo me encargaré solo de esto, gracias.
- Entonces, los dejaré a solas.
- Gracias, te avisaré cuando sea el tiempo correcto.
- Muy bien señor, luego el hombre salió lentamente.

Sentía el latido de mi corazón, pulsaba en mi boca, estaba mareado, no sabía qué hacer. Era un ser impotente, dependiendo de alguien a quien no conocía y que me miraba con unos ojos tan fríos como el hielo e inexpresivos, que podían taladrarte hasta lo más profundo, sacarte la vida y escupirla como si fuese un ave de rapiña.

Este hombre pensaba hacer algo y no era nada bueno, mi cuerpo se puso tenso, resultaba una amenaza latente, la sensación era electrizante, pero lo peor es que había algo de fascinación en ella, en esa mirada hipnotizante que me penetraba hasta quebrarme. Quería que me matara de una buena vez, era realmente cruel seguir prolongando este tormento, pero por el contrario, él parecía estarlo disfrutando, como si fuese un bocado que deseaba prolongar hasta el final.

- Serás una gran criatura.
- Señor, por favor… y ya casi no podía hablar.
- Deja de suplicar, ya no más, no sigas suplicando como un vulgar mortal.
- Máteme, pero acabe con esto de una buena vez.
- No Mikhail, no, estás muy equivocado. Matarte no es lo que quiero, al contrario, has sido escogido para algo más grande que tú y esa insignificante vida mortal que tienes, dejarte en ella es una triste pérdida, tienes los dones que deseo, serás un gran miembro.
- Señor, ¿de qué habla?, le dije ya casi delirante enloquecido por el dolor, por la deshidratación y el

hambre.

- Te lo diré, claro, ahora no es el momento para darte explicaciones detalladas, sería inútil porque no las entenderás, pero puedo decirte que de ahora en adelante ya no serás el mismo, serás mucho mejor, un ser superior a cualquier simple mortal.

El hombre se acercó más y pude ver esos ojos violetas, los cuales todos poseían, estaba temiendo lo peor, ¿quiénes eran?, ¿con qué clase de cosas estaba tratando?, tal vez una de esas criaturas alucinantes de las cuales hablaban los escritores de terror, seres que no sentían piedad, ni amor, que clamaban en las sombras para acabar con quien incautamente se atravesase en su camino.

- Ahora deberé desangrarte, eliminar esa triste sangre humana que recorre tu cuerpo y luego te morderé para llenarte con mi esencia, con el Ka de la inmortalidad que te hará quien debes ser.
- Por favor, suélteme, tengo familia, amigos, por favor.
- ¿Cómo puedes querer esas cosas?, ante lo que te ofrezco no significan nada, dijo casi escupiendo.
- Por favor…
- Ya, ya, basta de tonterías, no puedes saber acerca de lo que no has conocido, pero cuando lo hagas, me agradecerás que te libere de ese tormento.

No lo sabía en ese momento, pero la criatura estaba equivocada, jamás sentiría agradecimiento por la acción que estaba a punto de cometer. Eran mis últimas horas en el mundo de los mortales, de todo cuanto había conocido y vivido, después de eso, ya nada sería igual.

Entonces hizo un movimiento rápido y certero, no sentí dolor, pero al instante vi cómo un fluido rojo comenzó a caer en el piso. Vi su mano, tenía una afilada daga, la sostenía mientras sonreía de una forma francamente macabra. Allí lo comprendí, me estaba desangrando, me había cortado en el cuello con ese instrumento, pronto estaría muerto, era la vena yugular y sabía con exactitud lo que pasaría, lo había visto antes con los condenados a muerte, en pocos minutos moriría.

- Bien, así, es un desperdicio toda esa sangre maravillosa derramada, pero es necesario, así es como deben hacerse las cosas.
- Por favor, dije, y comencé a sentirme mareado, pronto todo terminaría y al fin descansaría, estaba agotado por el hambre, la sed y el dolor, por fin estaría muerto, lamentaba por los míos, mi padre y madre, Alexander e Ira, todos cuantos había amado, me extrañaría seguramente, pero por lo menos ya no sentiría más ese insoportable dolor.
- Así, bien, ya casi, no te preocupes Mikhail, pronto todo terminará y al fin te sentirás como lo que eres, no temas, ya no sentirás más dolor ni miedo, tu mundo será... diferente, esa voz era profunda como un eco y retumbaba con la fuerza de un tornado.

Me estaba desmayando, ya mi cuerpo había derramado casi todo su contenido y se hizo un gran charco en el piso. Él olfateaba como un perro sabueso, vi cómo su boca comenzó a salivar, parecía que algo le estaba despertando el apetito y comencé a ver formas borrosas, estaba muriendo... al fin.

- No morirás, eso no pasará, entonces se acercó a mí y pude sentir su olor, era un aroma extraño, olía a una mezcla indescriptible de potentes esencias, entre las cuales pude detectar un ligero matiz de almizcle, también al hielo en el mar del norte, finalmente olía a sangre...

Se acercó a mi cuello y clavó sus enormes colmillos mientras yo apenas lo podía ver, pero igual estaba espantado, el dolor pareció despertar y la fuente no eran mis brazos y piernas, no era mi torso contraído por el estrés muscular, sino sus colmillos, esas estructuras punzantes que me estaban penetrando profundamente. Era como si mi cuerpo lo rechazase, cada célula de mi ser, quería quitarme, pero no podía, no era que estuviese atado, era como si él pudiera controlar mi cuerpo y este se mantenía justo en el lugar que él lo deseaba.

Parecía estar deleitado, succionaba, pero también emitía algo de su interior, sentí asco, dolor y frío. La sensación permaneció por unos instantes, y luego él se separó de mí, su rostro pareció cobrar vida por segundos, como si mi sangre le hubiese coloreado las mejillas, sonrió, lo miré fijamente y era como un animal que acababa de devorar a su presa.

Se apartó como para ver su obra, extasiado con lo que había hecho, tal como un artista ante su creación. El dolor comenzó a propagarse por todo mi cuerpo, las cadenas eran un juego de niños al lado de lo que me estaba pasando, entonces él sonrió y con su mano rompió una a una las cadenas, tal cual como si fuesen de papel. Caí con todo el peso de mi cuerpo al piso, y allí me acurruqué en posición fetal, las pulsaciones intensas me hacían sentir una sensación abrumadora, tenía pánico, no sabía ni entendía lo que estaba pasando, pensé que la agonía terminaría, al contrario, ahora se había agudizado.

- Tranquilo, pronto todo acabará, dijo con voz pausada.

Entraron dos hombres, eran completamente desconocidos para mí, muy fornidos, los cuales me levantaron como si fuese una pluma, el hombre no dijo nada, pero por su actitud se comunicaban de alguna forma que no podía entender. Me cargaron hacia unas escaleras, subieron por ellas, abrieron una pequeña puerta y salimos a una zona más iluminada, completamente diferente al lugar donde me encontraba hasta ese momento a una estancia gigantesca, profusamente decorada de forma exquisita y lujosa.

¿Quién era este hombre y dónde estaba?, no me responderían, al menos no en ese momento, pero si de algo estaba seguro es que mi vida ya no sería la misma nunca más.

Recibe Una Novela Romántica Gratis

Si quieres recibir una novela romántica gratis por nuestra cuenta, visita:

http://www.librosnovelasromanticas.com/gratis

Registra ahí tu correo electrónico y te la enviaremos cuanto antes.

CAPÍTULO II
Sangre Fresca

Mi naturaleza tiene una condición intrínseca: la belleza, pero no una pura como uno de esos cuadros de la Madona, sino más bien una inhumanamente cruel. ¿Puede la belleza ser buena sin tener bondad? Esa gran contradicción ontológica residía sin problemas en la naturaleza vampírica. Lo había aprendido de mi mentor Gael, un vampiro centenario que sin embargo al verlo superficialmente, no reflejaba más de unos 23 años.

No puedo concebir nada más cruel que la inmortalidad, vivir eternamente no es una bendición, sino un castigo. Aunque sí había algo tan cruel como la inmortalidad y ese era precisamente Gael. Él me enseñó mucho de lo que sé, pero no por eso quiere decir que lo haya hecho de buena manera.

La sensación de ser un vampiro es algo inexplicable para un mortal, ¿cómo describes algo que es imposible de comparar? Para mí las cosas no fueron fáciles, ser un vampiro alfa es muy diferente a convertirse en un Betha, en un principio no pude saber la razón de mi selección, pero fue así como dejé la vida humana y tuve que empezar una existencia muy diferente, para la cual no estaba preparado.

Cuando te das cuenta de que ya no eres un humano, el mundo se torna de un color distinto, las cosas ganan vida propia y entiendes de una particular manera que el mundo que conociste ha muerto para siempre.

Abrí los ojos, estaba en una amplia habitación, la cama estilo imperial era de un gusto refinado y sibarita, tardé unos segundos en percatar que mi cuerpo se sentía de una forma diferente, era una especie de liviandad, no sabía cómo explicarlo, al menos no con las palabras que conocía. De lo que sí estaba seguro era que todo se veía más brillante y los colores resultaban muy potentes, tanto que cerré los ojos porque no aguantaban la claridad de las cosas.

¿Qué rayos me estaba pasando?, ¿dónde me encontraba?, fueron interrogantes naturales que me hice, cualquiera habría reaccionado igual. Aunque, quizá era una resaca, tal vez sí me había ido a beber con Sergei, Alain y Gustave, quizás tomé más de la cuenta o probé algo... diferente. Seguramente me encontraba en la habitación de algún hotel o con alguna de esas damas refinadas con las cuales, a veces, solía terminar la noche y seguir hasta el día siguiente.

Me pregunté si todo lo que había vivido, el secuestro, el dolor y las acciones del extraño hombre habían sido tan solo un sueño delirante producto de las drogas. Sí, seguramente eso fue lo que pasó, me dije, tratando de tranquilizarme, respiré profundo, pero cuando traté de levantarme de la cama, no pude, tenía las piernas desmayadas, como si hubiese estado mucho tiempo acostado.

Miré alrededor nuevamente, se escuchaban sonidos, supongo que provenían de fuera, la ventana estaba cerrada y, sin embargo, llegaban a mí con completa claridad, incluso, pude distinguir los tonos de voz de diferentes personas conversando entre el barullo de los carruajes que transitaban la calle. Así que estaba en una ciudad, pero ¿cuál?, ¿en San Petersburgo? ¿Dónde rayos me encontraba y por qué no podía caminar con normalidad?

La puerta se abrió y entraron dos bellísimas mujeres,

163

entonces pensé que seguramente con ellas había pasado la noche.

- Su Alteza, debemos prepararlo para que vea al señor.
- ¿Perdón?, dije sin entender lo que me decían.
- Que debemos prepararlo, vestirlo adecuadamente para que se presente ante Su Señoría.
- ¿De quién habla?
- El Señor Talbov lo espera, ya es momento que se entreviste con él.
- ¿Quién es el señor Talbov?, ¿qué rayos hago aquí?
- Mi señor, todas esas preguntas se las puede hacer a él, seguramente contestará todas sus interrogantes.
- ¿Y quién eres tú?
- Mi nombre es Mabel, soy una de sus sirvientes.
- Una de mis ¿qué…?
- Sirvientes, el señor le ha asignado un personal, como corresponde a su rango y categoría, Su Alteza.
- Tengo sirvientes pero no aquí, para que lo entiendas, mis ayudantes los escojo yo mismo en persona, nadie me los impone.
- Señor, dijo la otra…
- ¿Cómo te llamas?
- Ariadna.
- Hermoso nombre, fue todo lo que pude acotar.

Las dos mujeres se miraron extrañadas, las analicé, poseían la misma belleza deslumbrante, aunque un poco menos perfecta que las otras dos que había visto anteriormente, si es que no era un loco sueño. Cada una poseía una particularidad especial a su manera y eran deslumbrantes.

Mabel era una exquisita y refinada pelirroja con la piel

como la porcelana, delgada, como una perfecta columna griega, mientras que la otra, Ariadna, era más alta, con un cuerpo curvilíneo, de larga cabellera rizada en color castaño. Aunque eran muy diferentes, ambas parecían compartir algo en común, su mirada.

Poseían una expresión diferente, más... cómo diría, suave, de un color azul intenso, ambas le habrían quitado el aliento a cualquiera. Pero sospechaba que a juzgar por la investidura que ostentaban, no eran muy impresionantes en ese lugar. Ese nombre Talbov lo había oído varias veces, esperaba que todo fuese una alucinación, pero por lo visto, mi condición era más real de lo que hubiese deseado.

- Señor, tenemos que alistarlo, ya el señor está por llegar.
- Muy bien, entonces hagan lo que tengan que hacer, ese señor de ustedes tiene que aclararme unas cuantas cosas.

Ellas se miraron asombradas, parecían no entender lo que decía, o tal vez lo entendían demasiado, era una mezcla de susto y fascinación, si es que se pudiera hablar de temor en este contexto. Estaba perdido, mi léxico, cuerpo, sentir, percibir y todo cuanto me hacía Mikhail Yusúpov había desaparecido, solamente que no lo sabía aún.

- Verá que lo dejaremos adecuadamente ataviado.
- ¿Qué son estas cosas?
- La ropa adecuada.
- Ah... ¿sí?
- Sí, se verá muy bien para atender al señor.
- Bien, dije, pero lo que me interesaba era que me llevaran con ese tal Talbov, quería que me diera una explicación, lo denunciaría con el zar y este se encargaría de ponerlo en su lugar, de hacerle entender que contra un príncipe de Rusia nadie podía actuar.

- Es usted muy guapo señor y sé que pronto lo será mucho más, dijo una de ellas en forma lisonjera.
- ¿A qué te refieres?
- Mabel, le dijo la otra sirviente reconviniéndola.
- Te han instruido, ¿es eso?, no quieres que esta mujer me diga la verdad, ¿qué se traen ustedes entre manos?, soy un príncipe, no pueden tratarme así.
- ¡Suficiente!, escuché una voz femenina, en segundos una mujer desconocida entró en la habitación dejándome con la boca abierta, era la criatura más hermosa que había visto en toda mi vida, ni en el sueño más alucinante pude crear una fantasía como esa.

Ellas callaron y yo también, no podía ejercerse otra acción frente a esa musa, no podría describir con palabras la imponente presencia de esa criatura. Permaneció parada allí mirando a las sirvientes de forma acuciosa. Era alta, su cabellera rubia como el trigo, también intensamente pálida y poseía unos ojos delirantes, violetas con largas y tupidas pestañas, eran alargados y un tanto rasgados, aunque sin perder su forma almendrada, la nariz era perfecta, delicada, sus labios gruesos y bien dibujados, los pómulos altos y marcados, uno de esos rostros que esperarías ver en algún cuadro, donde un pintor la tomaría como su musa inspiradora.

- ¿Estarán todo el día allí? ¡Terminen de preparar a Su Alteza para que esté listo!, les ordenó con autoridad.
- Perdón, no te conozco.
- Lo sé, dijo ella rápidamente.
- De donde vengo las personas se presentan antes de tratarse.
- No soy de donde usted viene señor.
- ¿Quién eres?
- Mi nombre es Elena.

- Como la reina de Esparta, dije.
- No, como la reina de Troya, me corrigió sonriendo.
- Tienes razón.
- Mabel, ayuda al señor a levantarse.
- ¿Por qué no puedo pararme?, ¿cuánto tiempo he estado aquí?
- Un tiempo.
- ¿Cuánto?
- Señor, no puedo responderle nada, debe hablar con Su Señoría primero, no se preocupe, todo cuanto está pasando por su cabeza será respondido.
- Todos ustedes dicen lo mismo, la misma basura, pero la verdad es que exijo saber lo que está pasando, ¿acaso sabes quién soy?
- Sí, lo sé perfectamente, por eso precisamente está aquí, por ser quien es.

La observé en silencio, ella me sostuvo la mirada sin parpadear por un tiempo más allá de lo que resultaba normal. A cada segundo que pasaba me convencía que, muy a mi pesar, lo que me había pasado no era un sueño, ni una pesadilla, tampoco el producto de una alucinación alcohólica o de ninguna droga, sino que había sido algo real, aunque eso fuese completamente incongruente.

- ¿Terminaron? Les preguntó, entonces las mujeres se inclinaron ante ella, y esta las miró como si se tratasen de unas hormigas. Entonces, retírense inmediatamente.

Las hermosas jóvenes salieron una detrás de la otra con el mismo gesto de sumisión en la mirada, ¿quién era este portento de mujer y por qué tenía ese aire de dominio sobre las doncellas? ¿Quién se creía para mandar sobre los demás?, ¿acaso era alguien de dinero, una joven y rica dama?, tenía que saberlo.

- Muy bien Su Alteza, venga conmigo, lo llevaré con Su Señoría.
- Excelente, eso es lo que he deseado desde que me tienen encerrado en este lugar.
- No se preocupe, entenderá todo, sígame, dijo mientras me dio la espalda.
- No puedo caminar bien, le repetí.
- Muy bien, míreme, y sus ojos parecieron iluminarse, me tomó de la mano y esta parecía ser tibia, como si fuese una humana, entonces pude comenzar a mover las piernas, tal cual como lo hacía antes.

Contemplé extasiado su delicada figura, perfecta, era una mezcla maravillosa de delgadez con formas seductoramente femeninas, aunque vestía de una forma recatada y apropiada con un traje largo en tono lila, su carácter y don de mando me indicaban algo muy diferente a una fina dama de la sociedad. Me parecía más bien una amazona o alguna guerrera de la antigüedad, fuerte, valiente y siempre dispuesta a imponerse.

Fuimos caminando por un amplio y lujoso pasillo, el piso estaba recubierto por una fina alfombra roja, en las paredes colgaban antiguos cuadros, eran personas, mujeres y hombres. Había una figura que se repetía, era un hombre alto, con barba y el donaire de un rey ¿sería este mi indeseable anfitrión? Creí recordar algo, esa imagen venía a mi mente de forma intermitente, aunque en la penumbra ese personaje se parecía mucho al hombre que me había torturado.

Entonces, un espejo se atravesó entre el hombre del cuadro y yo, me quedé paralizado, por un segundo no podía creerlo. Comencé a repetir los movimientos de mi cuerpo para asegurarme que era realmente la persona que se estaba reflejando allí. Estaba en shock, no era yo, no, ese hombre que me miraba con estupefacción era otro, un ser enervante con una mirada intensa y llena de sagacidad, la expresión no era en ninguna forma natural. Los ojos escudriñaban mi ser, como si tuviesen vida propia, buscando reconocerme, pero resultaba inútil, este otro hombre era una criatura hermosa, llena de armonía, una armonía cruel y despiadadamente perfecta.

Los ojos eran grandes, de un tono azulado que parecía matizarse en tonos violáceos, un tanto rasgados, estaban bellamente separados de la nariz, el cabello brillante e intensamente negro y la piel lucía mucho más clara de lo que era normalmente, también su cuerpo se había fortalecido, los músculos estaban más marcados y tonificados, y sentía esa sensación de fortaleza interna, como si de pronto pudiese ser capaz de todo.

- ¿Terminó? Preguntó la mujer, por unos segundos me había olvidado de su existencia ante el asombro de este fantasmal hombre que estaba al otro lado del espejo.
- ¿Qué ha pasado?, ¿por qué luzco así?, ¿qué me han hecho?
- Deje de cuestionar, en un momento sabrá todas las respuestas a sus preguntas, solo tiene que calmarse.
- ¿Me pide que me calme Elena, cuando tal parece que un extraño se ha apoderado de mi cuerpo?, ese hombre que usted ve allí no soy yo.
- Al contrario, me dijo sonriendo, ese reflejo que ve allí es quien verdaderamente es.
- Usted solo sabe hablar con acertijos.
- Jajaja. Oh… mi señor, usted sabrá cómo se habla cuando está en el lado donde ahora pertenece.
- Quisiera entenderla, pero tal parece que le gusta dejarme

con el mal sabor en la boca de no conocer la verdad acerca de nada.

- Si tiene paciencia…
- Sí, ya lo sé, el señor me dirá todo lo que quiero saber.
- Venga conmigo, ya casi llegamos.

Sentí un leve retorcijón de estómago, ella se detuvo finalmente frente a una gran puerta labrada y dorada con pan de oro. No tocó, sino que una voz se escuchó desde adentro mandándonos a pasar adelante. Una corriente eléctrica muy conocida recorrió mi cuerpo, este se tensó como si fuese un animal que se prepara para enfrentar a un depredador.

Allí frente a mí estaba un hombre joven, de unos 25 años o quizá un poco más, alto, con un porte regio, como si fuese realmente algún soberano, miraba con cara de satisfacción, como lo haría un padre con un hijo que ha logrado alguna proeza admirable. Era una especie de orgullo, aunque no sabía con certeza por qué. Él le sostuvo la mirada, lo cual resultaba bastante difícil, era intensa y muy fuerte.

- Gracias Elena, ahora puedes retirarte.
- Sí, Su Señoría, dijo la hermosa mujer y salió por la puerta con tanta gracia como había entrado, era prácticamente como si flotara en el aire, el suave murmullo de su falda resultaba el aleteo de su vuelo.
- Joven Mikhail, finalmente podemos vernos el uno al otro.
- Usted fue el hombre que me cortó el cuello, es usted mismo, qué rayos…
- No, basta, dijo colocando su mano entre los dos, como diciéndole que se detuviera un minuto. Siéntese Su Alteza, usted y yo tenemos muchas cosas que hablar.
- No, usted me ha tenido secuestrado a este lugar, también trató de matarme, ahora me veo en el espejo y parezco un

monstruo, un ser extraño, ¿qué rayos me han hecho?, ¿qué es todo esto?

- Calma, te explicaré lo que ha sucedido, entonces podrás entenderlo todo.
- No me tutee, no sé quién es usted, además...
- Eres un príncipe. ¿Es eso lo que me vas a decir?, jajaja, eso no significa nada aquí. En este lugar, todos somos príncipes, princesas, reyes e incluso emperadores, todos somos de las clases más altas de la nobleza, porque así lo dicta el protocolo.
- ¿Cuál protocolo?
- El de nuestra casta, por supuesto.
- ¿Casta? ¿De qué está hablando?
- De la casta a la cual ahora perteneces.
- A la única casta que pertenezco es a la familia de los Romanov.
- Jajajaja, sería triste que te conformaras con eso, cuando puedes tener mucho más.
- ¿De qué habla señor?, mi familia ha gobernado estas tierras desde hace siglos.
- ¿Tu familia?, jajaja, disculpa que me ría, tu familia es solamente una figura decorativa, en cambio, mi familia gobierna desde hace milenios sobre estas tierras, desde que el hombre se concibió como tal, desde que dejó de vivir en cuevas para tomar el mundo y hacerse un lugar y un nombre sobre él.
- ¿De qué habla?, está delirando señor. Creo que esta conversación terminó, dije tratando de levantarme, pero entonces el hombre, sin dejar de sonreír, movió apenas la mano y una fuerza intensa me obligó a sentarme nuevamente.
- Ahora escucharás todo lo que tengo para decirte, sin interrumpirme Su Alteza, es menester que conozca la historia de la Casta de los Betha, a la cual usted ahora

pertenece, le guste o no. Los Yusúpov o los Romanov, ¡bah!, esos son nombres decorativos que mis ancestros usaron para que no se supiera la verdad.

- ¿Cuál verdad?
- Que las criaturas como nosotros somos los verdaderos gobernadores del mundo.
- ¿Criaturas?, dije tratando de entender al mismo tiempo que no deseaba hacerlo.
- Sí, criaturas, ese es el término correcto, eso somos, criaturas de las sombras, nocturnas, como quieras llamarles, somos lo que algunos denominan erróneamente como vampiros. Sí, ese término absurdo, pero que incluso algunos de nosotros han adoptado, a mi entender nos rebaja y nos hace punto menos que una triste figura de algún libro.
- Vampiros… dije recordando todo lo que había leído a ese respecto. Pero, no, eso no podía ser real.
- Claro que puede ser real repitió rápidamente, y entendí que ese hombre leía mis pensamientos. Somos muy reales joven Mikhail, muchos más que algunos humanos, que muchos de los que se dicen gobernantes de estos y muchos otros territorios.
- Supongamos que le creo, ¿por qué estoy aquí?
- Hace milenios no existían las criaturas, por eso el hombre no temía a lo desconocido como lo hace hoy en día. No había sucedido desgracias o maldiciones, pero un hombre decidió burlarse de las fuerzas y entonces quiso reunir a muchas personas para hacerse poderoso. Incorporó muchos pueblos a su nuevo reino, los cuales tenían costumbres particulares y sus propias creencias. Este hombre quiso cambiar esas costumbres haciendo que sus nuevos súbditos renegaran de sus dioses, burlándose de ellos y promulgando que el único soberano sobre toda esa gran tierra sería él. Pero, esta blasfemia le saldría cara, de

la noche a la mañana se dio cuenta que ya no era el mismo, era como si estuviera muriendo, pero estaba vivo, su piel se tornó pálida como el papel, sus ojos cambiaron de color y su cuerpo se fue transformando.

- Una maldición...
- La peor de todas, la fuerza fue contra él, robándole lo que los egipcios llamaron Ka o principio vital de energía que reside en todo cuerpo vivo. Él descubrió que no morías cuando perdías el Ka, no si este era sustituido por otro. En su caso, la maldición sería vivir por siempre, viendo a los suyos desaparecer, su reino extinguirse, suceder una generación tras otra, pero él siempre permanecería igual, tan joven como cuando los dioses le maldijeron para la eternidad.
- Ese hombre es usted ¿no es así?
- Así es.
- Entonces, lo que quiere decir es que usted es un vampiro.
- Así es, pero digamos más bien que soy una criatura.
- Muy bien, lo que dice es que es una criatura que fue maldecida por esos dioses de sus súbditos.
- Así es, un dios al cual los egipcios conocerían después como Amón Ra.
- El dios sol.
- Una combinación de los dos, de la oscuridad y de la luz solar. Sabes, luego de mí, otra persona fue maldecida directamente por el mismo dios, pero esa es otra historia, ahora no importa. Lo cierto es que cada cierto tiempo se escoge a un hombre con ciertas cualidades especiales, alguien que debe ser de la nobleza.
- ¿Por qué?
- El poder busca el poder, ¿no lo crees? Solamente alguien de nuestra envergadura puede ostentarlo de la manera adecuada.
- Entonces, ¿usted es una especie de rey?

- Jajajaja, ¿una especie?, a veces la ignorancia puede ser atrevida joven príncipe.
- ¿Qué quiere decir?
- Lo que quiero decir es que no solamente soy una especie de rey, sino que soy el primer rey que ha tenido la humanidad.
- Talbov… dije en voz baja.
- Así es, mi nombre es Talbov, he sido gobernante de todo lo que ves desde hace milenios, muchos, tantos que ya ni siquiera recuerdo o no quiero hacerlo.
- Pero, ¿qué tengo que ver en todo eso?
- Tú eres un joven con gran sensibilidad ante tu entorno, una persona que sabe distinguir con completa claridad el bien del mal, la opulencia innecesaria de la pobreza vergonzosa.
- ¿Usted lo dice? Vive en este lugar que es prácticamente un palacio.
- ¡Calla insolente!, me dijo haciendo un ademán con la mano, instantáneamente volé por los aires y caí del otro lado de la habitación.

Me enderecé rápidamente, mucho más de lo que hubiese esperado al recibir un golpe como ese, estaba dispuesto a devolvérselo, pero él me detuvo y quedé paralizado como por una especie de fuerza invisible.

- ¡Idiota! No has entendido nada, no puedes volverte contra mí, yo te he creado, por lo tanto, de ahora en adelante me perteneces.
- No soy de nadie.
- Ya veo, no me obligues a castigarte, es mejor que estés tranquilo Mikhail o las cosas serán peor para ti. Pero podemos hacerlo a las buenas o a las malas, tú decides.
- ¿Qué rayos quiere de mí?

- Tú serás parte de mi séquito, necesito criaturas como tú, de un rango alto, con dotes para cumplir con la misión que se nos ha encomendado, no pido mucho y doy todo a cambio.
- Como ¿qué?
- La inmortalidad, muchos han buscado a lo largo de la historia la fuente de la eterna juventud, pero esas son boberías, mitologías inventadas por los seres humanos. La verdadera fuente somos nosotros, podrás vivir para siempre, hasta que tú lo decidas y entonces serás un ser poderoso, no sentirás más dolor, podrás hacer lo que siempre quisiste, incluyendo ayudar a esos pobres que tanto te preocupan. Te ofrezco completa libertad, la capacidad de decidir sobre tu vida, sin que nadie te cuestione...
- Exceptuándolo a usted.
- Hasta cierto punto.
- Me acaba de decir que le pertenezco, ¿es eso un contrasentido?
- No, es una forma de decirlo, pero cuando lo pruebes, entenderás exactamente a lo que me estoy refiriendo aquí.
- ¿Puede explicarse con mayor claridad por favor?
- No puedo, tienes que vivirlo, es más bien una sensación que no se puede decir con palabras, es el poder de gobernar sobre tu propia vida, de correr tan rápido que sientes volar, la certeza que nada malo te pasará, no sentir miedo, frío, hambre, dolor... tienes que vivirlo.
- ¿Por qué yo señor?
- Porque eres uno de mis descendientes, por esa razón.
- ¿Descendiente?, eso es absurdo.
- No, como te dije, soy el primer rey que ha existido sobre la tierra, así que la rama de tu familia, como muchas otras pertenecen a mi casta.
- Y ¿cuáles no pertenecen a su casta?

- Los Alfa, otra casta de criaturas que tienen una procedencia diferente, también los Delta, ambas razas son inferiores a nosotros.
- ¿En qué sentido?, le dije interesado.
- En todos los sentidos, solo basta verlos para saber que es así.
- Como las doncellas que me vistieron…
- Por ejemplo, ¿lo ves?, no necesitas una extensa explicación, tú mismo te diste cuenta que no son iguales a nosotros, carecen de la perfección y fuerza que nosotros poseemos.
- Así que… esos vamp… criaturas también existen ahora.
- Por supuesto, dijo como si me hablara de una lluvia de primavera.
- ¿Dónde están?
- En todos lados, a donde quiera que vayas podrías conseguirte uno de esos. Al decirlo, no pudo evitar que en sus labios se reflejara una mueca de disgusto, como si esa raza fuese para él un estorbo, algo despreciable que merecía la expresión de asco que tan bien y elegantemente les prodigaba.
- Pero… ¿por qué aceptan trabajar para usted?
- Esa es una historia larga joven, quizá la dejaré para otra ocasión. Tengo muchas cosas por hacer, solamente te diré que los Betha somos una raza tan poderosa que debemos permanecer en lo oculto, ningún vampiro alfa debe saber que somos más fuertes que ellos.
- Pero, ¿cómo es posible?, esas sirvientas… me acaba de decir que son alfa y están aquí, ¿qué les impide decirlo a sus congéneres?
- Nuestros poderes, eso lo impide, si hablan serán eliminadas, podemos hacerlo, ellas los saben, y también muchos otros que trabajan para mí. Además, no hay mayor honor para una criatura que trabajar por un

Betha.

No podía percibir aún con claridad todo lo que Talbov me estaba diciendo, la naturaleza vampírica era muy complicada y no resultaba igual en todos los casos, de allí que algunos poseyeran ciertos caracteres y otros desarrollaran habilidades diferentes. Era difícil aceptar que ahora, sin quererlo en lo absoluto, formaba parte de esa casta, una que según la criatura era muy superior a las demás. Así que por eso las doncellas se veían modestas al lado de la maravillosa Elena, la criatura femenina que no podía sacarme de la cabeza.

Cuando traté de acostarme en la cama lo comprendí con pesar, no estaba en lo absoluto cansado, era un maldito vampiro, los vampiros no duermen, no se cansan, ni necesitan reposar. Fue como una sensación extraña, mi cuerpo estaba fuerte y vigorizado, pero al mismo tiempo sentí una profunda melancolía, jamás volvería a ser el mismo, nunca más dormiría, no experimentaría la maravillosa sensación de soñar. ¿Qué se supone que haría en las noches?, ¿quedarme parado allí contemplando la ciudad por la ventana?

- Es hora de cazar, me dijo el joven rubio del callejón, quien apareció de la nada y estaba parado en un rincón de la habitación.
- ¿Cómo llegaste hasta aquí? Pero entonces no continué porque era evidente que todos allí poseían ciertos poderes que yo todavía no había explorado.
- Verás, me han encomendado enseñarte cómo ser una criatura, jajaja. Cuando te encontré en ese callejón no esperé que esto pasara, pero la verdad es que tengo que admitir que resulta muy gracioso.
- ¿Por qué?, no lo entiendo.
- Después lo entenderás, dentro de algún tiempo.

El rubio se quedó mirándome, esperaba que hiciera algo, pero no sabía qué era.

-   La sangre, necesitas sangre fresca o te dolerá mucho…
    me dijo.

CAPÍTULO III
Sangre dulce y nueva

La joven Ana Porter era una chica humilde que servía en el Palacio de los Romanov, tenía a lo sumo unos 18 años y ya su madre quería casarla porque se estaba volviendo muy vieja y una carga para la familia. A pesar de que trabaja duramente, no deseaba mantenerla por mucho más tiempo, por esa razón le estaba buscando un buen marido, uno que no fuese tan cruel y que pudiera a su vez encargarse de alimentarla y vestirla.

No era particularmente hermosa, por eso ya estaba quedándose retrasada con respecto a sus contemporáneas, pero tenía una cualidad que la hacía muy valiosa: una sangre única. Gael la había olfateado desde hacía tiempo, persiguiéndola entre los vericuetos del mercado, en el pueblo de Tambov, donde vivía. La primera vez que la sintió no podía creerlo, no diré que su corazón se aceleró porque sencillamente este ya no latía.

¿Cómo lo sé? Entre nosotros no hay secretos, podemos leernos como se hace con un buen libro. Así, busqué en la mente de Gael sus recuerdos y me estremecí al recordar a Ana a través de él y las sensaciones que provocó en su propio cuerpo.

- Necesitas alimentarte, me repitió.
- Pero... no quiero morder a nadie, además...
- Eso dices ahora, me dijo sonriendo, pero cuando comiences a secarte tomarás lo primero que se pase por delante, es mejor que aproveches ahora cuando te estoy invitando a comer.

- No quiero morder a nadie, sentí asco nada más de pensar en lo que este ser me estaba proponiendo.
- Bien, esperemos unos días y verás cómo tú mismo serás capaz de devorar todo lo que se te atraviese.

Me quedé allí, sentado en esa cama, sintiéndose completamente imponente, ¿en qué me estaba metiendo?, se trataba de matar a una persona, no podía ceder a algo como eso, de ninguna manera, toda mi vida había sido una persona que defendía el derecho de otros. Pasaron horas y permanecí en la misma posición, como si el tiempo no transcurriera.

No me di cuenta, cuando levanté la vista ella me estaba mirando, escudriñándome con sus ojos maravillosos, como se hace con un espécimen extraño.

- Gael dice que no quieres ir a cazar.
- No mataré personas.
- No tienes alternativa.
- Nunca la he tenido, tomaron mi vida y la han vuelto esto, ahora no soy nada, en realidad no sé lo que soy.
- No debes repetir eso, eres un Betha, la raza más poderosa de criaturas que existe sobre la tierra, somos legendarios, se han escrito miles de historias acerca de nosotros.
- ¿De qué hablas?, le dije confundido.
- Somos los héroes de la antigüedad, los dioses, los líderes, todo cuanto se ha escrito, se trata de nosotros. Sabes, hemos permanecido ocultos por tanto tiempo, pero a veces los hombres se interponen en nuestro camino, entonces surgen las leyendas. Alguien que estaba mirando en el momento inadecuado…
- Sí, de eso sé mucho, de personas que miran en momentos inadecuados.

- Lo dices por Adelice, pero no, te equivocas, lo que te ha ocurrido no fue por eso, iba a pasar, de cualquier manera sucedería, el señor ya lo había determinado así.
- ¿Así que igual estaba condenado?
- Cada 100 años se elige a un noble para ser parte de nuestra dinastía, es un gran honor. Antes que ocurriera la guerra, los hombres que sabían de nuestra existencia deseaban ser escogidos, pero solamente se podía seleccionar al mejor de todos, y ese has sido tú.
- ¿El mejor de todos? ¡Ja!, creo que se equivocaron, no soy más que un joven de buena posición que se distrae bebiendo con amigos, usando el dinero que otros se han ganado, usando los recursos del estado en trivialidades.
- Eres muy humilde, me alegra saberlo, es bueno.
- ¿Humilde?, no tengo nada de eso.
- Entonces ¿por qué no te jactas de las personas que ayudas con tus caridades?, has salvado a muchos inocentes, pero me alegra saber que lo haces por las razones correctas, hace mucho tiempo que no conocía a uno como tú.
- Ese ya no soy yo, ese hombre ya no existe.
- Ahora hay otro mejor. Mira Mikhail, dijo con un acento familiar y sentándose a mi lado. Mientras más rápido lo aceptes, todo será mucho más fácil.
- Fácil ¿para quién?, le dije y sentí su aroma, era perturbador, muy diferente al olor de Talbov, ella olía a una mezcla totalmente tentadora, como la seducción pura, y me ericé entero. Era algo inexplicable la sensación, sobre todo porque se suponía que estaba muerto y ya no debería sentir nada, no había sangre en mi cuerpo o no por lo menos como había existido en mis veinte años de vida.
- Para ti, por supuesto, tienes que aceptar que ya no eres un humano, no puedes seguirte comportando como tal,

ahora eres... bueno, un vampiro, como dicen los humanos, eres una criatura superior y no tienes que sentirte mal por eso.

- Ah... ¿no?, ¿y qué de mi vida?, me gustaba, no decidí esto, simplemente me robaron mi existencia.

- Oh... no entiendo cómo alguien puede desear eso. Los seres humanos son frágiles, efímeros, ¿querías eso? ¿Tener frío, miedo, esfumarte en unos pocos años y perder tu belleza, volverte viejo y enfermarte?, no lo entiendo, ¿cómo podrías desear una situación tan inconveniente?

- Sí, no espero que lo entiendas, pero eso es precisamente lo que deseo, ser un humano y todo lo que eso implica, todo lo que ustedes me robaron.

- Bien, pero no es conveniente que dejes pasar el tiempo, es necesario que bebas sangre, de lo contrario vas a experimentar algo muy desagradable, y puedes ponerte en peligro. Si los humanos te ven y notan que eres diferente, puede ocurrir una desgracia.

- Como ¿qué?, le dije con los ojos desorbitados, sentía que me estaba volviendo loco.

- Tratarán de matarte y se darán cuenta que es imposible, expondrás a los Betha, entonces las otras castas lo sabrán y ocurrirá una desgracia.

- Eso no me importa, no es mi problema, así como a ustedes no les importó asesinarme...

- Eres uno de los difíciles.

- ¿Uno de los difíciles?, repetí.

- Sí, me temo que eso no te hará ningún bien. Como te dije, mientras más pronto lo aceptes, será mejor para ti.

- Digamos que voy a cazar, entonces... ¿qué debo hacer?

- Te diré un secreto, dijo acercándose un poco más y hablándome con esa voz de terciopelo que parecía acariciar la piel y enervar los sentidos.

- ¿Cuál?
- Déjate llevar por tus instintos, ellos te dirán exactamente qué hacer.
- ¿Instintos?, ¿como si fuese un animal?
- Jajajaja, todos somos animales Mikhail, todos, incluyendo a los humanos, solamente que nosotros estamos más conectados con nuestros instintos, somos superiores.
- No creo que el poder te haga mejor, creo en otros ideales más elevados.
- Lo sé.
- ¿Lo sabes?
- Sí, siento eso en ti, es uno de mis dones, puedo sentir y percibir las cualidades de una criatura e incluso en un humano, y sé cómo será si llegase a ser un vampiro.
- Entonces, ¿tú me percibiste antes de que fuese cambiado a esta condición?
- Sí.

Me levanté molesto, tal vez hacía mucho tiempo que estos seres me estaban espiando sin que yo me diera cuenta, ella, la criatura más hermosa que había visto en mi vida, la tuve cerca en algún momento sin percatarme y me había percibo. Concentré mis pensamientos, entonces la pude ver en una fiesta mirándome, finamente ataviada, y no entiendo cómo pudo pasar desapercibida, tal vez me indujo para que la olvidara.

- Sí, es así, lo lamento, solo estaba siguiendo las órdenes de mi señor.
- ¿Entonces todos ustedes son como unas marionetas que este ser usa de acuerdo a su conveniencia y deseos?
- No digas eso, dijo levantándose maquinalmente, como si hubiese dicho alguna blasfemia.
- Así que todos deben honrarlo y respetarlo…

- No sabes lo que dices, es mejor que te calles.
- Bien, tranquila, no diré más nada, pero... no quiero cazar con Gael, prefiero hacerlo contigo.
- Gael es tu maestro, no es parte del protocolo que ande contigo, no está dentro de mis obligaciones.
- Pero cazas también.
- Sí, por supuesto.
- Entonces, puedes hacerlo conmigo, como una excepción, por ser mi primera vez.
- Te dije que sigas tus instintos, es algo natural en toda criatura, cuando llegue el momento sabrás qué hacer.
- ¡Quiero ir contigo o no iré!, dije quedándome sentado, tal cual como si fuese un niño malcriado, el cual se encapricha en algo que desea conseguir al costo que sea.
- No me esperaba esto... dijo ella enarcando graciosamente las cejas.
- Entonces...
- Está bien, pero debemos ir con Gael también.
- No me cae bien, le dije bajando la voz, como si eso realmente contara.
- Jajajaja, Gael no le gusta a nadie, no eres el único que siente animosidad hacia esa criatura.
- Ah... ¿sí?, te creo, le contesté sonriendo.
- Bien, entonces... andando, es hora de llevarte a tu primera cacería.

Lo siguiente que pasó fue completamente surrealista, abrió la ventana y saltó por ella como si fuese un gato persa. Me asomé y vi lo alto que estaba, ¿cómo era posible que hubiese hecho eso?, entonces miré a mi izquierda y allí estaba en el tejado mirándome y sonriendo. Allí fue la primera vez que vi la belleza de la luna imponente sobre mí, pude percibir cada detalle de su geografía, eso me hizo quedar paralizado, esa era la verdadera luna y no la que había contemplado toda mi vida.

- Andando, dijo ella, pero no la escuché realmente, era como si hablara en mi cabeza.

La sentí allí, en mi mente e instintivamente me llevé las manos a la cabeza. Al instante Gael apareció junto a ella, ambos resaltaban, eran como seres brillantes y supe que tenía razón, cualquier humano que los hubiese visto en el presente o en el pasado pensaría que eran seres de otro mundo, dioses u otra criatura de una naturaleza superior. Eran sencillamente hermosos, de una manera intrínseca, incuestionable, como lo es la luna, el sol, la naturaleza, cualquier fenómeno natural como una tormenta, como el firmamento oscuro y lleno de estrellas.

Pulcritud Vagans, ese término palpitaba en mi cabeza, mi profesor me lo había aclarado cuando era un jovencito, era la belleza de lo natural, que no estaba atado a ningún concepto, a ningún criterio comparativo, lo que es bello en sí mismo y por sí mismo, eso eran ellos. Elena me hizo una señal para que asaltara, pero nunca lo había hecho.

- Sigue tus instintos, volví a escuchar en mi mente.

Me coloqué en el borde de la ventana, encogí mi cuerpo, entonces me lancé esperando lo peor y cerrando los ojos para aguantar el golpe cuando ocurriera, pero eso no pasó. Al abrirlos, estaba en el tejado junto a ellos, Elena tenía razón, es como si mi cuerpo supiese lo que tenía que hacer antes que yo lo pudiese pensar, como si estuviera conectado a una fuente diferente, y ahora debía adaptarme a la manera como funcionaba, era mucho más rápido, fuerte y sentía una sensación energética en todo mi ser.

- Excelente, dijo ella sonriendo, excelente salto.
- No es nada del otro mundo, dijo Gael, todos lo hemos hecho.
- No la primera vez, exclamó ella.
- ¿Qué?, ¿de qué estás hablando?, pensé que…
- Todos debemos superar nuestros miedos.
- Pensé que era algo intrínseco, tú lo dijiste.
- Sí, pero bien pudiste caer.
- ¡Maldición!, ¿por qué no me lo dijiste?
- Jajajajaja, tranquilo príncipe, esto es algo de rutina, no armes tantos aspavientos, apenas comienzas, vociferó Gael.
- Pero no caíste Mikhail, eso es lo importante, eres un ser especial, como lo había intuido Talbov.

Éramos como gatos saltando entre los tejados en una escena casi poética, esa fue la primera vez que sentí el poder en mi cuerpo, la fuerza en las piernas. Me impulsaba como si lo hubiese hecho toda mi vida, bajo la argéntea luna, al auspicio de la oscuridad. No tenía idea de dónde estaba ni hacia dónde íbamos, seguía estos seres misteriosos que se guardaban mucho más de lo que decían y que podrían bien acabar conmigo en cualquier instante, tal como se hace con una frágil caña seca.

- ¿A dónde vamos?, le dije a la mujer, pero esta no volteó para responderme, pero enseguida escuché en mi cabeza su clara voz.
- A Tambov.
- ¡Tambov! Exclamé, ¿cómo se supone que llegaremos a ese lugar?
- Corriendo.
- ¿Estás loca?, necesitamos de un carruaje.
- ¡Idiota!, escuché la voz de Gael en mi cabeza.

Los dos se detuvieron y yo hice lo propio, esperaba que me dijeran algo, pero ambos me quedaron mirando.

- ¿Qué?, ¿qué pasa?
- Tienes que dejar de cuestionar todo o no haremos nada, solo… déjate llevar.
- Sabes, somos rápidos, dijo la mujer, podemos ir corriendo a donde deseemos, incluso podríamos cruzar el océano si quisiéramos.
- ¿Es en serio?
- Sí, y parecía impresionada que le hiciera esa pregunta, seguramente para ellos era algo natural ser así, tal vez había pasado mucho tiempo desde que habían sido humanos, pero para mí las cosas resultaban muy diferentes.
- Entonces… ¿pasaremos todo el tiempo aquí? Debemos cazar, ahora tengo hambre, necesito una buena dosis de sangre.
- Gael, estamos aquí para acompañar a Mikhail.
- Sí, pero eso no quiere decir que no busque a algún malo por allí, jajajaja, sabes que en Tambov hay muchos.

Ella lo miró con desdén, ese ser tenía algo repulsivo en sí mismo, resultaba molesto hasta para los suyos, como si reservase algo oscuro y todos pudieran olerlo.

- Andando o nos tomará el día aquí parados.
- Un momento.
- Ahora ¿qué?, dijo poniendo los ojos en blanco.
- ¡Qué pasa si… nos toma el día aquí?
- Te volverás cenizas, eso pasará. Dijo Gael, pero con una extraña sonrisa.
- No es cierto, si te toma el día no pasará eso, es una mentira.

- Entonces…
- Solo podrías debilitarte, es todo, no te quemarás ni te volverás cenizas, eso es para razas inferiores. Ahora andando, vamos, es hora de ir por sangre.

Saltamos de tejado en tejado, y luego tomamos el camino fuera del lugar, ahora sabía que no me encontraba en San Petersburgo, sino en algún otro pueblo que no podía reconocer en ese momento. Lo seguí como un hipnotizado por el largo camino de tierra, nos internamos en el bosque, tenía miedo de estrellarme con alguno de esos árboles, pero eso no podía ocurrir, solamente que en ese instante no lo sabía.

La sensación del viento rugiendo a mi alrededor era increíble, sentir mis piernas correr a esa velocidad resultaba alucinante, una experiencia casi mística. Eran muy rápidos, volaban entre los árboles, produciendo un potente zumbido que esperaba nadie oyera. Hacía tan solo unos días atrás yo trataba asuntos de estado con mi padre y con el zar, y ahora estaba corriendo, casi volando entre la tenebrosa oscuridad de la noche con dos seres que parecían salidos de alguna pesadilla.

Al fin llegamos a un claro y desde esa colina pudimos ver a Tambov, el lugar estaba dormido entre la suave capa de neblina que se dispersaba. Seguramente hacía frío, pero no podía sentirlo, era como si estuviese cubierto por una tibia colcha, no lo había considerado, pero seguramente estaba tan frío como Gael y Talbov, como todos ellos. Como habían dicho, ya nunca sentiría más frío, dolor, hambre ni… miedo.

¿Quién era ahora?, ¿una sombra, la figura de un ser de terror?, seguramente ya no me verían como antes, con respeto y admiración, ahora lo que se dibujaría en el rostro de quien me viera sería precisamente miedo, el terror de encontrarse con un ser espeluznante, extraño. Ellos sonreían, Gael parecía un lobo, olfateaba con ansiedad el aire como si estuviera buscando algo en el ambiente.

- ¿La encontraste? Le preguntó ella.
- No, todavía no, siguió olfateando, mientras yo solamente podía esperar, viéndolos desde afuera como un espectador casi inocente que no tiene la menor idea de lo que se avecina.
- Sí, dijo él con placer, allí está, es suave, pero puedo distinguirla entre el montón de basura.
- Jajajaja, Gael, me gusta cuando usas términos escatológicos para referirte a los pobres humanos, pero no lo hagas, debemos respetarlos.
- Como si ellos lo hicieran con nosotros, ¿recuerdas esa vez en Hamburgo? Jamás olvidaré cómo esa horda de hombres enloquecidos me atacó hasta casi destrozarme.
- Mejor deja de lado esos malos recuerdos, concéntrate en lo que estamos haciendo ahora.
- ¡Ja!, sabes que tengo una buena memoria.
- Sí, y ese no es el mejor don con el que se puede contar.
- Bien, hemos detectado a tu presa Yusúpov, ahora iremos por ella, ven, es hora de cazar.

Aunque no quería admitirlo, sentí una sensación cosquilleante recorriendo todo mi cuerpo, era una especie de expectación extraña, la emoción de lanzarse a lo desconocido. Pero no solo eso, había algo más, era una necesidad intensa y fisiológica que se estaba gestando dentro de mí, produciendo una gran fuerza, una especie de hambre, solamente que era mucho más potente, en ese momento no lo sabía, pero era la necesidad de sangre… una muy intensa.

Ella me miró y sonrió, sabía exactamente lo que estaba

sintiendo porque también lo había vivido.

-   Eso es Su Alteza, eso es, pero tranquilo, pronto tendrás sangre fresca y nueva con qué satisfacerlo, andando, y nos lanzamos desde el risco hacia el valle, alguien en aquel lugar moriría, esa persona no se lo esperaba, pero tenía los minutos contados…

CAPÍTULO IV
Luna negra

Bajo corriendo desde la colina, me muero por un poco de sangre, tal vez haya alguien que valga la pena en ese lugar. Rápidamente me acerco al castillo, ellos no me sienten, nunca lo hacen. Los humanos no son muy hábiles para detectar a los depredadores y mucho menos a uno como yo. Estoy investigando, miro y olfateo, siento la sensación de la sangre movilizándose por sus venas, las palpitaciones que retumban en la noche son la mejor música que he escuchado en toda mi vida.

No estoy precisamente vestido para la ocasión, pero sé perfectamente cómo comportarme en estos ambientes. Me escondo detrás de un árbol, puedo ver a los nobles saliendo y entrando del castillo, conversando y escucho sus importantes temas de negocios, viajes, ostentaciones, vanidades, es más de lo mismo, lo que vengo oyendo desde hace siglos. La vida se torna predecible luego de un tiempo, sobre todo cuando se pierde el sentido en la existencia de los hombres.

Con esto último me refiero a la reproducción de la especie y por supuesto el deseo de trascender, que, según he aprendido, son los detonantes que estos tienen para existir. Pero estoy por encima de eso, así que la vida humana no tiene ningún sentido para mí.

Pero esa noche tengo ganas de jugar, la intención de experimentar una noche como si otra vez fuese aquel príncipe que una vez se paseó por Kurks, mucho antes que todos estos hombres existieran sobre la faz de la tierra. Así que salgo a la claridad, con la luna incidiendo directamente sobre mí, no hay nada que temer, soy cada vez más poderoso, fuerte y el miedo hace mucho tiempo que ha desaparecido de mi ser, a veces extraño esa emoción de no saber lo que va a pasar, pero por ahora eso no me sirve de nada.

Avanzo hacia la entrada donde un hombre uniformado se me queda mirando extrañado.

- Buenas noches, le digo con la confianza y el donaire que me caracterizan.
- Señor, ¿ha sido usted invitado a esta fiesta?
- Así es, Lord Buckham me ha invitado, le miento sabiendo que el excéntrico inglés es el dueño de lo que alguna vez fue enteramente mío.
- No está usted vestido de forma adecuada, dice luego de inspeccionarme rápidamente.
- Lo sé, él me está esperando, pienso cambiarme, vengo desde Londres y él me está esperando.
- Lo siento, pero… entonces coloco mi mano frente a él, no sé siquiera porqué me molesto, eso le quita la diversión a todo, pero no quiero saltar muros, esa noche deseo fingir que soy un humano entre los humanos.
- Ahora me dejarás entrar, soy un amigo de Lord Buckham, pasaré y tú estarás feliz de recibirme, con ropa o sin ella, serás amable con todos y cuando termine esta noche, irás a casa feliz sintiéndote afortunado de la vida efímera que tienes, de tu esposa y tus dos hijos… entonces bajo la mano y cambia la expresión de sus ojos, aún está un poco perdido, pero me sonríe.
- Señor, adelante, Lord Buckham lo está esperando.
- Muchas gracias, le digo sonriendo de igual forma.

Camino hacia la entrada, ese lugar está lleno de hermosas

mujeres, todas elegantemente ataviadas y algunas de ellas parecen modelos de revista. Vaya, genial, mujeres hermosas y sangre fresca, mi combinación favorita, pienso. El mundo ha cambiado mucho desde el siglo XIX, y por una parte es muy bueno, pero, por otra no tanto. A veces extraño el misterio de lo anónimo, del no conocer, ahora todo el mundo sabe quién es quién, las cosas deben ser rápidas, fugaces, las criaturas misteriosas ya no existen para los humanos, la noche no es una fuente de zozobra, no se esconden cuando el sol baja en el horizonte. No se inventan buenas historias como antes para justificar lo injustificable.

Camino entre ellos como si fuese uno más, entro en el castillo que una vez fue mío, andando en los jardines que una vez recorrí con mi hermano. Doy un vistazo, nada especial, más de lo mismo, personas con copas de champaña, mujeres que me miran con deseo. No, eso no es lo que busco, estoy detrás de algo más especial, de un buen reto.

Sus olores son agradables, pero no lo suficiente como para tentarme, hombres de mundo, ancianos con dinero, malhechores disfrazados de hombres elegantes, seres inescrupulosos que sonríen con idénticas dentaduras blanqueadas, pero que, por dentro, son más negros que yo mismo. Una joven mujer se me acerca, es una hermosa rubia, bueno, es linda para los criterios humanos, por supuesto que no se asemeja a la naturaleza de una criatura.

- Buenas noches, me dice con aire de inteligencia.
- Buenas noches, señorita.
- ¿Le conozco?
- No lo sé, tal vez, le digo siguiendo su juego.
- No lo creo.
- Ah… ¿no?

- No, si lo hubiese visto seguro le recordaría, nadie olvidaría un rostro como el suyo.
- Jajajajaja. Oh Milady, usted me honra, pero no es cierto, existen muchas caras en este mundo, es una pérdida de tiempo recordar tantas.
- Pero ninguna como la suya.
- Gracias, pero no podía devolverle el favor, no era lo suficientemente sublime para ser memorable y, sin embargo, debía ser un caballero, esa era mi naturaleza.
- ¿Señor? Dice haciendo un bonito gesto con sus cejas, como si esperara que le devolviese el cumplido, era una táctica muy común decir algo hermoso, no por el cumplido, sino para recibir algo a cambio.

Sonrío, la miro de arriba abajo, viste un traje rojo vertiginosamente escotado, era la forma en que las mujeres, digamos un tanto corrientes, buscaban seducir a los hombres, una forma poco elegante de decir que estaban dispuestas a conseguir algo. Ese no era particularmente el tipo de fémina que me gustaba, y mucho menos después de lo que había pasado con Elena y la joven Ana Porter, había prendido a ser cuidadoso, pero el hecho de ser un vampiro, no significa decir que mi deseo sexual había mermado, al contrario, la libido de una criatura era mucho más intensa que la de un humano.

La rubia todavía está esperando alguna especie de respuesta, para ella tan solo han pasado segundos, pero en ese mismo tiempo puedo analizar todo con perfección de detalles. Cada rostro que se ha paralizado al contemplarme, los hombres que me miran pensando de dónde he salido y cómo oso presentarme en ese lugar vestido de esa forma tan impropia, las mujeres que me comen con la mirada atraídas por mis encantos físicos y aquellas que se imaginan, incluso, cómo es hacer el amor conmigo en algún rincón de ese castillo.

- Lo siento, estaba, contemplando este hermoso lugar.
- ¿Te gusta mi castillo?
- ¿Tu castillo?, digo casi riéndome en su cara.
- Así es, mi esposo, el Lord Buckham es el dueño.
- ¿Lord Buckham es su esposo? Vaya, esa joven tiene unos 23 años cuando máximo, hay cosas que jamás cambian en el mundo, eso incluye las conveniencias sociales y la necesidad de asegurar un futuro económico que tienen algunas mujeres.
- Así es, es mi esposo ¿lo conoce?
- Por supuesto, ¿quién no conocería a Lord Buckham?

Lord Buckham era lo que estaba buscando esa noche, un hombre asquerosamente inescrupuloso que, sin embargo, se vestía con un aura de caridad y beneficencias. Esa noche se celebraba el aniversario del castillo, 300 años de historia truncadas por la revolución y las conveniencias económicas, Buckham había enlodado la historia de mi familia con sus malos negocios. Mi herencia, todo lo que una vez fue mío, incluyendo ese lugar donde viví mi infancia, había pasado a manos del noble inglés. Pero sería hasta esa noche, no le quedaba mucho de vida, bebería su sangre y no había nada ni nadie que pudiera evitarlo.

- Entonces un… socio suyo, supongo.
- Algo así, le digo, la mujer no me provoca particularmente, pero ella tiene ganas de una buena aventura.
- Sabe, usted me parece muy familiar, es como si lo hubiese visto antes, no lo sé.
- Tal vez nos hayamos visto alguna vez, y pienso que seguramente lo ha hecho en algún cuadro antiguo, aunque mi cara ha cambiado desde que fui humano.

- ¿Cuál es su nombre?
- Logan Daniel.
- Sir Logan Daniel, me imagino.
- Imagina bien, este lugar se ve tan...
- Hermoso, sí, lo sé, me interrumpe, contraté a los mejores decoradores rusos para ello.
- Iba a decir diferente.
- ¿Diferente? Dice frunciendo el entrecejo, ¿a qué se refiere?
- A como estaba originalmente.
- Ah... ¿sabe cómo era este castillo?
- Sí, así es.
- Es un conocedor entonces, ¿historiador tal vez?
- Sí, algo así, soy un estudioso de la belleza, amante del conocimiento, la filosofía y las artes.
- Genial, por fin alguien con quien se pueda hablar de algo interesante que no sea negocios y esos aburridos temas.
- Sí, esos temas aburridos, pero necesarios.

Olfateo el aire, necesito algo más, la sangre de Buckham no es un gusto sino más bien una necesidad, como el propio Talbov me lo había explicado una vez. Nuestra raza había sido seleccionada para eliminar a ciertos tipos de personas en el mundo, es una especie de selección natural, solamente que, al evolucionar los humanos, ese instinto se había atenuado, debía crearse otra forma de eliminar a aquellos que atentaban contra el equilibrio de la naturaleza, contra los hombres que solamente vivían para hacer el mal a otros, más allá de lo debido, mucho más allá de lo que podría ser natural en un imperfecto y patético hombre.

- Quiero mostrarle algo, me dice insinuante.
- ¿Sí?
- Parece usted un conocedor de la belleza.

- Diría que sí soy un experto en ese tema.
- Perfecto, entonces quiero mostrarle algo... Seguramente lo que quiere mostrarme no es algo a lo cual estuviera particularmente tentado.
- Muy bien, entonces usted me dirá.
- Venga conmigo, me dice sonriente. Cuando volteo, puedo ver el escote en su espalda y debo decir que no es nada despreciable.

La sigo a través de un pasillo que conozco muy bien, pero que está completamente cambiado, con un mal gusto terrible, si mi madre lo hubiese visto, daba gracias a Dios porque no estuviese aquí, que sus ojos no contemplaran esa profanación a nuestro gran nombre. Miro con desprecio el espacio, nunca había sido un particular amante de las decoraciones del palacio, pero sé lo que es el arte y lo que son las baratijas, y esto no tiene nombre, mi casa rebajada hasta ese punto, ahora siento más deseos de acabar con ese maldito hombre.

- Por aquí, por favor, me dice.
- Muy bien, la sigo, la verdad es que prefiero apreciarla así, desde lejos. Ver su posterior, me hace desear un buen desahogo.
- Entre... me dice abriendo una de las puertas que antes solía ser la oficina de mi madre, casi me caigo del asombro, está completamente cambiada, con uno de esos estilos minimalistas que no tienen nada que ver con el estilo de la edificación. Ahora parece que las cosas se hacen al revés, antes los objetos se adecuaban a los espacios, ahora el espacio parecía adecuarse a los objetos, era típico del hombre moderno, donde todo debía ser acorde a sus gustos y deseos sin importar si la naturaleza de los mismos era la correcta, resulta muy fácil deformar algo para que sea acorde a los caprichos de

quien lo quiere.

- Vaya, fue todo lo que pude decir.
- Es genial ¿verdad? Mi esposo lo mandó a decorar con el mismísimo Françoise Le Gaullé, es un conocedor de este estilo imperial.
- Madame, créame, este no es un estilo imperial y mucho menos del siglo XIX.
- Oh... lo siento, no soy una experta, por supuesto que le creo, se nota en cada poro de su piel, esa mujer no tiene ni una gota de clase en sus venas.
- ¿Qué es lo que desea mostrarme?, le digo con apremio, no quiero seguir perdiendo el tiempo con esa aburrida mujer.
- Mire, me dice, esto me lo acaba de regalar mi marido, es hermoso, solo que... la verdad no sé qué hacer con él.

Sacrilegio, es un precioso Fabergé y lo reconozco porque había pertenecido a la colección de mi madre, seguramente los rebeldes habían saqueado nuestras pertenencias, ahora está allí como un objeto fatuo que no tiene ningún sentido en ese espacio, debo darle el lugar que se merece, tiene que volver a su dueño. La miro con displicencia, pero ella parece no percatarse de ello.

- Es una hermosa pieza señora.
- No sé quién puede ser tan vano para hacer una joya en forma de huevo, no lo sé... me parece... tonto.
- Es un arte mi joven señora, se llama realezza, es algo antiquísimo y exquisito, ¿sabe la cantidad de horas que se invierte en una pieza delicada como esta? Es completamente invaluable.
- Debo admitir que su sapiencia me seduce señor, eso sin mencionar su belleza, la verdad es que usted es el hombre más hermoso que he visto en toda mi vida.

- Gracias Madame, es usted muy amable, es oriunda de…
- Oxford señor.
- ¿Ha venido aquí de visita?
- Sí, por nada del mundo aceptaría vivir en este lugar, es…
- ¿Aburrido? Le digo.
- Terriblemente aburrido, es un lugar aislado que no tiene nada que ver con mis gustos personales.
- Sí, se nota, que más se le puede exigir a una mujercita vulgar como ella, pero eso no quiere decir que no aproveche lo que se me está brindando.

Ella se acerca y me queda mirando esperando que entienda el mensaje que me trasmite con sus ojos fatuos y vacíos.

- Señora, entonces se abalanza sobre mí y trata de apoderarse de mis labios, me dejo, aunque no me siento muy interesado, ella es un completo fastidio, una de las causas por las que la inmortalidad resulta algunas veces aburrida.

Le sigo el juego mientras pienso cómo llevarme el huevo que es mío por derecho propio, es parte de la herencia que había perdido ese día, cuando Gael y los suyos me secuestraron ese lejano año de 1885. Sus manos avanzan hasta mi trasero, añoro aquellos días en que las mujeres te seducían con palabras y la piel era solamente una prolongación del dulce juego de la seducción, cuando el intelecto era una parte importante y ellas cubrían aquello que deseabas tener, haciendo volar tu imaginación, haciendo desearlas intensamente, hasta que lograbas con ansiedad desenvolver el paquete y entonces se desataba el fuego a tu alrededor.

La mujer entonces se saca los pantis por debajo del

vestido, parece que le urge mucho, se sienta en el escritorio, sonriendo e invitándome a acercarme.

- Sabes, desde que te vi entrar supe que esto pasaría.
- ¿Sí?
- Debo tenerte, eres el hombre más maravilloso del mundo, tu cuerpo, esa voz, la sensación de tu cuerpo y ese aroma tan seductor, no sé lo que tienes, pero me gustas mucho.

Lo que tengo es precisamente mi naturaleza depredadora, todo cuanto hay en mí está hecho para atraer a las presas, para que caigan en mis garras, ya fuesen hombres o mujeres, cada uno a su manera y forma, todos caen con mis palabras, con la belleza o con mi inteligencia, y si todo falla con mi poder de convicción, que es uno de mis dones vampíricos. Se abalanza en mi entrepierna, mi mente se enfoca en que no capte el frío enervante de mi cuerpo, ella parece no percatarse, porque es precisamente lo que estoy induciendo en su cabeza.

Abre mi pantalón, mete su mano, enseguida tengo una erección y ella parece complacida, pero no tiene nada que ver con su cuerpo, es simplemente una reacción natural. Me rodea con sus piernas, entonces la complazco en lo que quiere, ella gime al tiempo que se mueve sobre mí, yo la sostengo y trato de pensar en otra cosa, el huevo no se aparta de mi vista. Finalmente, ella gime ante el potente orgasmo que está experimentando.

- ¡Oh vaya!, dice retorciéndose, eres mucho mejor de lo que había pensado.
- Gracias.

Se sube el vestido, pero no se coloca la ropa interior. Sonrío, ahora soy cómplice de su secreto, se me queda mirando como diciéndome que solamente los dos lo sabremos. Esa será la primera y última vez que vea a esa mujer, al menos eso espero.

-   Entonces… estiro mi mano sobre su rostro, le digo que jamás ha tenido un huevo Fabergé, que no sabe nada acerca de eso, que jamás ha estado allí conmigo y que no tiene la menor idea de quién soy, simplemente ha llegado allí para buscar algo, pero no recuerda qué era y vuelve a la fiesta para estar con su marido.

Salgo del lugar con discreción, es una satisfacción rudimentaria la que siento en mi cuerpo, pronto me iré de allí y desearé jamás saber descendido de esa colina. Pero, al igual que aquel día en el callejón cuando mi destino se topó con los Betha, siento el impulso de mirar por la ventana, abajo, en el jardín, donde a pesar del frío distingo a una mujer. Una punzada filosa incide en mi pecho, casi se confunde con un latido, pero no puede ser, porque sé perfectamente que desde hace 134 años mi corazón ha dejado de latir para siempre.

Estoy estupefacto, ¿es una humana? Olfateo, sí, es humana, siento el olor de su sangre y debo decir que es la sangre más fascinante que haya sentido en toda mi vida, tanto que todo mi cuerpo se contrae involuntariamente y todo mi ser desea probarla, tenerla, beberla como se hace con un buen vino. Pero, al igual que con este néctar de los dioses debes dejarlo madurar, y sé que ese aroma puede ser mucho mejor, si tan solo…

Entonces mira hacia donde estoy y nuestros ojos se encuentran, es hermosa, bellísima, exquisita, no sé qué adjetivos darle, creo que nunca había visto a una humana así. Sus ojos son intensamente negros y están enmarcados en unas cejas tan oscuras como el ébano, preciosamente dibujadas, es la obra de un gran artista, sonríe, no puedo creerlo, su piel es blanca como la luna, debí distinguirla en el coctel de los aromas, ¿cómo pude no darme cuenta?

Tengo que conocerla, ahora llevo el huevo en mi ropa y sé que debo tener cuidado, ser discreto es una de nuestras mayores armas, no debo llamar la atención. Precisamente por eso tratamos vergonzosamente de parecer humanos, a los ojos de otros no puedo mostrar enteramente mi aspecto, convenzo a los humanos que mis ojos son azules, no deben percibirme como realmente me veo o se darían cuenta que no soy uno de ellos.

Bajo las escaleras tratando de disimular mi ansiedad, espero que no se vaya antes que llegue, deseo verla así, como la percibí desde la ventana en su plena belleza, apropiarme de su imagen y atesorarla así, imaginar que puedo tomarla, beberla toda, pero presiento que nada de eso va a ocurrir. Salgo al jardín, tan sigiloso como llegué, nadie se percata de mi presencia porque puedo pasar desapercibido cuando quiero e impresionar cuando lo deseo.

Allí está, la veo de espaldas con una figura imponente, es alta, delgada y elegante, al fondo la luna es un hermoso marco para engalanar aún más su extraña belleza poco común. Se voltea, es como si me hubiese sentido, entonces se queda mirándome y por segundos parece saber que esto iba a pasar. Algo viene de pronto a mi mente, es un sueño, la imagen de una figura oscura, en contraluz, una hermosa figura femenina que me hablaba, diciendo que algún día pasaría y que me estaría esperando.

Avanzo casi con ansiedad, tal como si fuese un absurdo humano que espera encontrar las respuestas a todas sus interrogantes. Ella sonríe confiada, como si estuviera acostumbrada a generar eso en los demás.

- Buenas noches, me dice.
- Buenas noches, le contesto, y de pronto todas las palabras que siempre vienen a mi mente se traban como si no pudiera hablar, como si fuera otra vez aquel muchacho, Mikhail Yusúpov, el joven ante alguna mujer que le gustaba, como si realmente tuviera de nuevo 20 años y no 154.
- Es una noche espléndida.
- Eh… sí.
- Te vi allá arriba, eras una figura realmente poética, muy romántica, diría yo, descendiendo por esas escaleras, aunque lamentablemente vestida de una forma cuestionable, y sonríe nuevamente con esas perlas que lleva en su boca de forma audaz, y lo sabe, sabe que es una tentación para todo hombre que se le cruce en el camino.
- Ah… ¿sí?, entonces usted debe ser una hechicera, porque supe que debía mirar hacia acá aún antes de estar consciente que se encontraba aquí, una fabulosa casualidad supongo.
- No creo en las casualidades, me dice con aire misterioso.
- Yo tampoco, sé exactamente de lo que estoy hablando.

Ella se voltea y me da graciosamente la espalda, y yo solamente deseo ver todo lo que se esconde dentro de ese estrambótico abrigo que la mantiene protegida de las inclemencias climáticas de Kurks. Rodeo con cautela el lugar donde está sentada y así quedo frente a ella.

- Disculpe mis modales, mi nombre es… Mi… y casi me equivoco, así estoy de obnubilado por esa mujer.
- ¿Perdón?

- Disculpe, mi nombre es Logan Daniel.
- Es un gusto conocerlo Logan Daniel, me dice sonriente, se queda callada. Sí, es justo el tipo de mujer que me gusta, una de esas bellezas que atropellan de una forma poco obvia, regia, bien podría ser una reina y no me extrañaría en lo absoluto, es segura y dueña de sí misma.
- Y usted es...
- Luna, mi nombre es Luna, entonces me acerco y beso su mano con delicadeza.
- Es un placer Milady, ella retira la mano en el acto, casi con asombro. ¡Maldición!, me he olvidado de mi temperatura corporal, estoy tan encantado con ella, ¿cómo he sido tan descuidado?
- Señor, debería abrigarse, usted está congelado, creo que un par de guantes le harían mucho bien.
- Perdón Madame, usted tiene razón.
- Señor Daniel, jamás lo había visto por aquí.
- Jamás había venido por aquí, pero agradezco el haberlo hecho hoy.
- Jajajaja, usted tiene muchas habilidades para halagar a una dama, dijo levantándose con donaire, el vestido le llegaba a los tobillos y era de un color plata exquisito que combinaba a la perfección con su tono de piel, me sentía realmente excitado. Ahora si me disculpa, debo volver a una fiesta.
- La acompaño señorita...
- Black, Luna Black, me dijo con esa encantadora sonrisa.

Entonces comprendí que no podía haber un nombre más adecuado para una mujer como esa. Definitivamente, las noches de luna negra eran lo que más se parecía a la belleza perturbadora de esa criatura divina. Entonces, la seguí como quien no sabe hacia dónde lo llevará el final de su camino, y ese fue el momento, cuando otra vez me sentí vivo por primera vez.

"No puedo concebir algo más cruel que vivir eternamente, no puedo creer en algo más cruel que en la belleza de un vampiro". Ana Porter.

Fin.

Si te ha gustado este libro, por favor déjame un comentario en Amazon ya que eso me ayudará a que lo lean otras personas.

Otros libros de esta saga:

Inmortales. Génesis. El Origen de los Vampiros. (Libro No. 1)

Metamorfosis. El Legado Secreto de los Vampiros (Inmortales Libro 2)

Metamorfosis. El Legado Secreto de los Vampiros (Inmortales Libro 3)

Metamorfosis. El Legado Secreto de los Vampiros (Inmortales Libro 4)

Reina de la Oscuridad. Una Historia de Romance Paranormal (Inmortales Libro 5)

Reina de la Oscuridad. Una Historia de Romance Paranormal (Inmortales Libro 6)

Reina de la Oscuridad. Una Historia de Romance Paranormal (Inmortales Libro 7)

Seduciendo al Vampiro. Desafío de Fuego. Una Historia de Romance Paranormal (Inmortales Libro 8)

Seduciendo al Vampiro. Desafío de Fuego. Una Historia de Romance Paranormal (Inmortales Libro 9)

Seduciendo al Vampiro. Desafío de Fuego. Una Historia de Romance Paranormal (Inmortales Libro 10)

Guerrera de Fuego. El Vasto Precio de la Libertad (Inmortales Libro 11)

Guerrera de Fuego. El Vasto Precio de la Libertad (Inmortales Libro 12)

Guerrera de Fuego. El Vasto Precio de la Libertad (Inmortales Libro 13)

Dinastía de las Sombras. La Oscura Corona. Una Historia de Romance Paranormal de Vampiros (Inmortales Libro 14)

Dinastía de las Sombras. Juegos de Poder. Una Historia de Romance Paranormal de Vampiros (Inmortales Libro 15)

Dinastía de las Sombras. Cantos Oscuros. Una Historia de Romance Paranormal de Vampiros (Inmortales Libro 16)

Corona de Fuego. Una Historia de Romance Paranormal de Vampiros (Inmortales Libro 17)

Corona de Fuego. Una Historia de Romance Paranormal de Vampiros (Inmortales Libro 18)

Corona de Fuego. Una Historia de Romance Paranormal de Vampiros (Inmortales Libro 19)

Otros libros de mi autoría:

Azul. Un Despertar A La Realidad. Una Novela romántica de Mercedes Franco Saga No. 1

Azul. Un Despertar A La Realidad. Una Novela romántica de Mercedes Franco Saga No. 2

Azul. Un Despertar A La Realidad. Una Novela romántica de Mercedes Franco Saga No. 3

Azul. La Princesa Rebelde. Una Novela romántica de Mercedes Franco Saga No. 4

Azul. La Princesa Rebelde. Una Novela romántica de Mercedes Franco Saga No. 5

Azul. La Princesa Rebelde. Una Novela romántica de Mercedes Franco Saga No. 6

Secretos Inconfesables. Una pasión tan peligrosa que pocos se atreverían. Saga No. 1, 2 y 3

Autora: Mercedes Franco

Secretos y Sombras de un Amor Intenso. Saga No. 1

Autora: Mercedes Franco

Secretos y Sombras de un Amor Intenso. (La Propuesta) Saga

No. 2

Autora: Mercedes Franco

Secretos y Sombras de un Amor Intenso. (Juego Inesperado) Saga No. 3

Autora: Mercedes Franco

Rehén De Un Otoño Intenso.

Autora: Mercedes Franco

Las Intrigas de la Fama

Autora: Mercedes Franco

Gourmet de tu Cuerpo. Pasiones y Secretos Místicos

Autora: Mercedes Franco

Pasiones Prohibidas De Mi Pasado.

Autora: Mercedes Franco

Hasta Pronto Amor. Volveré   por ti. Saga No. 1, 2 y 3

Autora: Mercedes Franco

Amor en la Red. Caminos Cruzados. Saga No. 1, 2 y 3

Autora: Mercedes Franco

Oscuro Amor. Tormenta Insospechada. Saga No. 1, 2 y 3

Autora: Mercedes Franco

Otros Libros Recomendados de Nuestra Producción:

Contigo Aunque No Deba. Adicción a Primera Vista

Autora: Teresa Castillo Mendoza

Atracción Inesperada

Autora: Teresa Castillo Mendoza

El Secreto Oscuro de la Carta (Intrigas Inesperadas)

Autor: Ariel Omer

Placeres, Pecados y Secretos De Un Amor Tántrico

Autora: Isabel Danon

Una Herejía Contigo. Más Allá De La Lujuria.

Autor: Ariel Omer

Juntos ¿Para Siempre?

Autora: Isabel Danon

Pasiones Peligrosas.

Autora: Isabel Guirado

Mentiras Adictivas. Una Historia Llena De Engaños Ardientes

Autora: Isabel Guirado

Intrigas de Alta Sociedad. Pasiones y Secretos Prohibidos

Autora: Ana Allende

Amor.com Amor en la red desde la distancia

Autor: Ariel Omer

Seducciones Encubiertas.

Autora: Isabel Guirado

Pecados Ardientes.

Autor: Ariel Omer

Viajera En El Deseo. Saga No. 1, 2 y 3

Autora: Ana Allende

Triángulo de Amor Bizarro

Autor: Ariel Omer

Contigo En La Tempestad

Autora: Lorena Cervantes

Recibe Una Novela Romántica Gratis

Si quieres recibir una novela romántica gratis por nuestra cuenta, visita:

http://www.librosnovelasromanticas.com/gratis

Registra ahí tu correo electrónico y te la enviaremos cuanto antes.

Metamorfosis.

El Legado Secreto de los Vampiros

(Inmortales Libro 3)

Luna de Sangre

CAPÍTULO V
La Cacería

El sonido de la brisa que provocaba nuestro paso por el valle rompía la calma de la noche, era una especie de zumbido, al cual debía acostumbrarme. Rápidamente, nos acercamos al poblado y fuimos desacelerando. Tambov estaba sumida en la oscuridad y pronto estaría mucho peor, ante la fuerza avasallante de nuestra presencia.

- Es por aquí, dijo Gael, con una rara sonrisa de satisfacción.
- Andando Mikhail, es tu hora, añadió Elena con un tono misterioso.
- Muy bien, inhalé, más por hábito que necesidad, era la costumbre innecesaria de sentir el aire en mis pulmones.

Entramos en el pueblo con una actitud felina y sigilosa, las calles estaban desoladas, lo único que nos iluminaba era la potente luz de la luna, la cual parecía reposar en una de las montañas. Me maravillé nuevamente ante el espectáculo de su pura y blanca belleza, la de sus formas sinuosas y llena de relieves, los cuales podía ver con completa claridad, tan solo por eso valía la pena un segundo de esta vida. No existen palabras para describirlo, tienes que vivir lo que yo para entender, aunque estaba muerto, mi humanidad había llegado a su fin y todo lo que eso significaba, la potencia de mis dones me hacían sentir vivo, más vivo que nunca.

Un aroma se interpuso entre mí y esas cavilaciones, era una sensación muy fuerte raspando en mi garganta como una navaja, mi cuerpo reaccionó, los colmillos emergieron con fuerza rompiendo mis encías y tuve que taparme la boca para no emitir un grito por la extraña sensación que me generaba una especie de eco parecido al dolor, aunque no fuese eso propiamente. Aprendí que el dolor no se iba de inmediato, sino que se desdibujaba al igual que lo hace una imagen hecha en tinta al caerle agua.

Supe en qué parte estaba el aroma, exactamente a tres calles de donde nos encontrábamos. Era un olor complejo, intensamente dulce, pero en la proporción justa, sin que me dijesen nada, inmediatamente comprendí que se trata de una mujer y, a juzgar por la esencia, debió ser alguien muy especial.

- Vamos principito, me dijo Gael sonriendo, parecía estarlo disfrutando.

Intuí que algo pasaba, era un presentimiento de que tal vez me engañaban. Ellos me miraban analizándome para ver mis reacciones, como si cada instante contara y no sabía exactamente qué esperaban de mí.

- ¿Qué estás esperando?, ¿que te coronemos zar de Rusia?
- Gael por favor, trata con más respeto a Su Alteza, para el señor Talbov es muy valioso, te ruego que…
- ¿Qué?, ¿porque es un príncipe? ¡Puff! Yo estuve a punto de ser emperador, lo sabes, ¿qué es un burdo príncipe para mí?, cenaba príncipes todos los días.
- ¡Emperador!, dije sorprendido, ¿de qué…?
- Jajajajaja, no es tu problema. Además, ya esa vida pasó, ahora esos títulos estúpidos no significan nada, somos dioses, seres poderosos para quienes esas denominaciones humanas no son más que ponderaciones.

- No le hagas caso Su Alteza, Gael es un poco inestable, por decir lo menos, es mejor que nos ocupemos de lo que vinimos a hacer, esto es una pérdida de tiempo, ya habrá un espacio para recordar quiénes fuimos alguna vez, si es que eso vale de algo.
- Para mí lo vale.
- Eso se debe a que en parte eres humano todavía, no has superado esa triste condición que te embarga. Es muy reciente, ya verás que cuando pasen los años ya no te importará nada, todo lo que pase será risible para ti, si de algo estoy seguro es de la fragilidad y carácter efímero de los humanos. Mira a tu alrededor, las montañas llevan siglos así, la luna, el sol, han visto a todos y lo han vivido todo, siguen allí, al igual que lo han estado por millones de años, así como nosotros, somos eso, superiores, seguiremos estando cuando todos los reinos que conoces se hayan acabado, al igual que lo hicieron los hititas, los hicsos, los egipcios, babilonios, asirios, griegos, romanos, bárbaros y muchos más. ¿Quiénes de ellos han permanecido?, ninguno, yo estuve allí en cada uno de esos momentos. Mientras me relataba eso, sus ojos violetas brillaban como nunca, como si lo estuviera viviendo otra vez. Algo significaba, lo recordaba obviamente con entera claridad.
- ¿Tú estuviste allí? Dije con asombro, jamás pensé conocer a alguien que hubiese vivido por tanto tiempo sobre la faz de la tierra.
- Así es, he visto estos paisajes cambiar, estos y muchos otros, no sabes cuántos, no tienes ni la más mínima idea.
- Seguramente... le dije y me sentía sorprendido, no era tanto lo que decía sino cómo lo decía, con esa pasión tan intensa que le imprimía a sus palabras, un tono de voz imperioso, enérgico, casi podía imaginarlo luchando codo a codo entre esas personas de la antigüedad. Me

preguntaba ¿de dónde había salido este ser que ahora me miraba con una juventud dudosa, con la apariencia de un chico, pero con la edad marcada en la forma cómo sus ojos contemplaban con sapiencia y hastío el mundo?

El Ka me llamaba, me estaba sintiendo embriagado por el placer que ese cosquilleo causaba en mi paladar y era una sensación casi sexual lo que estaba experimentando. Caminé como si algo me llevara atado, un hilo invisible me estaba conduciendo hacia un lugar desconocido, llegué entonces a una casa, ellos se quedaron atrás y yo estaba allí, solo ante lo desconocido.

El olor se concentró aún más, nadie me había explicado nada, pero recordé algo, unas palabras lejanas, el tal Talbov había dicho que la casta de criaturas había sido escogida para un papel especial, no especificó cuál, pero estaba seguro que mordíamos y matábamos por una razón en específico. Vinieron a mi mente las palabras de Elena, cuando dijo que era bueno, que ayudaba a las personas y que por eso me habían escogido, por ser el único noble que se compadecía por el dolor de los menesterosos.

Entonces, ¿cómo era posible que tuviese que matar precisamente a las personas que había ayudado?, era una gran contradicción que fluía dentro de mí como corría un río congelado por su caudal. Salté la barda que rodeaba la casa, hechizado por el dulce aroma de la campesina, los matices eran tan ricos que me estaban causando una sensación erógena.

En la profunda oscuridad del cuarto no se podía ver nada, pero supe exactamente dónde estaba por su exquisita esencia, había varias personas allí, como se acostumbraba en esa época, muchos dormían en un mismo lugar para darse calor. Pude matarla sin siquiera hacer un ruido, sin alterar el dulce concierto de las múltiples respiraciones y ronquidos que coexistían en la habitación de forma musical y armónica.

Pero algo me detuvo, un golpe en mi mente, una especie de instinto que hasta ese momento no conocía.

- ¡No!, me dijo.
- ¿Qué?, pero mi palabra fue tan suave que bien pudo haberse confundido con el rocío que caía en las briznas de las hierbas.
- No puedes matar, volvió a repetir.

Entonces supe que no podía matar a esa oven, era incorrecto, ella era una chica joven e inocente con una vida por delante y no tenía derecho a truncarla. Esa no era la clase de presa correcta, porque no tenía ningún propósito que matara las cosas bellas del mundo, las únicas que le daban sentido a esta triste existencia. Entonces, salí nuevamente de ese lugar sin ver siquiera el rostro de esa joven, aunque sabiendo que era muy hermosa.

Ellos estaban esperándome, Gael me miró y enarcó las cejas, mientras Elena sonrío con satisfacción.

- ¿Qué pasó principito?, ¿te acobardaste o no pudiste conseguir a la presa?
- Ninguna de esas dos cosas.
- ¿Qué sucedió?, dijo ella inspeccionándome varias veces para ver si había algún rastro de sangre en mí.
- No puedo matarla.
- ¿Por qué?
- Porque es una buena persona. Le dije como la cosa más lógica del mundo, era natural, todo ser humano sabía la diferencia entre el bien y el mal, era como tomar agua o

comer, lo blanco era blanco y lo negro era negro, y aunque ahora descubría que existían miles de grises en el mundo, seguía habiendo blanco y negro, entonces prefería morir y extinguirme antes que matar a una persona inocente.

- Excelente Yusúpov, me sorprendes gratamente, me dijo el joven rubio. Tal parecía que estaba molesto, como si una espina le estuviera rompiendo la piel, hurgando con fuerza y molestándole la carne viva.
- Has hecho lo correcto Su Alteza, esto es sorprendente, Talbov tenía toda la razón.
- No entiendo lo que está pasando.
- Lo entenderás después, ahora vayamos por un buen par de ratas.
- ¿Ratas? ¿Es eso lo que cazamos?
- Jajajajaja. No, dijo Gael sonriendo de forma cruel. Le decimos ratas a personas que hacen malas obras, cuyas acciones afectan negativamente al equilibrio del Ka, son seres que deben ser eliminados para que la fuerza vuelva a restablecerse, son escorias que quitamos del camino de la vida, esa es nuestra misión.
- Entonces a eso se refería Talbov, el por qué me trajeron hasta aquí.
- Tienes la suficiente inteligencia para adivinarlo.
- ¿Es una especie de prueba?, me dije finalmente, me estaban probando para ver mi reacción.
- Jajajaja, no se te escapa nada Yusúpov, jajajaja, era una burla descarada y cruel la que se asomaba en el rostro del antiguo y equívocamente joven vampiro.
- Vamos, es hora que te alimentes de forma adecuada, eso avivará tus poderes, lo necesitas, serás una criatura muy poderosa príncipe, esta noche lo has demostrado con creces. Ven, nuestras presas están por este lado, dijo metiéndose por el callejón más estrecho y oscuro que he visto en toda mi maldita vida.

Caminé detrás de las dos criaturas y pronto mi nariz captó un nuevo olor, este era muy distinto al anterior. Una sensación penetrante que taladraba con fuerza en las paredes de mis fosas nasales. Era una sensación punzante, un bouquet fuerte, un tanto grosero en comparación con el fino aroma de la muchacha.

- Carne fresca, dijo Elena.
- Querrás decir sangre fresca, le corrigió Gael. Vamos, demuestra que eres tan bueno pensando como mordiendo.
- Jamás he hecho eso.
- Te demostraré cómo se hace, dijo sonriendo con completa seguridad.

Tres hombres bebían y reían en un rincón, hablaban, se contaban sus fechorías, las imágenes de su mente vinieron a mí, uno de ellos, gordo y grotesco, hizo cosas que me causaron impacto, había matado a una mujer hacía una semana, la violó y estranguló hasta sacarle el último aliento de vida. En su cara no había el menor atisbo de culpabilidad, ni dolor.

Supuse que uno era mi presa, quería a ese, al peor de todos, ese hombre rollizo y maligno debía pagar lo que le había hecho a esa pobre mujer indefensa. Gael avanzó hasta ellos y cuando se percataron de su presencia, se quedaron estupefactos al verle.

Primero estaban paralizados, seguramente debido a la imponente presencia del elegante rubio.

- Buenas noches caballeros, dijo haciendo un además de saludo. La manera como se movía y hablaba resultaban encantadoras, tanto que por un momento se me olvidó quién era realmente, era una especie de don, los hombres no reaccionaban ni yo tampoco.

- ¿Quién rayos eres?, dijo uno de ellos, del cual emanaba un aliento alcohólico potente.
- Tu peor pesadilla... le contestó sonriendo.
- ¡Maldición!, ¿quién eres para hablarnos así? Sergei, le dijo al hombre y entre ambos tuvieron un entendimiento.

Vi claramente lo que estaban pensando, querían matarlo y robarle la ropa, así como las demás pertenencias elegantes que pensaban tenía. Hubo una sonrisa inteligencia entre esos pobres diablos, casi me río en sus caras, no sabían que pronto sus vidas terminarían.

- ¡Ahora! Gritó, mientras el otro lo apuntaba con un arma y disparó.

La bala salió silbando de la recámara, vi claramente cómo el fuego emergía de la misma, era como un sueño, ¿qué había pasado? El rubio sonrió mientras los hombres esperaban que cayera herido en el piso, pero eso por supuesto no sucedería, no había sangre, heridas, ni dolor, solamente el chico mirándolos con rostro de satisfacción mientras sus caras pasaban de la burla al espanto en cuestión de segundos.

- ¿Qué rayos?, ¿quién rayos eres?
- Tu peor pesadilla, le dijo él con su maravilloso acento.
- ¡Mierda!, dijo el hombre, quien junto a los otros dos trataron de huir espantados. Por segundos vi cómo sus caras palidecían.
- No tan rápido hombrecitos, entonces saltó tan alto que parecía volar, describiendo una graciosa parábola, como un cuervo nocturno.

Cayó delante de ellos, estaban petrificados, Elena hizo

acto de aparición y yo la seguí, quería matar a ese hombre, no solamente por la intensa sed de sangre, sino para vengar a la mujer.

-   ¡Qué mal educados!, ¿nadie les ha dicho que es de mal gusto irse antes del postre? No, no, no irán a ninguna parte dijo ella.

Les gustaba jugar con ellos, era una manifestación cruel de sus caracteres, para estos seres esos hombres eran hormigas y ya empezaba a entenderlo. Era un crimen matar a una persona inocente, pero estas escorias eran poco menos que basura, nadie los extrañaría, al contrario, no podía ser malo, estábamos librando a la sociedad de las manchas que dejaban por todos lados, de la suciedad que, como insectos, iban dejando, de su infestación y malas acciones.

-   ¿Quién eres?, dijo otro de los hombres, pero no hubo respuesta.
-   Gael, hemos hablado demasiado, ya estoy cansada de esta tontería.
-   Como quieras... entonces sus colmillos salieron a relucir y su rostro se transformó en un gesto de miedo, un monstruo que no desearías ver ni en la peor de tus pesadillas.

Gael se abalanzó y con furia clavó los colmillos en el cuello de uno de esos infelices, la sangre saltó a borbotones, pero la arropó hábilmente con sus labios succionando con avidez y mostrando una intensa sensación de placer. Lo siguió haciendo hasta que el hombre cayó en el piso inerte, al mismo tiempo Elena hacía lo propio, pero de una forma más femenina y delicada.

Ver a Elena quitarle la vida a una de esas ratas era una

experiencia diferente, casi sensual. Una fémina con la fuerza suficiente para sacar del camino a la basura del mundo, succionaba y no pude evitar sentir un hormigueo, una especie de excitación extravagante.

- ¿Qué rayos esperas?, ¡tómalo!, ¡si no lo haces lo haré yo, vamos!, me gritó Gael.
- Muy bien, dije acercándome al hombre nerviosamente.

Sus pupilas estaban dilatadas, el terror se había apoderado de su cara, la cual estaba pálida como la muerte. Cerré los ojos, no quería seguirlo mirando, todo mi cuerpo punzaba con intensidad, como si en cada punto de él tuviese un corazón vibrante que se agitaba. Los colmillos emergieron dejando la sensación cosquilleante en el paladar, al parecer todas mis células humanas aún no estaban muertas, todavía quedaba algo de hombre en mí.

- ¡Ah....! Gritó el hombre cuando mis colmillos rompieron en su piel, dejando el espacio necesario para succionar el líquido escarlata que ya mis sentidos ansiaban.

Elena tenía razón, mi cuerpo sabía qué hacer, aunque no lo hubiese llevado a cabo nunca, la sensación era de vitalidad, como si una marejada de vida me llenara, otra vez estaba reviviendo, e incluso, sentí el calor de la sangre, como si realmente perteneciera a mi cuerpo. Pero pronto comprendería que eso no era más que un eco lejano, un espejismo de la sangre, el más cruel engaño, como si tomaras una medicina que te hace sentir mejor por instantes, pero luego desfalleces irremediablemente.

Lo seguí succionando con tanta fuerza que el hombre cayó al piso, tenía el cuello roto, no me había percatado que era tan fuerte. Caí con él y no quería despegarme de su cuello, como cuando te enamoras de quien no debes, quieres apartarte del lugar que está, porque sabes que te hace mal, pero simplemente no puedes, tu cuerpo no se mueve. No deseaba despegarme de ese infeliz, no porque fuese particularmente agradable, sino porque en ese instante era lo único que tenía, quería sorberlo hasta la última gota.

- Basta príncipe, te agotarás.
- Jajajaja, míralo, ¿qué quieres?, ¿comerte su carne? Maldición, mira al pobre gordo, ya no es tan valiente como con las mujeres. Vamos Yusúpov, ¿o te quedarás allí toda la noche? No lo creo, tenemos muchas cosas que hacer.

Lo solté preguntándome ¿ahora qué? ¿Qué era lo que debía hacer?, pero a pesar de ello, el placer de la sangre me llenaba haciendo menos desagradable la presencia de Gael.

- ¿Qué es esto que debemos hacer?, le dije tratando de limpiarme la boca, de la cual emanaban hilos de sangre.
- ¡Oh vaya!, para ser un príncipe tienes muy malos modales, mírate, ¡estás hecho un asco!
- Es mi primera vez.
- Jajajaja, te lo perdono joven príncipe, me respondió Elena. Vamos, es hora de tu entrenamiento.
- ¿Qué pasará con la joven?, la chica de la casa.
- No te preocupes por ella, un vampiro alfa la olerá y entonces será trasformada.
- Pero, no pueden, ella es una persona inocente.
- Pueden si ella lo desea.
- ¿Por qué piensas que lo quiere?
- Jajajaja, mira, vive en esta maldita aldea, en un lugar remoto, con una familia que quiere venderla como un cerdo a un buen postor, ¿crees que preferiría eso a esto? Una vida inmortal, siendo hermosa, con privilegios, estaría loca si no acepta una propuesta. Estoy seguro que algún

clan la contactará, ese aroma nunca pasará desapercibido.

- Pero podría hacerlo yo, le dije.

- No tan rápido Su Alteza, no podemos convertir a cualquiera, dijo ella mirándome con molestia, esa plebeya no puede ser parte de nuestra corte, debe ser una persona de la nobleza. Además, te tenemos a ti, esas son las normas.

- Podría ser una sirvienta, como Mabel y Ariadna.

- Puede ser, dijo sonriendo, pero debe convertirla un alfa, nosotros no podemos hacerlo.

- No me mires así, de todas formas sería un desperdicio, derramar esa preciosa sangre, así que, si lo que deseas es probarla, no lo vas a hacer, olvídate de esa joven, no la beberás.

- Veremos, le dije a la cara, el arrugó los ojos y entonces algo se quebró dentro de mí.

- Bien, ahora la sangre te dará nuevos dones, solo debes esperar, todo será diferente, lo prometo, lo que estás sintiendo es normal, es la sangre regándose y vivificando tus muertas células, luego todo comenzará a tomar su lugar.

Cuando volvimos a la casa me sentía diferente, ahora era un vampiro de verdad, le había quitado la vida a un ser humano. Era cierto, mi cuerpo había cambiado, aunque no parecía mutar físicamente, sabía que en mi interior algo estaba pasando. Me miré en uno de los espejos del pasillo, y me di cuenta que mis ojos había adoptado un brillo alucinante, las manchas azules y el tono difuso desaparecieron, y eso solo significaba una cosa... estaba perdiendo lo poco que quedaba de mi humanidad, ya pronto no quedaría nada y mi vida como Mikhail Nikoláievich Yusúpov llegaría a su fin.

Recibe Una Novela Romántica Gratis

Si quieres recibir una novela romántica gratis por nuestra cuenta, visita:

http://www.librosnovelasromanticas.com/gratis

Registra ahí tu correo electrónico y te la enviaremos cuanto antes.

CAPÍTULO VI
La Macedónica

La habitación me resultaba opresiva, el aire parecía lleno de mi propia esencia como si mi hálito de vida estuviese siendo esparcido aún sin darme cuenta. Tal vez mis sentidos estaban agudizados, porque podía escuchar sonidos que provenían de la ciudad, de lugares lejanos, como por ejemplo, un barco cruzando el mar, aunque sabía perfectamente que este se encontraba a kilómetros. Me preguntaba cómo estos seres soportaban el peso del poder, de todo lo que implicaba escuchar más, ver más, sentir más, era algo abrumador.

Todos los mitos que tenía acerca de un vampiro estaban siendo borrados. Las criaturas no necesitaban vivir en las sombras, al menos no como yo lo pensaba, la luz solar no te volvía cenizas como en las historias que relataban popularmente, no mataban indiscriminadamente y me daba cuenta que tampoco eran felices, ni estaban ansiosos por ser vampiros, no al menos generalizadamente.

Había una especie de desencanto en todos cuantos había visto, era la sensación de la eternidad, seguramente cuando el tiempo iba pasando y ya los tuyos no existieran, te desvincularías de ello y ya no te sentirías más como un hombre. Nunca, ni en mis peores pesadillas imaginé sentirme de esa forma, era algo abrumador, el peso de la vida que se esfuma de tu cuerpo y la inmortalidad.

No te volvías vampiro de una sola vez, era más bien una transformación paulatina, en la cual tu humanidad se iba perdiendo de forma lenta e irremediable. No habían espejos en ese lugar, tal vez los vampiros, a diferencia de los humanos, no sentían la constante necesidad de mirar algo que jamás cambiaba. Pero yo quería ver lo que estaba sucediendo con mi cuerpo, tenía sed por conocerlo todo, saber lo que pasaba en mi interior.

Lo que pasaba en ese instante yo no podía saberlo, pero años después, muchos años, entendería exactamente de qué se trataba todo. Un vampiro Betha o criatura, como preferían que se dijera, era un ser sumamente complejo, con células fuertes y llenas de Ka, por lo tanto, su transformación era más lenta que la de un vampiro alfa, cuya constitución era mucho más frágil que la nuestra.

No necesitaba de ataúdes, eso no era más que un tonto mito, los Betha éramos mucho más fuertes que los alfa, nuestros cuerpos no se quemaban, pero sí debilitarse por acción de los rayos solares. Eso sin duda era una gran ventaja, podíamos al menos pasar por humanos y así evitar sospechas.

La habitación al amanecer se tornaba totalmente oscura por acción de las cortinas que cubrían los ventanales, era un alivio sentir esa profunda oscuridad, la cual, mis ojos ya comenzaban a pedir. Estaba inmerso en ella y me sentía perfectamente normal como antes, ante la luz del sol.

Me estaba volviendo un poco sensible a su efecto, mi cuerpo cosquilleaba, y anhelaba las sombras, suponía que era parte de la esencia de ser una criatura nocturna, como decía Talbov. Faltaba tanto por aprender, solo de pensarlo sentía una equívoca sensación de cansancio, una experiencia imposible para alguien como yo.

Imaginaba cómo sería mi vida más adelante, a todas las personas que tendría que matar para poder sobrevivir, de ahora en adelante no era mi propia sangre la que me mantendría con vida, sino la de otros. Era espeluznante saber que en el trascurso de mi existencia había personas que estaban destinadas a ser destruidas por mí, seres que aún no nacían, lo único que me consolaba era que estos hacían cosas muy malas, sucias y que mi maldición era una especie de bendición para aquellos que tuviesen la desgracia de estar expuestos a estos seres oscuros y malignos. Sí, quienes nos señalaban no sabían que era su propia escoria la que provocaba nuestra existencia, sin maldad no tenía ningún sentido que existiéramos sobre la faz de la tierra, de esta forma estábamos intrínsecamente unidos a estos seres a los cuales mis congéneres definían como débiles y fatuos.

Caminé de un lado al otro alrededor de la amplia habitación, ¿qué rayos se hacía en la noche?, antes ese tiempo estaba dedicado a dormir, pero ahora me daba cuenta que tenía que hacer algo mejor. Una suave brisa llenó la habitación, por el aroma supe que era Elena, aunque todo estaba oscuro, sabía que se trataba de ella.

- Hoy lo hiciste muy bien, eres diferente a las demás criaturas, dijo con su correcto y extraño acento.
- ¿En qué sentido?
- No quise decírtelo delante de Gael, la verdad es que, no me gusta mucho hablar cuando está presente.
- ¿Por qué?
- Es un poco problemático.
- ¿Puede oírte?
- No si está meditando, aunque en realidad no me interesa, solamente es una costumbre de humanos, si no estás cuando hablan un par de criaturas, es como si no lo hubieses oído, ¿entiendes?, allí te das cuenta que no es una información que te concierna, así puedas escucharla.
- Sospecho que con él eso no vale de mucho.

- Sospechas bien, entonces me sonrió, Gael es... verás, es un ser un tanto resentido.
- Se nota, pero ¿por qué?, parece muy feliz de ser una criatura.
- No era así, bueno, hasta hace unos siglos, pero antes estuvo mucho tiempo aislado, resentía que lo hubiesen transformado. Estuvo en muchas guerras, era un rey poderoso de la antigüedad, luchó al lado de otros reyes muy poderosos y estuvo a punto de ser emperador, no le toques el tema porque esa es la gran frustración de su vida.
- Pero dijo que era un imperio de humanos, que eso ya no tenía sentido.
- Eso dice él, son recursos de evasión para no admitir que está frustrado por ser convertido justo antes de tener el mayor logro de su vida.
- Oh... vaya, pobre, pero ¿por qué no lo dejaron ser emperador antes de convertirlo?
- Jajajaja, es una cuestión de... capricho, diría yo. Talbov no quería tener a otro emperador aquí, creo que es por eso, ya sabes, ego de nobles.
- Lo dices como si tú no lo fueses.
- Una vez lo fui, pero eso ya no tiene ningún significado para mí.
- Porque ahora eres una noble mucho más poderosa.
- No, porque eso nunca significó nada para mí.
- Entiendo, me imagino que tuviste una vida muy difícil.
- En mi tiempo las mujeres éramos como basura, nos usaban como cosas para establecer vínculos con otras naciones. No teníamos derecho a nada y solo teníamos que obedecer lo que otros nos dijeran.
- Eres una mujer griega ¿cierto?
- Sí, así es.

- No puedo creerlo, estuviste allí, cuando el gran imperio era el gran imperio y no un montón de ruinas como ahora.
- No era un gran imperio, no a menos como se concibe hoy en día, era más bien como un conjunto de ciudades, fuertes y poderosas, pero no tenían una verdadera cohesión entre sí, pero...
- ¿Cómo te transformaron?
- Es una historia muy larga.
- Creo que tenemos mucho tiempo para conversar, después de todo, tengo que conseguir algo que hacer.
- Jajajajajaja, sí, ese es el gran dilema, pero te aseguro que con todo ese tiempo se pueden hacer muchas cosas... valiosas.
- Ah... ¿sí?, y tú ¿qué haces?
- Mmm, es un pequeño secreto, me fascinaba su sonrisa, esa rubia era preciosa, exquisita, con ese traje de color blanco se notaba mucho más.

La habitación permanecía en penumbras, pero Elena poseía luz propia, era como si con ella iluminara de una forma encantadora todo. Me gustaba, era el ser más hermoso que había visto hasta ese momento.

- Entonces... ¿me dirás tu secreto?
- Está bien, me gusta hacer una pequeña acción de bien, todas las noches hago algo y así siento que mi existencia tiene mucho más sentido.
- ¿Una acción de bien?
- Sí, jajajajaja, sé que suena extraño, pero es así, investigo, observo a los humanos y luego hago algo bueno por ellos, algo que les cambie la vida para siempre.
- Eso es hermoso, pensé que ustedes odiaban a los humanos, que todos tenían esta sensación displicente que somos, bueno, es decir... que son una basura débil y efímera.

- Muchos lo son, pero hay humanos que son buenos. Sabes, a veces trato de recordar cómo era ser uno, pero se me hace difícil, a medida que pasa el tiempo eso se va difuminando.
- Tanto tiempo como tú o menos...
- No lo sé, depende de cada quien.
- Entonces, es un proceso muy personal, espero que nunca se desdibuje en mí.
- Siempre pasa Mikhail, es un fenómeno natural, tu cuerpo va perdiendo pequeñas esencias que aún perviven luego de la transformación, la sustancia y energía de ser humano sigue circulando, pero poco a poco se irá de ti como si se evaporara, hasta que ya no quede nada.
- ¡Eso es extraño!, dije con asombro, porque estaba muy equivocado en relación a lo que creía.
- Así es.
- Pero, ¿quién eras?, ¿cómo llegaste hasta aquí?, ¿eras una noble griega?
- Todos hemos sido nobles aquí en algún momento.
- Quiero que me lo cuentes.
- ¿Así que te gustan los relatos largos entonces? Bien, te relataré mi aburrida historia.
- Gracias por...
- Espera, te diré algo primero, ten cuidado con Gael, puede ser muy cruel con quienes entrena.
- ¿Gael me entrenará? Sentí una corriente en mi cuerpo.
- Sí, debes endurecerte, fortalecerte y nadie mejor que él. Además, es uno de los mejores luchadores que tenemos, es un experto en el arte de la guerra, en maniobras, no podrías aspirar a nadie mejor, por eso Talbov lo escogió personalmente.
- ¿Qué interés tiene este ser en mí?, es algo que no logro entender.

- No tengo todas las respuestas Mikhail, recuerda que soy una subordinada, no puedo saber lo que en realidad Talbov esté pensando, pero puedo hacer conjeturas.
- ¿Qué conjeturas haces?
- Te quiere para algo grande, seguramente para que lo ayudes a gobernar u otra cosa peor...
- ¿Otra cosa peor?
- Sospecho que quiere... desaparecer, no ha comentado nada porque esas cosas no se dicen, pero tal vez quiera que tú lo sustituyas, quizá es eso lo que ha estado planeando.
- ¿Yo? Jajajaja, no, eso es absurdo, ¿gobernando sobre los vampiros?
- Criaturas, no se te ocurra decir esa fatua palabra delante de él.
- Entiendo, pero no me creo digno de este honor, si es que en realidad quiere eso.
- Sí, si es que en realidad eres tú al que desea, y tal vez por esa misma razón le caes muy mal a Gael, por eso te advierto, ten cuidado con él.
- A ver, ¿Gael está aspirando a ser el rey de los vampiros?
- Sí, así es, es un ser muy ambicioso, desde que llegó aquí ha procurado hacerlo, acercarse a Talbov para hacerse con la herencia del reinado, pero el rey siempre lo ignora.
- ¿Por qué?
- Por la misma razón creo, es un ser muy ambicioso, como ya te dije, percibo que él no lo quiere en ese lugar.
- Pero, si quisiera a alguien como yo, es algo que no entiendo, nunca he querido un trono, esas cosas no me interesan, lo que quise siempre fue ayudar a esas personas que lo necesitaban. En el imperio ruso hay mucha hambre, dolor, muerte, enfermedades y lamentablemente el zar y, sobre todo sus políticos, son insensibles a todo lo que pasa, se dan ayudas, caridades,

pero no son manifestaciones verdaderas de bondad que lleguen a transformar las vidas de estas personas de una manera constante y significativa.

- Por esa misma razón que estás diciendo, creo que él te ha escogido.
- No entiendo, bueno, mi padre me instruyó por muchos años respecto a ese particular, me refiero a los asuntos de estado, pero eso no quiere decir que esté entrenado para ser un rey, jamás me adiestraron para eso, porque no tenía un reino que heredar, nuestros títulos son más bien decorativos, por decirlo de una manera.
- Exacto, me dijo sonriendo, como si todo lo que le decía la convenciera más de lo que estaba planteándome.
- Eso sería una responsabilidad demasiado grande.
- Sí, diría más bien, abismalmente grande.
- Jajajajaja, sería incluso irónico que, luego de estar toda mi vida sin un reinado y aceptar que sería el hijo del zar, el que heredara el imperio ruso terminara yo siendo un emperador, eso sería extraño.
- Extraño e inusual.
- Inusual, ¿por qué?
- Porque nunca se ha hecho un cambio con relación al gobierno de los Betha.
- Y se entiende el porqué, como todos sabemos, la inmortalidad es un pequeño estorbo para las sucesiones, jajaja, pero al mismo tiempo creo que brinda cierta practicidad, por la continuidad que supone al estilo de gobierno y los objetivos que se proponen.
- Eso es verdad, pero un gobernante eterno también puede ser muy inconveniente.
- ¿Por el ego?
- Entre otras cosas, creo que Talbov está cansado, es una esclavitud eterna, no sabes, yo he estado con él y sé de primera mano cuando comenzó a inquietarse.

- ¿Inquietarse?, eso significa que...
- Que habían manifestaciones en él de hastío, una vez no quiso cazar, se debilitó y tuve que buscar sangre para él y obligarlo a que la usara.
- ¡Rayos!, entonces eso quiere decir que él deseaba morir.
- Las criaturas no mueren Mikhail, solamente dejan de existir de una forma u otra.
- ¿Cómo deja de existir un vampiro?
- Criatura.
- Bien, ¿cómo deja de existir una criatura?
- Es un proceso complicado y largo, pero ahora prefiero no hablar de ello, es mejor que Talbov te lo explique.
- ¿Por qué?
- Porque seguramente él deseará instruirte en ciertas temáticas personalmente, no querrá que otras criaturas te instruyan.
- ¿Por qué?
- Porque te quiere como heredero o al menos eso pienso. En ese sentido, querrá hacerlo a su manera, sin que nadie más intervenga, así que es mejor que él te explique esas cosas.
- Bien, pero entonces ¿por qué te parece bien mi actuación de hoy si ha sido una simple cacería?
- La cacería de hoy no tuvo nada de simple.
- Ah... ¿no?, ¿a qué te refieres?
- Tú fuiste probado hoy.
- Pensé que era algo de rutina lo que estábamos haciendo, que un nuevo vampiro, disculpa por usar ese término, se llevaba a cazar a un humano, una rata como le dicen ustedes, y que luego de eso ya era un vampiro verdadero, ¿qué tiene eso de extraordinario?
- En tu caso sí.
- Pero... ¿por qué?

- Te estábamos probando, tenías sed y te llevamos con esa joven, queríamos ver cómo reaccionabas, estábamos ansiosos por saber lo que harías.
- ¿A cuántos se ha sometido a esa prueba?
- Antes de ti, solamente a dos criaturas.
- Ah… ¿sí?, y ¿qué pasó entonces?
- Las dos fallaron.
- ¿Y qué pasó con ellos luego que fallaran la prueba?
- Nada, siguieron estando con nosotros, pero nunca pudieron aspirar a heredar el trono.
- ¿Así que no es nada nuevo que el señor Talbov quiera dejar el trono?
- No, no es nuevo, pero hasta ahora no ha tenido éxito con ello.
- ¿Por qué quiere dejar todo esto?
- Por cansancio, supongo.
- Los vampiros no se cansan, dije con una sonrisa en los labios.
- No hablo de cansancio físico, sino de otro tipo.
- Pensé que los sentimientos vampíricos eran muy diferentes a los humanos.
- Hay coincidencias entre los hombres y las criaturas, después de todo, las criaturas antes de serlo habían sido humanos, entonces…
- Entonces cuando se dicen mucho mejor que los humanos están ponderando.
- No, en todos los sentidos, somos superiores a los humanos.
- Creo que hay una gran contradicción aquí.
- No, no la hay, un roble es diferente de una planta de rosas. A mi entender, un roble es un árbol, un ser superior por encima de una planta, produce sombra y frutos y otras cosas más, pero eso no quiere decir que no compartan

características de plantas, como la capacidad de crecer, poseer hojas, entre otras ¿entiendes lo que quiero decirte?

- En parte.
- Bien.
- Pero, ¿qué sucedió con esos seres que fallaron en la prueba?, ¿los eliminaron?
- No, no se elimina a una criatura Betha, no funciona así, no es tan fácil.
- Bueno, entiendes lo que quiero decirte.
- ¿Qué pasó con ellos?
- No pasó nada, tú los conoces a los dos.
- ¿Los conozco? Entonces un chispazo llegó a mi cabeza... Gael, dije.
- Exacto, Gael, no pudo, simplemente se dejó llevar por sus instintos y falló miserablemente, supongo que mientras lo hacía debió sentir una gran satisfacción, el placer de tomar a un inocente es indescriptible, su sangre es pura y dulce, genera una reacción parecida a una droga en una criatura y una especie de enloquecimiento momentáneo, en el caso de Gael, debió permanecer solo por algún tiempo.
- ¿Cómo sabes a qué sabe la sangre de un humano inocente?
- Porque yo fui la otra criatura y... muy a mi pesar también fallé.
- ¿Tú?, ¡rayos!, ¡no puedo creerlo!
- ¿Por qué?, ¿porque soy mujer?
- No, no es eso, no tiene nada que ver.
- Puedo verlo en tus ojos, ¿crees que por el hecho de ser mujer no podía heredar el reinado?, pero no es así, esa no fue la razón, yo era una reina por derecho propio, pero mi padre no quería darme lo que era mío, así que me casó con un maldito, el rey de Macedonia, un hombre fatuo, arrogante y sobre todo déspota que me usaba, golpeaba y convirtió mi vida en un infierno. Cuando conocí a Talbov lo

vi como mi tabla de salvación, no sabía que era una criatura, pensé que era un hombre que me amaba, estuvimos juntos, me arriesgué a perderlo todo, a que mi esposo me matara, pero entonces me dijo la verdad y me propuso ser una reina verdadera…

- Espera, tú y Talbov… dije abriendo los ojos como platos.
- Jajajajaja, me gusta ese gesto de tu cara, como si jamás te lo hubieses imaginado.
- Jamás me lo imaginé, esa es la verdad, tú y Talbov, ¡cielo santo!, no, jamás…
- Jajajajaja, eres un maldito ingenuo Mikhail, él me tomó por mi belleza.
- ¿No me digas que eres Elena de Troya?, caería desmayado.
- No, jajajaja, nadie me había dicho eso, claro que no, eres muy ocurrente.
- Es que te llamas Elena, ¿qué podría pensar?
- Ese no es mi verdadero nombre.
- ¿Cómo?
- Que no es mi verdadero nombre, ninguno aquí posee su verdadero nombre, creo que está de más que te explique un hecho objetivo, tenemos que mantener el misterio como criaturas nocturnas, la inmortalidad te hace vulnerable muchas veces a los ataques de los humanos, algunos lo hemos vivido, aunque afortunadamente es cada vez menos frecuente. Por esa razón tenemos que cambiar nuestros nombres, al menos mientras la gente que has conocido muere, o debas cambiar de lugar, la gente no es tan tonta, luego de cierto tiempo comienzan las sospechas, ya sabes, si tienes 40 años, pero luces como de 20, todos comienzan a sospechar que algo extraño está pasando contigo.
- Entonces, ¿cómo te llamas?
- Thalía.

- Extraño nombre.
- Como las musas, era un nombre poco común, es decir, resultaba impúdico colocarle a una mujer un nombre como ese.
- A tu padre le gustaba desafiar las normas.
- No, a mi madre, era una sacerdotisa, mi padre la raptó del templo. Sí, no me mires así, era un déspota, al igual que mi esposo, en esa época los hombres solían ser así. Bueno, en todas las épocas diría yo, aún son así.
- Hay honrosas excepciones, así que no generalices.
- Jajajajaja, Mikhail tú eres un chico, algo que me parece fascinante, tienes en verdad la edad que representas y espero que lo disfrutes porque eso solo pasa una vez.
- Es lo mismo para los humanos, tener 20 años pasa una sola vez.
- Sí, eso es cierto, pero los humanos cambian, nosotros no, permanecemos igual toda la vida, si es que a esto se le puede llamar vida, me dijo con el rostro desencajado, y era la primera vez que observaba ese gesto en el poco tiempo que llevábamos conociéndonos.
- Entonces, la vida de una criatura no es tan poética como se pinta.
- Jajaja, fábulas de humanos, para ellos siempre debe haber algo trascendente, algo que esté más allá de su frágil naturaleza, supongo que eso le da un sentido a una vida que no lo tiene.
- ¿Te refieres por el poco tiempo que compartimos en la tierra?
- Me refiero a todo, sabes, hay algo que es realmente encantador en ellos, y es precisamente ese absurdo sentido de importancia, esa sensación de ser especiales, como si en verdad lo fueran.
- ¿No lo somos?
- Recuerda que ya no eres un humano Mikhail, deja de

conceptualizarte como tal, ahora eres una criatura.

- Bien, lo siento, no puedo dejar de verme así, debe ser la costumbre de ser uno de ellos.
- Pasará, créeme, luego te sentirás apartado de todo eso, y es la mejor sensación, cuando abrazas tu naturaleza vampírica, es agradable, te lo juro, es una especie de clímax. Pronto comenzarás a sentirlo, es como cuando eres humano y llegas a cierta edad en que comienzas a ser adulto, aunque para mí no fue muy prolongada esa juventud.
- Lo cierto es que me gusta sentir eso, es decir, ver en los ojos de los humanos cómo se creen realmente especiales, como si no existiese algo más grande allá fuera.
- ¿A qué te refieres?
- Que la tierra no es el centro del universo, hay muchas otras cosas.
- Oh… ¿te gustan esas cosas, las elucubraciones sobre el cosmos?
- He estudiado de todo y vivido mucho más, algo debo hacer con la existencia vampírica ¿no crees? Somos especiales y me gusta aprender el significado de las cosas, las objetivas y subjetivas cosas del mundo.
- Así que… aparte de hacer buenas obras, te dedicas a estudiar como toda una intelectual.
- Así es, si pudiera sería una erudita de la real academia, pero eso es imposible porque soy mujer, ¿no es cierto? Jajaja, lo veo tu expresión, pero sé perfectamente que conozco muchas más cosas y tengo por supuesto miles de conocimientos, muchos más que esos eruditos a los cuales pareces respetar tanto.
- No he dicho nada.
- No es necesario, recuerdas que podemos leernos los pensamientos.
- Así que no necesitas contarme nada en realidad,

solamente tengo que hurgar en tus pensamientos y extraer lo que quieras, como por ejemplo, toda la historia de tu origen y lo que viviste antes de ser una criatura.

- Podrías, pero la verdad es que no quiero que lo hagas, así que no podrás hacerlo.
- Pero…
- Si no quiero, no lo harás.
- Solamente podrás extraer lo que no haya bloqueado, algunas criaturas bloquean todos sus pensamientos y otros dejan algunos libres para poder comunicarse. Pero, hay otros como Gael que los dejan enteramente libres, porque creen que debe compartirse esa información para que todos tengamos la misma conciencia colectiva.
- ¡Qué extraño!, pensé que él sería de los que bloquearían todos sus pensamientos para que nadie supiera acerca de él.
- Te equivocas, hay muchas más formas de manipulación de las que crees.
- No entiendo.
- Dejar la mente abierta le permite mostrar a otros sus sensaciones con las cuales puede atraparte, te anclas a ellas y entonces ejercerá un control sobre ti, no me mires así, son energías que pueden circular por tu cuerpo y él lo sabe, Gael es un ser poderoso, tiene mucho tiempo siendo un vampiro, como le dices tú, sabe cómo manipular a los humanos y también a las criaturas.
- Vaya, tengo mucho que aprender, pero, si es así, entonces ¿por qué lo han escogido como mi maestro?
- Porque es una de las criaturas más antiguas, solamente debes tener cuidado con él; si eres inteligente, aprenderás mucho; si eres tonto, él te destruirá.
- ¿Así que me dejarán en manos de alguien que me detesta por algo que no puedo comprender en toda su amplitud?
- Básicamente, así es.

- ¡Rayos, maldición!, creí que esta existencia era mucho más sencilla.
- ¿Creíste que era dormir todo el día en un cómodo ataúd y luego salir de noche a beber la sangre de mujeres hermosas? Jajajajaja, no, ser criatura no es nada sencillo, debes aprender muchas cosas, muchas más de lo que piensas.
- Pero...
- No hay peros Mikhail, hay guerras, pugnas por el poder y más para los Betha, somos la casta más poderosa y el poder despierta envidia, muchos quieren lo que tenemos, pero no pueden obtenerlo, y precisamente no lo obtienen porque estamos preparados, somos fuertes y estamos dispuestos a luchar por ello.
- Contra los alfa, supongo.
- Contra todos, los alfa, los delta, y los peores... los renegados.
- ¿Renegados?
- Sí, seres de sombras que se dedican a matar humanos inocentes y terminan siendo unos monstruos, llenos de oscuridad plena, a estos debemos destruirlos, si es que podemos. Es muy difícil, casi imposible, ellos amenazan con el equilibrio del mundo y deben ser eliminados.
- Jamás pensé que esto fuese tan complicado, tienes razón, he sido un idiota, pensé que los vampiros eran seres tranquilos que solamente se dedicaban a tomar sangre, jajajaja.
- Ojalá fuese así.
- En todo caso, tomaron mi vida, ¿eso hace a Mikhail un renegado?
- No.
- ¿Por qué?
- Porque estaba preparada tu trasformación y era necesaria, cuando hay un motivo para ello, puede hacerse, es algo

muy diferente, los renegados toman a cualquier persona, la que les antoje y la matan, a ti no te han matado.

- Sí lo han hecho, tal vez no me haya quitado la vida literalmente, pero ahora no soy humano, es como si lo hubiese hecho.
- Bien, Mikhail, entonces… debo dejarte.
- No me contaste tu historia.
- No hay mucho que contar, era una princesa, me volví reina y luego conocí a Talbov, me trasformó en una criatura y aquí estoy, fin de la historia.
- Es un resumen interesante, sin duda, pero me gusta escuchar las historias completas y sacar mis propias conclusiones.
- Jajajaja, eres un historiador entonces.
- Sí, siempre he sido un apasionado de la historia y más de una verdadera, contada por su propia protagonista.

La miré por un segundo imaginándola vestida a la usanza griega, seguramente se vería preciosa, aunque no tanto como ahora. Imaginaba cómo era sentir esos delicados labios, sentir la humedad de su boca, deseaba ir atrás en el tiempo y morder a ese maldito, al que la había maltratado, ¡maldito desgraciado!

- Si estás tan interesado en conocer los detalles de mi vida, entonces hagamos algo…
- ¿Qué?
- Liberaré mis recuerdos para que puedas verlos en mi mente y así me ahorro el trabajo de contártelo.
- ¿Tanto te molesta hablar sobre tu vida?
- Una cosa es vivirla y otra muy diferente repasarla, si puedo hacerlo, si puedo colocar esos recuerdos a tu disposición, ¿para qué tomarme el trabajo de interpretarlos cuando puedes verlos objetivamente y sacar tus propias

conclusiones?

- Tiene sentido, dije reflexionando sobre ello.
- Espera, abriré mi mente para ti, así me dejarás la vida en paz y ya no tendré que perder mi tiempo contándote mis cosas.
- Eres una mujer bastante fuerte.
- Lo sé, supongo que el tiempo y las dificultades te tornan así, una persona fuerte y desilusionada.
- Es una lástima, hubiese querido conocerte tal cual eras cuando humana, cuando tenías…
- 16 años.
- ¿Tienes 16 años?
- Ya no, ahora tengo… la verdad es que no recuerdo… pero debo tener unos 3.500 años, algo así o más, no quise seguirlos contando, me parecía una pérdida de tiempo.
- Eres una mujer extraña.
- Te recuerdo que ya no soy una mujer, sino una criatura.
- Bien, pero es la costumbre, ¿cuál sería el término correcto?
- Criatura femenina.
- Eso es tediosamente extenso, prefiero decirte mujer.
- Muy bien, pero no lo hagas delante de Talbov, odia que usemos esos términos humanos, es… no lo sé, siente una especie de aversión.
- ¿Por qué?
- Sufrió un encuentro desafortunado con una horda de humanos embravecidos, aunque más bien diría humanos aterrorizados.
- ¿Por él?
- Sí, una mujer lo denunció, dijo que era extraño que él fuese tan joven para tener ya unos 50 años, antes de ese episodio era un buen hombre, pero luego de eso cambió completamente, o al menos eso me dijo.

- A veces las personas pueden ser terriblemente crueles, tanto que son capaces de hacer las cosas más terribles.
- Espero no vivas eso nunca.
- ¿Tú lo viviste?
- Sí, pero no quiero hablar de eso, además, igual puedes ver mis pensamientos.
- ¿Puedo hacerlo ahora?
- Como quieras, si eso te entretiene hasta que llegue la noche, entonces hazlo.
- Una pregunta.
- Dime.
- Si salgo ahora ¿qué pasaría?
- Podrías debilitarte, si pierdes energía, estás en peligro.
- ¿Qué pasa si debo salir de día, por ejemplo… a trabajar?
- Jajajajaja, no necesitamos trabajar, tenemos una fortuna cuantiosa, al menos no como concibes trabajar, nosotros hacemos otras cosas.
- Como ¿qué?
- Tenemos tesoros acumulados, recuerda que fuimos reyes, reinas, emperadores, joyas de la corona, fortunas invaluables. Además, una criatura también debe avanzar con el tiempo, como lo hacen los mismos humanos, así que… invertimos, compramos propiedades que se revalorizan, luego las vendemos a más alto costo, me dijo con una sonrisa. Entonces, se tocó la sien con el dedo, resulta muy útil leer el pensamiento de los hombres y saber qué comprarán y cuándo, también inducirlos para que hagan o dejen de hacer lo que uno desea, jajajaja. Sí, a veces los poderes pueden ser útiles para cosas más allá de beber sangre.
- Interesante.

De pronto me quedé paralizado, comencé a ver imágenes, tal cual como si estuviera dentro de ellas, como si actuara dentro de una película. Aunque claro, para ese momento yo no sabía lo que era eso, pero al compararlo se parecía bastante.

- ¿Qué ves?, me dijo ella comprendiendo lo que estaba pasando.
- Veo a una joven rubia, está cerca de un acantilado…
- Bajo una tormenta, completó ella la frase, entonces pareció recordarlo, su rostro cambió, se quedó muy quieta, si hubiese podido llorar, juro que lo habría hecho.
- ¡Es hermosa!
- Lo era… está bien, dijo con resignación, tú ganas, te contaré lo que pasó.
- Excelente, le dije frotándome las manos.
- Esa muchacha que ves al borde del acantilado soy yo, recuerdo que la tormenta atronadora caía sobre mí, estaba dispuesta a morir, no soportaba el cruel destino al que me había condenado mi padre, un hombre al que no amaba y que era famoso por su crueldad, su primera esposa había sido abandonada a su suerte por no darle un hijo varón, ¿qué destino podría esperarme al lado de alguien así?
- ¡Malditos!
- Sí, malditos, ese día estuve a punto de lanzarme, pero cuando ya mis pies comenzaban a buscar el profundo precipicio, alguien me detuvo, volteé rápidamente, estaba asustada, era una de mis criadas…

Así comenzó a relatarme su historia, la cual vierto aquí como testimonio de vida de Elena, la criatura más hermosa que había conocido hasta ese momento… hasta ese momento.

"Recuerdo que fue hace miles de años, al borde de ese precipicio, cuando esa chica me salvó la vida, al menos momentáneamente".

- Mi señora, ¿qué haces?, ¿va a acabar con su vida de esa forma? Todavía hay esperanzas.
- ¿Esperanzas dices Cassandra? La esperanza de ser golpeaba y violada por un hombre que no amo, ¿eso es lo que dices? Prefiero morir antes que estar condenada a ese destino tan incierto, no quiero ser como su primera esposa, ni como mi madre, una doncella raptada del templo.
- Tenga cuidado mi señora, no hable así del rey, puede meterse en un problema mayor.
- No creo que haya un problema mayor que este, estoy condenada igual, una muerte de un tipo o de otro, es lo mismo.
- Señora, debe ver al oráculo, tal vez ella le dé una respuesta a su problema, no haga una locura hasta estar segura de cuál será verdaderamente su destino, tal vez ella pueda ayudarla.

"Me quedé mirándola y supe que tenía razón, era cierto, debía consultar con el oráculo antes de tomar cualquier decisión equívoca. La miré con la esperanza tonta pintada en mi faz, así, con la excusa de averiguar el futuro de mi matrimonio, mi padre me dejó ir al oráculo de Delos con Patroclo, como mi cuidador y mis tres damas de compañía, entre las cuales estaba Cassandra, por supuesto. Entramos en el gran templo y allí una de las doncellas servidoras nos atendió".

- Su Alteza, es un placer recibirla, por favor, síganme, pero debe venir sola, sus doncellas y cuidador deben esperar aquí.
- De ninguna manera, yo debo estar con ella en todo momento, le dijo Patroclo.

- Me temo que eso es imposible mi señor, ningún hombre puede profanar el templo, solo pueden entrar en esta sección las mujeres, no tenga cuidado, yo me encargaré de proteger a la señora.
- Muy bien, más te vale o el rey hará rodar tu cabeza doncella.
- No la asustes Patroclo, regresaré pronto, dije prendándome el velo que era la usanza porque era un lugar sagrado, sin él no podía trasponer el umbral de la sacerdotisa.

"Caminé con la joven doncella hasta donde me esperaba el oráculo. Allí me esperaba de espaldas, tenía puesto un traje con capucha que la tapaba enteramente y no podía verla. Se encontraba frente a una pira, a la cual estaba avivando, entonces volteó quitándose el manto que la cubría. Era una mujer joven, el cabello cortado, cosa inconcebible en una dama griega, estaba maquillada en los ojos con khol, y poseía una especie de brillo dorado en la piel, estaba muy concentrada en la pira y entonces volteó a verme".

- Su Alteza, bienvenida al sagrado templo de Delos.
- Oráculo, gracias por recibirme, le honro en esta ofrenda, y le entregué las piezas de oro que llevaba. Quiero saber mi destino, quiero conocer acerca de mi vida, estoy…
- Tranquila, no digas nada, tendrás una respuesta para tus interrogantes.

"Ella se quedó mirando el fuego, entonces comenzó a colocar hierbas sobre él, el humo empezó a brotar y parecía aspirarlo, sus ojos se voltearon, creí que iba a desmayarse en cualquier momento, pero no lo hizo. Estaba tan nerviosa que el corazón casi se me salía por la boca, ¿qué me iba a decir esta extraña mujer?".

"Miré alrededor mientras hacía una especie de sonidos guturales, la sobriedad del templo, la piedra intensamente blanca que ahora lucía cárdena por acción del fuego me despertó una extraña sensación, parecía sangre, mucha sangre la que cubría en ese momento las paredes del lugar. ¿Qué significaba eso?, me dije, pensé que tal vez moriría a manos de ese déspota, eso era lo que esperaba que me dijera".

- Ahora veo, dijo con los ojos en blanco, su expresión era tenebrosa y de pronto se tornaron azules, azules y brillantes, con una mirada muerta, no era ella, era alguien más. Joven Thalía, ahora eres una princesa, pero luego serás más que eso, tu futuro es extraño y particular, tendrás dos vidas.

"Creí que se refería al hecho que estaba viviendo una de ellas y la otra comenzaría cuando me casara con ese patético hombre, esa segunda existencia era la que me interesaba realmente".

- Vas a morir, me dijo la mujer, pero no en la forma que piensas, esta es otra muerte, una muerte que da vida, la inmortalidad estará ante ti y deberás escoger, si vives o mueres. Un ser que está más allá del bien y del mal, ese ser te llevará por un camino, pero solamente tú puedes decidir si transitar por él o no.

"En ese momento no entendí lo que la mujer me decía, pero sin saberlo, ni esperarlo, estaría frente a frente con aquello y recordaría las palabras del oráculo. No estaba segura de lo que esas palabras significaban realmente, pero muy pronto pude saber su contenido".

"Una vez casada con el déspota rey de Macedonia, Pipino I, este demostró ser todo lo que habían dicho, era un hombre

252

cruel y seco, no me pegaba, pero me trataba como a una cosa, pero eso a mi padre no le importaba, después de todo, eso éramos las mujeres, cosas, cosas que los hombres usaban para cerrar pactos y tratados políticos. Un día mi esposo dio una fiesta opulenta, como todas las suyas, las mujeres extrañamente pudimos estar presentes, cosa extraña y supongo que fue el destino quien me llevó hasta ese instante".

"Estaba elegantemente ataviada, según me había dicho mi esposo debía ser la mujer más hermosa de todas las que estarían allí, quería lucirme como un trofeo, que ningún dignatario pudiese decir que su esposa era más bella que la reina de Macedonia. Entre la multitud pude distinguir a un extraño invitado, vestía ropas fastuosas y su caminar era especialmente elegante".

"No podía despegar los ojos de él, era fascinante, tenía el cabello rubio y unos profundos ojos de un extraño tono azul violeta, su manto era bordado en oro, jamás había visto a alguien de tan suntuosa belleza y donaire. Debía comportarme, tenía a mi esposo tan cerca que casi podía sentirle la respiración, pero sencillamente era ese tipo de personas de las cuales no podías despegar los ojos... Esa fue la primera vez que lo vi, era Talbov".

- Su Majestad... dijo descubriéndose ante Pipino, me permito venir hasta aquí desde lejanas tierras para ofrecerle tributo a su magnificencia.
- ¿De dónde vienes señor?, le dijo esto deslumbrándose por la gran cantidad de oro que habían traído como ofrenda sus esclavos.
- Del norte señor, de tierras del norte, mi nombre es Magnus, rey de Jutlandia, donde hay inviernos largos y no

como en su maravilloso reino, donde el calor de vuestro buen sol es agradable y cálido, propicio para la alegría y el amor.

- Buen señor, me honras con tus ofrendas y tus halagos acerca de nuestras tierras, siempre fértiles y vivas. Por favor, pasa a degustar todos los maravillosos manjares que están dispuestos para ti, pero no fue hacia la mesa de los manjares que se fue su mirada sino hacia mí, era ese majar prohibido el que quería comer, supe desde ese instante que él me llevaría a la perdición de una manera u otra.
- Excelente Su Alteza, probaré de todo.
- Hay otros manjares que también puedes probar, dijo mirando a las esclavas, escoge las que gustes y las enviaré a tus aposentos, buen rey.
- Muchas gracias mi señor, dijo haciendo una elegante reverencia.

Pasaron dos semanas y ya estaba metida en su cama, era de esperarse que una mujer joven y despreciada por un esposo déspota terminara con un hermoso extranjero, sobretodo si me ofrecía llevarme con él a un mejor lugar y a una mejor vida. Pensé que eso sería lo que pasaría, pero su ofrecimiento cambiaría mi vida para siempre, aunque en ese instante, no pude prever hasta qué nivel.

- Eres la mujer más bella con la que he estado.
- Yo… no puedo creer que me digas eso, le dije acariciando su pecho de adonis, era increíblemente hermoso a un punto inconcebible, cada parte de su cuerpo era perfecto, recorrí cada tramo y jamás encontré una imperfección en él.
- No sabes lo que dices Thalía, ese hombre es un idiota por tener algo tan valioso como tú y no saberlo apreciar.

- Tal vez sea un hombre fatuo, pero es un hombre poderoso y si se entera de lo que hemos estado haciendo nos cortará las cabezas a los dos.
- Eso no me preocupa, dijo con completa tranquilidad.
- Ah... ¿no? ¿Entonces no te parece algo peligroso exponernos a la muerte de esta manera?
- Si te digo que puedo darte una nueva vida, algo que jamás has imaginado que pueda existir, ser parte de mi reino, ¿qué dirías?, me expresó con intensidad.
- ¿A qué te refieres?, le contesté sorprendida de lo que parecía me estaba proponiendo.
- Una vida nueva, otra diferente a la que tienes, eso es lo que te propongo.

"Rápida como un rayo recordé lo que el oráculo me había dicho, que alguien me propondría una nueva vida y yo debía decidir si lo aceptaba o seguía por el mismo camino. Si de algo estaba segura es que cualquier cosa sería mucho mejor que seguir con la existencia que llevaba hasta ese instante".

- ¿En qué consiste eso?, le dije con temor, tanto que mis labios temblaban.
- No temas, precisamente lo que te quiero proponer te hará liberarte de todo esto, y de muchas más cosas de las que piensas.
- ¿Me harás reina? Le dije sonriendo.
- No, te daré algo mejor que eso.
- ¿Qué?, le dije sintiéndome desanimada, ya que esperaba que dijera me iba a llevar con él para hacerme su esposa.
- La inmortalidad... me dijo como si hablara de cualquier cosa, como si hablase de regalarme unos brazaletes de oro.
- ¿De qué hablas?, ¿acaso estás loco? Pensé que ese hombre no estaba bien, seguramente había bebido mucho

vino combinado con mirra y se le había ido a la cabeza. No, no podía estar hablando en serio, me levanté maquinalmente de la cama, no podía permanecer un segundo más ahí.

- Espera, lo que digo es cierto.
- No puede ser verdad.
- ¿Quieres que te demuestre que es verdad? Me dijo con gesto decidido.
- No sé ni por qué estamos discutiendo esto, es una completa locura.

"Entonces me tomó por la muñeca, por unos segundos pensé que me mataría o algo así, de pronto sus ojos cambiaron y tenían un profundo color violeta, extraño y antinatural. Traté de apartarme, a pesar de lo que había vivido no era más que una jovencita de 16 años a la que un hombre que aparentaba 22 le estaba mirando con un par de ojos que parecían los de un animal salvaje".

- Fuiste al oráculo de Delos, y este te dijo que alguien te hablaría de cambiar tu vida, que debías escoger si aceptar eso o seguir por donde ibas, ¿me equivoco? Entonces negué con la cabeza, estaba tan asustada que casi me desmayo, ¿cómo lo sabía?, estábamos solamente el oráculo y yo en ese instante.
- ¿Cómo sabes eso?, ¿cómo es que…?
- Sé muchas cosas, como que tu padre te obligó a casarte con ese monstruo, que te enamoraste de uno de tus cuidadores y tu padre lo mandó lejos como soldado a las batallas en Asia menor, y muchas cosas más.
- ¿Eres un brujo acaso?
- No, soy algo mejor que eso.
- ¿Qué eres entonces?, le dije casi con un rugido.
- Soy una criatura nocturna, un inmortal y te propongo que

te liberes de esta vida impropia de una mujer como tú, mereces algo mejor que ser abusada por un pobre reycito de una nación menor, tú decides.

- Así que me ofreces ser…
- Una criatura como yo, libre, independiente, con la capacidad de hacer tu vida como mejor te parezca y estar con quien mejor te parezcan, incluyéndome por supuesto, sin que te juzguen, ni intimiden…
- ¿Qué más?
- Poder, dinero, seguridad.
- ¿Qué debo hacer?
- Darme permiso para hacerlo.
- Y ¿qué más?, ¿cómo llegaría a ser esa criatura que dices?
- Tengo que sangrarte y luego darte mi Ka, mi sangre cargada de esa esencia que solo yo puedo ofrecerte, luego tendrás toda la eternidad por delante.
- ¿Cómo lo harías?
- Debes irte conmigo, ahora, aquí no podemos hacerlo.
- ¿Puedo pensarlo?
- No, debo irme, tengo que partir a mis tierras y tú vendrás conmigo.
- Mmm, lo pensé por unos minutos, ¿qué tenía que perder?, pensé, en esa vida estaba atada a un hombre que no amaba, con un padre déspota que igual podía seguirme usando, aunque este hombre muriese, no tendría libertad nunca, siempre dependiendo de otros, de las necesidades, deseos o caprichos, incluso podría matarme y no se le juzgaría por eso, ¿valía la pena una vida como esa? En ninguna forma, era momento de probar algo nuevo, un nuevo camino se estaba abriendo ante mí, debía aceptarlo.
- Entonces…
- Acepto, le dije decidida, era como si en ese maldito castillo

ya no pudiera respirar.

- No te arrepentirás, te lo garantizo, en ese último aspecto estaba equivocado, me salvó de ese hombre, pero no de mí misma, aunque en ese instante no lo sabía, en retrospectiva la inmortalidad es... difícil.

"Él se vistió rápidamente y me sugirió hacer lo propio, le obedecí, por supuesto".

- Saldremos por la ventana, es mucho más fácil así.
- ¿Estás loco? Eso está altísimo.
- No te preocupes por la altura, no vuelo, pero casi...
- ¿A qué te refieres?
- Soy rápido y fuerte, además, tengo un gran poder de convencimiento, así que nadie nos perseguirá, ni siquiera tu propio esposito.

"Me costaba creer que este hombre con el cual me había acostado no fuese tal, se paró en el borde de la ventana invitándome a saltar con él, de ninguna manera lo haría, pero él parecía tan tranquilo como si fuese a poner los pies sobre la tierra. Miró alrededor como comprobando que no hubiese nadie".

- Dame tu mano, Majestad.
- Magnus.
- Dame tu mano, te aseguro que no te pasará nada malo, solo dámela, entonces lo hice.

"Me sostuvo con fuerza y me colocó sobre su espalda, entonces se lanzó al vacío, tuve que morderme los labios para no lanzar un fuerte alarido de terror. Casi podía ver cómo nos acercábamos al piso, cerré los ojos otra vez para no ver el momento en que nos estrellaríamos".

- Tranquila, no pasa nada, me dijo con su calma abismal.

"Cuando volví a abrirlos estábamos en el suelo y lejos del castillo, por lo menos a 10 cuadradas de él".

- ¿Cómo lo hiciste?, le dije impresionada.
- Te dije que tengo habilidades, pero no quieres creerme, ¿qué tengo que hacer para demostrártelo?
- ¿A dónde vamos?
- Al norte, a Jutlandia, allí está mi castillo.
- Mi esposo no es tonto, Pipino sabrá que hui y al no verte sabrá que fue contigo, te buscará para matarte.
- Jajajajaja, eso no es problema, no puede matarme, ese favor ya me lo hicieron hace mucho tiempo atrás, así que no tengo miedo de nada de eso, pero debemos evitar escándalos y guerras innecesarias, así que no te preocupes, te dejaré en mi castillo en buenas manos y luego volveré, ni siquiera se darán cuenta que me he ido.
- ¿Cómo harás eso?, no lo entiendo.
- Soy muy rápido, como ya podrás comprobarlo, una criatura como yo puede ser muy veloz, aunque en mi caso es superlativo.
- ¿Así que simplemente correrás hasta ese lugar y luego volverás a Macedonia para reunirte con mi esposo?
- Así es.
- Bien, entonces…
- Vamos, móntate, no puedo llevarte de otra manera, no me mires así, sé que esto no es muy digno de una reina, pero tampoco es digno de una reina el esposo tan terrible que tienes.
- Tienes razón, es un maldito bastardo.
- Jajajajaja. Vaya… reina de Macedonia, al fin te veo ser tú misma, eso es lo que te ofrezco precisamente, la libertad de decir lo que quieras, cuando quieras y cómo quieras.

- Suena tentador, le dije sonriendo.
- Lo es, no hay nada más tentador que soltar las cadenas de un prisionero y decirle con fuerza: ¡anda, eres libre!
- ¿Tú también fuiste prisionero?
- Así es, pero eso es otra historia, ahora no tenemos tiempo de hablar, tenemos que correr, ven, móntate en mi espalda.

"Lo hice, al instante Magnus, como le decía en aquel momento, comenzó a correr a una velocidad tan grande que tuve que cerrar los ojos para no marearme porque el contorno de las cosas desapareció de mi rango de visión limitado. Recosté mi cabeza sobre su espalda mientras el fuerte viento pasaba sobre la mía como una cuchilla filosa, me costaba incluso respirar, supongo que no había cargado a alguien sobre sus hombros por tanto tiempo como para producirle una reacción así. Lo cierto es que tuvimos que detenernos en diferentes lugares para que yo pudiera descansar, retardando así su regreso.

Finalmente pude ver el castillo que se levantaba sobre una colina, era muy diferente a la clase de construcciones a las que estaba acostumbrada, completamente de piedra, grande, enorme. Cuando entramos, era impresionante el lujo y belleza que tenía en su interior, jardines lleno de ríos, árboles y frutos de todos los tipos, cosa que no se podía apreciar desde afuera".

- ¡Bienvenida a mi humilde casa!
- ¿Qué es esto?, jamás había visto una construcción así.
- Es digna de ti y tu belleza joven reina.
- ¿Qué haré ahora?
- No te preocupes te dejaré con unas doncellas, ellas cuidarán de ti hasta que vuelva y estés preparada para lo

que pasará.

"Cumplió su palabra, en ese lugar tenía la habitación más lujosa que te puedas imaginar, para ese momento resultaba realmente suntuosa y escandalosamente sibarita. Puso a mi disposición cuatro doncellas que me atendían de día y de noche. Así lo esperé por muchos días hasta que finalmente volvió y supe que pronto ya mi vida al fin cambiaría para siempre".

- ¿Qué pasó?
- Tu esposo te estaba buscando, es un hombre orgulloso, no puede aceptar que una mujer lo haya dejado, ¡maldito bastado!, estaba furioso mientras yo fingía ayudarlo a buscarte, casi tengo que aguantar la risa.
- Así que lo ayudaste a buscarme.
- Sí, en el bosque y en los mares, jamás sabrá dónde estás realmente, el muy idiota no tiene la menor idea de quién soy.
- ¿Entonces soy libre?
- Aún no, todavía te falta algo de lo cual liberarte.
- ¿Qué cosa?
- La mortalidad, es una atadura indeseable.
- Pero, tal vez pueda permanecer así.
- ¿Quieres envejecer, enfermarte y morir? Me miró casi con desprecio por siquiera sugerir algo como eso.
- No, no quiero morir, ni envejecer.
- Entonces, debes ser transformada a algo mejor que un humano, la existencia efímera e insignificante de un hombre es muy poco para un ser como tú.
- ¿Qué debo hacer?
- Ven conmigo, entonces podremos hacerlo, no tengas miedo, no te asustes, no te pasará nada malo, lo que haremos es completamente normal, lo he hecho miles de

veces.

- Eso quiere decir que aquí hay más criaturas como tú, no las he visto.

- Hay más criaturas, pero en este momento no están conmigo aquí, están en otros lugares, a donde los he enviado, tal vez pronto conozcas a algunos de ellos, además, no es conveniente que permanezcan aquí mucho tiempo habiendo un mortal en este castillo.

- Pero… las doncellas.

- Ellas, digamos que su sed es menor que la de un… inmortal como nosotros.

- No entiendo.

- Pronto entenderás.

- ¿Qué me pasará luego de que me hagas eso?

- Te convertirás en una de nosotros…

"Sus palabras quedaron suspendidas en el aire, pero no solamente se trataba de poderes, no me había dicho la condena a la cual estaba a punto de someterme. Una vez que perdiera el Ka, debía estar atada a obtenerlo de otros, a través de la sangre, eso no era algo que nadie quisiera oír, y por esa misma razón astutamente evadió ese pequeño e insignificante detalle".

Lo seguí a través de uno de los pasillos del castillo hasta que llegamos a una puerta, allí me indicó que entrara, lo cual hice, mis piernas temblaban, casi no podía caminar por acciones del indeseable movimiento".

- Tranquila, no pasará nada malo, todo cambiará, tendrás esa nueva vida que te he ofrecido y ya no habrá más muerte, miedo, ni nadie te podrá dominar o golpearte, créeme, serás alguien nuevo, casi una diosa, como Afrodita y Hera o una mejor, porque ellas no existen.

- Entonces confío en ti, haz lo que sea necesario para obtener eso que tanto me has dicho.

"Apenas entramos él cerró la puerta, se acercó lentamente a mí, entonces me besó plenamente en los labios, de pronto sentí algo raro, me había cortado el cuello con sus uñas, me llevé la mano a la garganta instintivamente y entonces sentí que la sangre estaba fluyendo a borbotones, impresionada lo miré con los ojos desorbitados por el miedo. No podía creer lo que estaba pasando, caí al piso sintiéndome completamente débil".

- ¿Qué me has hecho?, dije con lágrimas en los ojos.
- No tengas miedo, esto es parte del proceso, debo desangrarte, sacarte esa triste sangre humana para que puedas liberarte de esa estorbosa humanidad.

"Poco a poco todo comenzó a desaparecer, comprendí que estaba muriendo, que si no hacía algo, moriría irremediablemente. Él sólo me miraba impasible, como si no le importara lo que me estaba pasando, tal vez me había equivocado, quizá ese hombre me asesinaría y me tiraría a alguno de los muchos ríos que corrían por su territorio".

- No dudes de mí, pronto todo habrá acabado y serás un ser diferente, me dijo.

"Cuando estuve ya tirada en medio del inmenso charco de sangre y mi cuerpo estaba empapado de ella, entonces se reclinó hacia mí".

- Ahora es el momento, dijo con vehemencia.

"Colocó su boca en mi cuello y me mordió con fuerza, comenzó a emanar una especie de efluvio caliente, tanto que

263

sentí me quemaría la piel, algo estaba pasando, algo que yo no podía entender. De pronto, el mundo pareció detenerse, y dejé de oír el latido de mi corazón, ¿estaba muerta acaso? No, no estaba muerta, al contrario, estaba más viva que nunca, mucho más de lo que había estado en mis 16 años de vida".

- Ahora te llevaré a la habitación, las doncellas cuidarán de ti hasta que estés lista, entonces podrás comenzar con tu existencia como siempre lo quisiste, sin que nadie te haga más daño.

"Me cargó en sus brazos, pero yo perdí la conciencia, supongo que por haber perdido mucha sangre, tuve sueños incongruentes, veía formas que me perseguían, seres que respiraban en mi cuello y que se peleaban por morderlo. No sé cuánto tiempo estuve así, hasta que un día desperté, y vi el rostro de una de esas chicas, era alta, muy delgada y tenía el cabello profundamente negro, además de unos ojos azules intensamente brillantes".

- Señora… dijo inclinándose.
- ¿Dónde estoy?
- En el castillo del rey Magnus, mi señora.
- ¿Magnus?, dije, entonces me levanté todavía mareada.
- ¿A dónde va señora?, debe reponerse para poder andar afuera.
- Necesito hablar con él.
- No puede salir así, debemos arreglarla, no puede andar así, por favor siéntese, llamaré a las otras doncellas y las arreglaremos apropiadamente.
- Está bien, está bien, hazlo, dije acostumbrada a esos tontos ceremoniales de la corte, que gracias al tiempo, perdí la costumbre de dejarme someter a esas tonterías.

"Las mujeres me arreglaron, entonces trajeron un espejo,

que no era más que una pieza de metal muy pulido, pero que sin embargo proveía de una buena superficie reflectante. Cuando me miré no podía creerlo, esa mujer no era yo, esta era una diosa, Afrodita tal vez, con el cabello mucho más rubio y largo, ondulado, cayendo como una cascada por mi espalda, mi nariz griega se había perfeccionado y ahora lucía completamente recta y simétrica, mis labios eran más gruesos, mi piel tan perfecta que parecía no tener poros".

- ¿Qué es esto?, dijo sorprendida.
- Usted mi señora, es usted, la criatura más bella que he visto en toda mi vida, me dijo entusiasmada la doncella.
- Gracias, pero no exageremos.
- No exagero señora, en verdad que jamás he visto a una criatura como usted.

Me quedé mirándome un rato más, era cierto, un ser así jamás pasaría desapercibido, seguramente algunos pensarían que era la gran diosa del amor. Tengo que confesarte que me valí de eso para hacer muchas cosas de las cuales no me enorgullezco, pero que han creado leyendas que perviven hasta hoy en día.

- Así que… eso es todo, de reina a vampiresa.
- Así es, de reina a vampiresa, pero no puedo decírtelo todo ahora, no acabaría nunca y un día no es suficiente, pero ya tendremos la eternidad para hablar ¿no crees?
- ¿La eternidad?, es un concepto muy abstracto.
- Tanto como la inmortalidad y aquí estamos, viviéndola, en mi caso más de lo que tocaba, en tu caso pronto sentirás lo mismo que yo, robas tiempo de la existencia, un tiempo que no te corresponde.
- ¿Y si hubieses decidido continuar en el mismo camino que andabas?, le pregunté de pronto.

- No lo sé, tal vez hubiese seguido siendo la reina de Macedonia, me hubiese encontrado algún arqueólogo de estos que rebuscan en las tumbas antiguas y sería un bonito ejemplar en algún museo inglés, en conjunto con mis joyas.
- Jajajaja, sí, serías un precioso ejemplar.

Cuando la rubia beldad salió de la habitación, fue como si se llevara la luz con ella, aún seguía siendo un misterio para mí. Había tantas historias por contar en el trascurso de sus 3.500 años de existencia que no podía siquiera imaginarlo. La Macedonia, no podía ni pensar en que algún día también sería así, con el desencanto en los ojos y la vida en los labios cuando se vive tanto. Sentí que la inmortalidad comenzaba a perder sentido, todo se unía y solo te quedaba algo... la sangre.

CAPÍTULO VII
La muerte del conde

Camino detrás de ella, ese caminar regio muestra la clase de persona que es, una muy diferente a todas las mujeres que conocí recientemente, ella me recordaba a una de esas personalidades antiguas, fuertes y seguras, de esos temperamentos poderosos que ya no existían. Su cabello recogido le da ese aire de elegancia que a su vez expone ese delgado y elegante cuello.

- Señorita, la alcanzo, déjeme escoltarla hasta el interior.
- Oh… gracias, pero no es necesario.
- Por favor, permítame, sencillamente no puedo quitarle los ojos de encima.
- Señor, jamás le había visto, ¿de dónde es?
- De San Petersburgo.
- Entiendo, pero me imagino que usted, a juzgar por su acento y maneras, es un hombre de mundo.
- Eso me gusta pensar.
- Bien, eso quiere decir que debe tener mucho que hablar.
- No quiero pecar de orgulloso, creo que todos somos ignorantes en este mundo, mientras más sabes, más te das cuenta que no conoces absolutamente nada de este complejo y extraño espacio que llamamos vida.
- Así que, ¿además de caballero es usted un filósofo?
- Algo así, jajajajaja.
- Sabe, este marco en el que la he conocido es lo más poético que he visto, siempre he sido un amante de la luna, de su belleza, pero usted, ahora usted la ha sustituido, la verdad es que Selene palidece frente a usted.
- Jajajaja, así que es todo un galán, no puedo apartar mis

ojos de ella, es completamente alucinante, las perlas de su boca y esos labios exquisitamente pintados de rojo me enloquecen.

Tiene un look atemporal, una reinterpretación de estilo vintage de los años 20, pero de una forma discreta y elegante. Entramos en la estancia, mi cuerpo no necesitaba de abrigos o la calefacción, estoy completa y totalmente frío, como un maldito cadáver. Ella se quita el inmenso abrigo que la protege con una gracia natural, sonríe mientras este se resbala con delicadeza a través de su espalda, la cual es blanca como la luna, al igual que el resto de su piel.

Puedo ver entonces el resto del vestido plateado que deja la mitad de la espalda descubierta. Es una elegante columna griega, lleva un cinturón grueso en color dorado que complementaba perfectamente el armonioso conjunto. Lo sabe, está completamente al tanto de lo hermosa que es y del efecto que causa en los demás. Si Elena estuviera aquí, seguro que sabría la clase de vampiro que podría ser, su belleza sería arrebatadora y estaba casi seguro que podría convertirse en una mezcla de vampiro de seducción con guerrero, ¡la combinación perfecta!

- Entonces, ¿le gusta mirar el paisaje nocturno?, me dice al parecer con doble intención.
- Así es, conozco las mejores vistas que este lugar puede brindarle, hay una colina al norte, desde donde se domina todo el valle y podrá disfrutar de la luna de una manera superlativa.
- Eso si no fuese terriblemente peligroso internarse en el bosque a esas horas... dice explorándome para ver mi respuesta.
- Por supuesto, es solamente la pequeña ambición de una

amante de la naturaleza.

- Sería maravilloso si así fuese, y sus negros ojos brillan como dos estrellas negras.

Es la primera mujer en cuyos ojos no veía el hechizo de mi seducción, me intriga, ¿por qué no cae ante el influjo de mi ser, ante mi aura de depredador, como las otros mujeres con las cuales había estado incluyendo a la rubia esposa de Buckham? Es casi como si fuese inmune, me ve como a cualquier otra persona, y eso me genera una sensación contradictoria.

- Bien, buenas noches señor Daniel, fue un placer conocerle.
- ¿Se despide?
- Sí, debo atender a otros invitados, no puede acapararme de esa manera.
- ¿Atender a los invitados?
- Sí, soy la anfitriona de este evento, es mi fundación la que auspicia esta celebración.
- ¿Celebra el aniversario de los 300 años de Kurks?
- Así es, mi fundación cuida el patrimonio, y este año estamos supervisando la belleza de la finca Kurks, lugar de los…
- Yusúpov.
- ¿Le gusta la historia?
- Sí, me fascina.
- Me alegra saberlo.
- Pero debería recomendarle a Sir Buckham que contrate a otro decorador, lo que ha hecho aquí es francamente… cómo diría…
- Lamentable, dice ella sonriendo.
- Sí.
- Diga lo que quiere realmente.

- Posee un mal gusto terrible.
- ¡Ja!, entonces se acerca a mi oído, es una completa y absoluta basura, dice cosquillando mi oreja, lo cual me provoca un estremecimiento interno inigualable.
- Jajajajajaja, señorita Black entonces ¿esa es su opinión o es una traducción de la mía?
- Digamos que ambas cosas.
- Usted parece una mujer de opiniones fuertes.
- Usted también Sir, creo que Buckham ha caído de su gracia en cuanto a materia de decoración se refiere, pero concuerdo con usted, me gusta el estilo original de este lugar.
- Era magnífico.
- Vaya, al fin alguien con quien puedo concordar, muchas personas quieren hablar de conservación, pero sin respetar la estructura de las cosas, eso no es conservación, es alteración, y para mí constituye un sacrilegio.
- El mito de la contemporaneidad, adecuar todo al capricho del hombre, en vez de respetar la estructura natural de las cosas.
- Así es, vaya... parece que concordamos en muy muchas cosas Sir Daniel.
- Pero eso no es algo nuevo, según lo veo, el ser humano desde hace siglos se ha querido establecer como el centro de las cosas.
- Pensé que eso había sucedido con el advenimiento del humanismo.
- No, en mi experiencia, es algo que ha estado presente siempre en la humanidad, solamente que no es registrado por la historia, como dicen por allí, la historia la cuentan aquellos que han ganado y como les conviene hacerlo.
- Impresionante, dice sonriendo con sarcasmo, pero si me permite, dejaré este debate para otro momento.

- ¿Qué cosas ocupan su tiempo de tan inoportuna manera?, ¿no puede dejarlo para después?
- Lamentablemente no, debo hablar con mis contribuyentes.
- ¿Contribuyentes?
- Así es, entonces da media vuelta y me deja con la palabra en la boca.

Por un lado quería decirle quién se creía por tratar de esa manera al Príncipe Yusúpov, la mano derecha de Talbov, rey de los vampiros, ¿quién rayos es ella para creerse superior a mí? Pero por otro, me fascina que no sea una más, sino que su esencia genera en mí esa fuerza, un impulso de querer más, desearla tanto que me hace recordar cuando era un simple mortal.

De repente está cerca de mí esa mujer nuevamente, no recordaba su nombre, la rubia esposa de Buckham.

- Buenas noches, me dice con la mirada brillante, como si deseara algo de mí.
- Buenas noches, señora ¿cómo está?
- Nunca lo había visto por aquí.
- Ah… ¿sí?, ¿no me ha visto nunca?
- No, jamás, si lo hubiese visto lo recordaría, un rostro como el suyo no se puede olvidar nunca.
- Jajajaja, ¡ay mi señora!, hay caras que vemos y olvidamos fácilmente.
- No, se equivoca, su rostro es sencillamente perfecto señor, es extraño de hecho ver una cara como la suya, y menos en un círculo como este, dice haciendo una pausa para beber de su copa, donde abundan, como le diría, hombres robustos y poco atractivos, pero usted mi señor es una gran y buena excepción a la regla.

Esa fastidiosa mujer otra vez quiere seducirme, pero de

ninguna manera volvería a perder mi tiempo con tan fatua criatura. La experiencia con ella tan solo me ha servido para dos cosas; una, recuperar el huevo Fabergé favorito de mi madre y dos, para mirar por la ventana a Luna, si no hubiese subido a la biblioteca, jamás la habría admirado desde ese punto de vista tan favorable.

- Milady, me hace un gran favor con sus palabras, ahora me disculpo, debo retirarme.
- Pero…
- Lo siento señora, debo hablar con alguien.
- ¿Con Sir Buckham, por ejemplo?, me dice enarcando una ceja.
- Entre otras personas.
- Tal vez pueda presentarle a mi esposo, si así lo desea, me dijo con un tono de reproche.
- Sería una buena idea, tengo algunos negocios que proponerle.
- Como todos los demás, quizá pueda ponerlo a usted en primer lugar.
- Se lo agradezco.

En realidad, no estoy interesado en plantear ningún negocio, lo único que quiero es eliminar a esa rata, primero por sus malos manejos y segundo por comprar mi hogar y malbaratarlo como lo está haciendo. Me imagino clavando mis colmillos en su vieja carne, pero por el momento debo conformarme con hablar y soportar los avances de esa simple y corriente mujer.

De pronto, Luna sube a la plataforma donde el cuarteto de cuerdas ha estado tocando momentos antes una sonata de Bach, se ve espléndida, ha nacido para eso, para brillar como la luna. Esa mujer sería una excelente criatura, inteligente y sagaz, inhumanamente bella, tal vez Talbov la aceptaría sin chistar, después de todo, solamente han trascurrido 18 años de los 100 años correspondientes al siglo XXI, y todavía no se ha escogido a la persona idónea para aspirar a ser un Betha. Ahora solo me falta averiguar su procedencia, pero no tardaré en saberlo.

- Buenas noches, damas y caballeros… y sus chequeras, entonces un corro de risas acompañan su afirmación, es graciosa y sarcástica, dos cualidades que me fascina encontrar en una mujer. Como ustedes saben, estamos aquí reunidos para celebrar el 300 aniversario de la real finca de Kurks, lugar de veraneo de la familia Yusúpov, los grandes de Rusia. Este evento busca reunir dinero para la conservación del patrimonio histórico de la humanidad, en este caso, de nuestra amada Rusia, territorio de los Romanov y todas las demás dinastías que los antecedieron.
- Y por esa razón nos exprimirás las carteras, dice un hombre alto y un tanto pasado de peso, tiene los ojos profundamente azules, y también un pésimo gusto para vestir, a pesar de sus millones, en ese instante reconocí en él a Buckham, allí está el viejo zorro, es la rata que estoy buscando.
- Eso precisamente me propongo, dice la joven y vivaz mujer, la cual parece mucho mayor de su edad, pero no en el sentido físico, sino por la seguridad que proyecta y la forma como se desenvuelve.

Todos están a la expectativa de lo que ella hará, habita en ella una especie de magnetismo animal que logra captar la atención de los demás. Es ese tipo de persona que, cuando entra en un salón, todas las miradas se vuelcan a verla, si fuese una vampiresa seguramente Talbov la usaría para atraer a humanos y criaturas a su séquito, para ese trabajo sería perfecta, tiene todas las cualidades que ese trabajo requiere.

- Ahora empezaremos la subasta, el señor Buckham ha sido tan amable de donar un objeto invaluable, digno de una colección de Christie, un fabuloso huevo Fabergé.
- ¡Rayos!, digo en voz baja, me di cuenta que precisamente el huevo que ella estaba anunciando era el que ahora residía en el bolsillo de mi chaqueta, ¡maldición!, dentro de poco se darían cuenta que el objeto ha desaparecido, lo darán por robado y lo último que deseo es atraer la atención hacia mí, así que debo pensar rápido e idear un plan.
- Ahora empezamos con medio millón de euros.

¡Rayos!, tengo que comprar el maldito huevo, es la única opción que tengo para evitar un escándalo, si no lo hago, me meteré en un lío con Talbov, odiaba que, de alguna manera, fuésemos el foco de atención, no puedo dar un paso en falso y mucho menos en estos momentos. Debo devolver el huevo a su lugar, este maldito estúpido lo ha donado como si no tuviese ningún valor, definitivamente no se nace con clase, es algo que adquieres rodeado del ambiente adecuado y no se puede comprar con dinero.

Retrocedo un poco, soy rápido, pero no puedo exponerme delante de esas personas, así que salgo hacia el jardín y doy la vuelta por la misma ventana desde donde he observado a Luna. Miro a mi alrededor, no hay nadie, aunque nunca se sabe, pero tengo que arriesgarme, no puede armarse un escándalo, brinco y entro hacia la escalera, subo al siguiente piso y luego a la biblioteca. Hay alguien apostado en la entrada, maldición, otra vez tengo que usar mis poderes esa noche.

- ¿Qué hace aquí señor?, no puede subir a esta parte de la casa.
- Oh… estaba buscando el baño, me confundí.
- Baje inmediatamente.
- Bien, entonces levanto mi mano sobre su cara, instantáneamente se quedó paralizado, hay humanos que eran mucho más fáciles de inducir que otros, y este parece particularmente susceptible a ello. Ahora te quitarás de la puerta, entraré, saldré y no recordarás nada, no he estado aquí, soy el dueño de todo esto ¿entiendes? Ahora déjame pasar.

Inmediatamente el hombre se quita de la puerta y así puedo entrar, busco alrededor y allí está la caja fuerte, es ahí donde la mujer ha extraído el huevo, ¿a quién se le ocurre mostrarle una joya de este calibre a un completo extraño? La busco mentalmente entre la multitud, allí está, es ella, y además se encuentra pensando en mí, sus pensamientos son bastante sucios, pero lo que me interesa no son sus necesidades sexuales frustradas al casarse con un hombre 30 años mayor que ella, sino la contraseña de la caja fuerte. Me concentro y allí está el número 05-43-90-22-19, nada del otro mundo, la abro y deposito el huevo dentro.

Maldito huevo, no pensé que me daría tantos problemas, debo hacer exactamente lo mismo para volver a entrar en la estancia donde se sigue haciendo la subasta. El suspenso colma el recinto, y la mujer sonríe con gracia y naturalidad exprimiendo las carteras de sus tontos e ignorantes invitados, que sin embargo, están dispuestos a dar una fortuna con tal de parecer interesantes y ricos ante los demás.

- ¿Quién ofrece 600 mil euros?, y enseguida cuatro personas levantan la paletas rojas que se han repartido para tal fin.

Esto es bueno, pienso, si pago una suma exorbitante por ese huevo llamaré la atención de Sir Buckham, eso lo atraerá a mis garras, y luego cuando lo lleve al lugar apropiado lo mataré con todo el placer del mundo, extrayéndole hasta la última sangre como él había hecho muchas veces con otras personas.

-    ¿Quién ofrece 650 mil?

Levanto la paleta y la hermosa mujer me mira sonriendo, tal vez piensa que estoy pujando por complacerla a ella, entonces veo que mi juego tiene una tercera posibilidad muy interesante, como acostarme con la perturbadora mujer, que ha despertado mis sentidos como ninguna otra. Pero ella no se conforma con eso, desea más, quiere mucho dinero para costear la fundación y así preservar el arte.

-    ¡700 mil euros!, ¿quién los ofrece?, caballeros una pieza como esta es invaluable, perteneció a la princesa Yusúpov, era parte de su colección privada, fue un regalo personal hecho por parte del zar Alejandro III de Rusia, posee una historia invaluable que bien vale el dinero que se pueda pagar por ella.

Levanto mi paleta nuevamente, pienso que los demás no se atreverán a seguir pujando, pero de pronto un hombre levanta la suya, no pude distinguirlo bien entre la multitud, es un estorbo a mis intenciones, pero bueno, puede superar todas esas cifras con facilidad.

-    ¡800 mil euros!

Con molestia veo que el mismo hombre levanta nuevamente la paleta, ¡qué rayos!, este estúpido está dañando mi plan, ¿para qué quiere pagar 800 mil euros por él?, tal vez es un coleccionista privado, pero igualmente, me parece extraño que esté allí en vez de llamar a través de una agencia. Así sigue hasta que ella llega a la extraordinaria cifra de un millón de euros...

Quiero matar a ese hombre, tal vez su sangre me serviría para calmar la ansiedad mientras tomo al viejo Buckham, pero entonces siento algo, es ese olor peculiar, a hielo, hiel, mar y... sangre, me muevo de donde estoy y efectivamente lo observo, está parado allí, y no es humano, no, es un maldito vampiro, pero no puedo reconocerlo, ¿quién rayos es ese?

Me acerco para reconocerlo mejor, entonces volteó y me sonríe, como si me conociera de toda la vida, sus ojos azules lo delatan... siento una gran molestia en mi interior al comprobar quién es realmente.

- Taisho, ¿qué rayos haces aquí?
- Vine a la subasta.
- ¿Desde cuándo dejas a tu reina sola por estar en subastas?, le digo en voz baja.
- Desde que a la reina le interesa ese pequeño huevo que tienes allí.
- ¿Para qué rayos le importaría a Su Majestad Anhotep un huevo Fabergé?
- Tal vez para dárselo a alguien a quien aprecia mucho.
- Como ¿a quién, por ejemplo?
- A tu hermano Alexander, por ejemplo.
- ¿Alexander?, digo y nuevamente el recuerdo viene a mí punzante, el pasado se sigue empeñando en molestarme, fustigarme como si ya no tuviese suficiente dolor con soportar todo lo que he perdido, y todo lo que estoy por perder.
- ¿Pagarás un millón de euros por él? ¿Por algo que es

nuestro Taisho? Te estás volviendo loco, puedo robar ese huevo cuando quiera.

- Entonces ¿por qué lo devolviste si puedes robarlo e irte?, ¿qué es lo que buscas aquí joven príncipe Yusúpov?
- No es de tu incumbencia.
- Todo lo que se refiera el reino de los humanos es mi incumbencia, porque lo es para mi señora, así que dime, ¿qué piensas hacer además de desear a esa extraordinaria mujer, a Luna Black?
- No te metas en mis cosas alfa o tendrás que arreglártelas con…
- ¿Talbov?
- Sí.
- Sabes, esto ha sido divertido, pero ya comienzo a aburrirme, las fiestas humanas hace tiempo que perdieron su sentido para mí, y más una como esta, sin clase ni buen gusto.
- Me imagino que los Yamato ofrecen mejores.
- Así es, por ahora dejaremos esto así, pero no cometas errores Yusúpov, si pones en evidencia la existencia de los Betha y de los alfa no solo te las verás con Anhotep, sino con Casper Olaffson también, y tal vez otros más.
- Casper no sabe que existimos.
- Lo sé, pero si expones las cosas, obligarás a Anhotep a exponerlos a ustedes y eso nos colocará en grave peligro.
- ¿Por qué haces esto Taisho?
- Lo hago por lo que hiciste, sé que lo recuerdas, la forma en que me ayudaste, tampoco lo he olvidado, y lo que tuviste que sacrificar tampoco, así que date por bien servido, estamos a mano.
- ¿Cómo está Alexander?, le digo son melancolía, he pisado una trama peligrosa y puede explotar sobre mis pies.
- Está bien, enamorado de alguien, es feliz.

- Me alegra, sonrío, quiero lo mejor para mi hermano, pero aunque ser una criatura no es lo que deseaba para él, por lo menos si amaba a alguna, podría tener un poco de felicidad y paz, cosas de las cuales yo carecía completamente.
- Ten cuidado Yusúpov, caminas sobre un terreno muy fangoso.
- Jajaja, los Yusúpov somos expertos en eso.
- Espero que no como tu amigo Nicolás, o…
- ¡Basta!
- Bien, dejemos esto así, me retiro joven príncipe, me dice el antiguo y elegante vampiro japonés.

¿Qué es lo que quiere?, ¿llenarme la mente con ideas locas?, ¿contaminarme con mi pasado como humano, con uno que creí olvidado? Desde hacía mucho tiempo supe que mi hermano también se había convertido en una criatura, aunque es una realidad que no deseo afrontar, sé que tarde o temprano podríamos llegar a vernos.

Desde que me convertí en vampiro las cosas han cambiado un poco, la Reina Anhotep siempre ha sabido de nuestra existencia, pero ahora su séquito también lo conoce. Eran demasiadas criaturas para mi gusto y el de Talbov, pero supongo que hay secretos que no puedes mantener por mucho tiempo, aunque sé que la reina prohíbe a su séquito rebelar nuestra existencia, sobre todo porque los cazadores estaban aumentando. Los malditos carsonianos cada vez son más y lógicamente resultan un peligro potencial para el mundo de los inmortales.

- ¿Quién da 1 millón quinientos mil euros?, dice la sensual voz, levanto la paleta, a las 1, 2, 3… ¡vendido al hombre del traje azul oscuro!

El maldito huevo me ha costado casi dos millones de euros, pero ¡qué más daba!, ahora es mío, una de las joyas preferidas de mi madre.

- Gracias al caballero...
- Logan Daniel, digo con mi antiguo acento ruso.
- ¿Es usted ruso señor?
- De ascendencia rusa, Milady.
- Gracias por su colaboración, la subasta sigue, pero ahora yo tengo los ojos en otro objetivo, el rollizo y adinerado Sir Buckham.

Efectivamente expido el cheque y se me entrega el certificado de propiedad de la joya, la cual debe salir del lugar custodiada por guardias de seguridad. No pasa media hora sin que el hombre se me acerque, un buen cazador sabe cómo atrapar a su presa, cada una de ellas tiene sus debilidades, y si en algo soy experto, es en encontrar las debilidades de otros.

- Sir Daniel.
- Sir Buckham, ¿cómo está?
- Veo que usted tiene buen gusto mi estimado Sir Daniel.
- Así es.
- Además, no le tiembla el pulso cuando de ir tras lo que quiere se trata.
- Así es Sir Buckham, y me imagino que usted también es un hombre de decisiones, que no le tiembla el pulso para lograr lo que quiere.
- Entonces... tenemos mucho en común, más de lo que pensamos.
- Seguramente.
- Estoy pensando en invitarlo a mi oficina, en San Petersburgo.

- ¿Tiene algo que proponerme?
- Así es.
- No me gusta hablar de negocios en oficinas, hace mucho tiempo que superé esa mala costumbre.
- ¿Dónde propone que conversemos entonces, mi señor?
- ¿Qué le parece ir de pesca?, es un deporte digno de reyes, y entre usted y yo estamos en esa categoría.
- No tanto mi señor, no soy más que un humilde Conde.
- ¿Un Conde, Sir Buckham Conde de...?
- Arismendi.
- ¿Un título español?
- Así es, mi madre era una aristócrata española, heredé su título.
- Excelente, un buen título nunca está de más.
- Cierto, la sangre azul abre muchas puertas y usted mi buen señor, ¿también tiene tinta azul en sus venas? Lo dice como un chiste, pero es de un completo mal gusto. El pobre diablo, posee un título de pacotilla, comprado a algún inescrupuloso, pero no tiene ni una gota de sangre azul en sus venas.
- Sí, también tengo tinte azul en mis venas, le digo sonriendo.
- ¿Qué tanto tinte?, insiste, ¡qué hombre más corriente! pensé, ese tipo de preguntas jamás deben hacérsela a un noble.

La verdad es que tengo muchos títulos, sin contar los que me ha adjudicado Talbov y el que me faltaba, el más importante: Emperador del mundo vampírico de la dinastía Bctha. Pero, aparte de eso poseía mucho más, los que tenía por derecho propio como príncipe de la dinastía de los Yusúpov y de los Romanov. Este pobre infeliz no tenía la menor idea de lo que era la historia, la clase y mucho menos el refinamiento.

- Soy un Duque señor.
- Oh… un Duque, maravilloso.
- Honor que usted me hace.
- ¿Dónde está su ducado?, me dice y los ojos le brillan con intensidad, puedo ver en su mente cómo repasa todo lo que quiere hacer conmigo, y sus inversiones fraudulentas.

Mi Ducado está precisamente donde él se encuentra parado, en Kurks, de hecho, tengo dos títulos heredados por mi familia, además de ser príncipe, pero lógicamente no puedo revelarlo, así que prefiero nombrar el título que me ha legado Talbov, y así no se crearán asociaciones indeseables. El rostro del hombre se ha tornado rojizo, tiene una complexión abotagada, y la generosa papada le cae casi hasta la mitad de su grueso cuello, resulta realmente desagradable, su sangre tiene un matiz marcadamente metálico y un toque amargo. La verdad es que no sé como toleraré ese sabor, pero tengo que eliminar a esa rata, por algo la casualidad y la energía del Ka, me han traído hasta este lugar.

- Soy el duque de Tambov.
- Tambov es un lugar hermoso, sin duda alguna.
- Así es.
- Entonces, ¿dónde propone que conversemos?
- Tengo un coto de caza, en Tambov precisamente, pero, no quiero que comente esto con nadie Sir Buckham, tengo información privilegiada para la bolsa de valores, poseo unos contactos en Londres que me están asesorando para unas inversiones muy rentables.
- Oh… Sir Daniel, le agradezco me haya considerado para ese honor.
- Debemos ayudarnos entre nosotros mismos, me refiero a los rusos.
- Así es señor, tengo familia rusa, sin lugar a dudas, aunque

mi padre haya sido un londinense.

- Tiene usted una mezcla muy interesante mi señor, multiétnico diría yo.
- Así es mi señor, usted dirá el día y la hora.
- El miércoles a las diez ¿le parece bien?
- Me parece muy bien, excelente y gracias.
- Ahora me retiro mi señor, tengo otras cosas que hacer.
- Me imagino que serán cosas muy importantes, como por ejemplo, conseguir el número de la señorita Black, dice con una ladina sonrisa.
- Buenas noches señor, le digo retirándome cautelosamente y obviando sus groseras bromas de mal gusto.

La subasta ha terminado con la venta exitosa de diez joyas importantes, pero la más trascendental es la mía, en valor y sentimientos. La señorita Black habla con unos inversionistas, a los cuales está tratando de convencer para ayudarle en un fondo para la conservación de un museo de arte ruso en Londres.

Al verme pide disculpas y se acerca a mí, la veo caminar elegantemente con sus altísimos estiletes, los cuales maneja con maestría como si formaran parte de su propio cuerpo. Esa mujer posee un encanto sobrenatural, su cabello recogido muestra ese exuberante, blanco y largo cuello de cisne. Siento una corriente subiendo hacia mi entrepierna, tal como si fuese un estúpido humano, así ella me hace sentir vivo, con tan solo una sonrisa y ni hablar de la abertura lateral de su vestido que deja ver esas piernas blancas y perfectamente torneadas.

- Sir Daniel, usted ha adquirido una joya invaluable por un módico precio.
- Jajajaja, sí, un precio módico.
- Me alegra saber que tiene un gusto exquisito, tanto como

para invertirte inteligentemente una suma así en algo que cobrará mucho valor más adelante.

- Así es, me gusta invertir en la historia, y si es la de Rusia mucho mejor, Milady.
- Rossíya.
- Rossíya, dije con acento ruso y sonríe encantadoramente.
- Me gusta cómo los rusos dicen esa palabra, es muy... sexy.
- Le gustan los rusos, le pregunto con aire insinuante.
- Algunos.
- Me alegra.
- Sir Daniel, me gustaría seguir esa conversación en mi museo... en Londres.
- Me parece bien señorita Black.
- Será un placer recibirlo, sería un honor para mí mostrarle algunas piezas del período imperial, del cual usted parece un gran conocedor.
- Muy bien señorita.
- Esta es mi tarjeta, lo espero entonces.
- Téngalo por seguro.

La brisa sopla con fuerza mientras el bote avanza por el lago, Sir Buckham no sabe lo que le espera, son sus últimos minutos de vida, pero su rostro sereno no revela ni la más leve sospecha. Con su caña de pescar espera el momento justo para la mejor presa, pero yo también he lanzado la mía, y estoy buscando el momento ideal para recoger mi anzuelo.

- Este lugar es maravilloso Sir Daniel, solamente que extremadamente solitario, si se sintiera mal no habría nadie que pudiera ayudarle, no debería adentrarse solo en este lugar.
- Mi salud siempre ha sido excelente, no tengo problemas con eso.

- Pero, la verdad es un poco antinatural, es decir, el silencio que hace aquí es casi amenazante.
- Jajajaja, Sir Buckham, este es la mejor condición para el ser humano, antes, en la antigüedad, el hombre vivía así, rodeado de la naturaleza, ahora el hombre citadino se siente amenazado por algo que es su condición natural.
- Es usted una persona extraña Sir Daniel, desde que lo vi, supe que había algo particular en usted, pero no sé exactamente ¿qué es?
- Todos tenemos cosas particulares Sir, algunos más que otros ciertamente, pero cada persona es única y diferente.
- Si usted lo dice.
- No ha pescado nada Sir.
- Parece que el lago hoy no quiere nada conmigo.
- Así parece señor, pero podemos cazar, traigo dos buenos rifles, podemos bajar aquí, más adelante hay un buen sitio para apostarse y cazar unas buenas liebres.
- Sería encantador mi señor.
- Bien, llevaré el bote hacia ese lado, internarse en este bosque es maravillosamente encantador, ya lo verá, quedará abismado con la belleza que se puede llegar a percibir aquí.
- Excelente, me gusta la exuberancia de la naturaleza, dice, pero se le notaba a leguas que es pura hipocresía, lo que le gusta no es la naturaleza sino la posibilidad de sacarme la información con que hará, según él cree, millones de euros. No puede estar más equivocado, porque lo único que encontrará en ese bosque es su propio fin.

Caminamos por un largo trecho internándonos entre las arboledas, la luz no penetra bien en ese punto, es el momento justo. Voy muy bien protegido y hace suficiente frío como para justificar mi atuendo, el cual me protege de la fuerza debilitante del sol. Camino adelante indicando el camino, pero sé que él me sigue como un perro a su amo, aún sin saberlo, es un pobre idiota.

- Sir Daniel, ¿hasta dónde llegaremos?, esto es demasiada caminata para un par de liebres.
- Es que la liebre que cazaremos, le digo volteándome a mirarlo, es una liebre muy grande, grande y muy gorda, diría yo, entonces dejo las simulaciones, lo tengo en el punto justo, en un lugar tan inhóspito que si grita nadie lo oirá, y si corre no podrá zafarse de mí, no es lo suficientemente veloz ni ágil para liberarse de mis garras, tampoco fuerte, no tiene ninguna oportunidad, es como un pequeño gusano debajo de la suela de mis zapatos.
- ¿Qué quiere decir con eso señor?, dice cambiando la expresión de sus ojos.
- Usted, Sir Buckham, ha estado metido en cosas muy turbias, sucias, oscuras, a la gente como usted le gusta irse por los caminos sinuosos, conseguir las cosas con malas artes.
- ¿No sé a qué se refiere señor?
- Me refiero a la mujer que usted asesinó en Oxford, ¿recuerda? Hace unos 20 años aproximadamente.
- No sé de qué habla Sir Daniel, usted está equivocado.
- Oh… no señor, usted tiene una mala memoria, no creo que sea por la edad, creo que es una especie de amnesia selectiva más bien.
- ¡Este paseo se ha terminado, iré a mi casa, usted no es un hombre de honor Sir Daniel!
- Usted tiene toda la razón, yo no soy un hombre Sir Buckham, hace más de un siglo que no lo soy…
- ¿Ha perdido el juicio? ¿Qué rayos está diciendo?
- Jajajajaja. Mi querido Sir Buckham, veo que no lo entenderá con palabras, así que es mejor que se lo muestre con hechos.

Entonces, dejo de ejercer mi inducción, él puede ver con claridad quién soy yo, con mis intensos ojos violetas de vampiro Betha y mi cara de depredador cruel y despiadado, tan pálido y frío como la muerte misma. Puedo ver cómo se le desencaja la cara inmediatamente, está paralizado por el terror.

- ¡Cielos!, ¿quién es usted?, ¿qué cosa es?
- Jajajajaja, ¿se asusta?, eso me alegra, así seguramente estaba asustada Meredith Wilson antes de que usted acabara con su vida o Peter Olson, cuando robó toda su fortuna, y muchas personas más a las cuales le ha causado gran daño. Pero sabe, hay muchas cosas que usted ignora Sir Buckham, cosas que pasan en el mundo bajo la sombra del anonimato, cosas que nunca podría entender porque están más allá de la capacidad y el razonamiento de los humanos.
- ¡Maldición! ¿Qué cosa es usted?
- Soy lo que ustedes llaman un vampiro Sir, y ¿sabe lo que hacemos los vampiros?
- ¡Esto tiene que ser mentira!, decía él buscando alguna explicación lógica en su mente, esto es una broma de mal gusto, si es así le juro que…
- No, Sir Buckham, yo no acostumbro bromear con mi comida.
- ¿Qué?

Entonces mis colmillos brotan y no por el buen gusto de su olor, sino por la necesidad de eliminarlo de la faz de la tierra, él es una rata y nuestra misión es eliminar a ese tipo de alimañas.

- ¡Mierda!, dice al ver mis colmillos, entonces comienza a correr despavorido, sonrío, corre lo poco que una persona como él puede hacerlo.

De un solo salto le salgo al paso, pobre miserable, me paro delante de él mientras su cara permanece desencajada por el terror, así se siente ser una víctima, y él debe padecerlo para que sepa cómo es experimentar el temor.

No quiero jugar más con ese idiota, ya no me resultaba gracioso, ni era algo agradable y no puedo anticipar el momento porque su sangre no es lo suficientemente encantadora ni apetecible. Así que sin miramientos lo tomo por el cuello y hundo con fuerza mis colmillos para acabar con eso de una buena vez.

Succiono su sangre con avidez hasta que me sacio, entonces lo tiro al piso, donde se desploma.

- Bueno, Conde de Arismendi, hasta aquí hacemos negocios usted y yo.

Miro alrededor y recuerdo que una vez caminé por esos bosques con mi padre, cuando el mundo era menos complicado y lo único que me preocupaba era tener un buen futuro como noble en la dinastía de los Romanov. Imagino cómo se sentía ser humano, pero ya no puedo, hace ya bastante tiempo que la última gota de humanidad se ha escurrido de mi cuerpo, ahora soy en todo y por todo una criatura nocturna, un ser de terror que puede helarle la sangre en las venas a cualquiera.

Subo a la embarcación y ya mis pensamientos se han ido muy lejos, a Londres donde me espera la hermosa Luna, la encantadora dama que me está robando el pensamiento.

Esa noche se levantará la luna en Rusia, la luna de sangre, un fenómeno que significa mucho más de lo que algunos creen, representaba la muerte y lo mórbido, la reunión de los clanes, un mal necesario.

Ahora en algún punto del bosque el extinto Sir Buckham yace enterrado, en un lugar donde nadie lo encontrará. Es más, muchos agradecerán por ese magnífico golpe del destino, y sospecho que la principal de ellos será precisamente la hermosa y muy joven Miss Buckham, sonrío al recordar a la linda pero corriente rubia, pobre Buckham, quiso cazar sin saber que en el bosque hay depredadores mucho más fuertes y poderosos que él.

CAPÍTULO VIII

La luna sale en el horizonte

La luna de sangre emerge en el cielo, detrás de las montañas, como un vaticinio de lo que está por venir, los clanes de vampiros se reunirán y Talbov hará lo propio, dirigirlos hacia un nuevo objetivo. Pero esta vez será distinto, está por sorprenderme.

Pero antes que ocurra ese encuentro indeseable, debo verme con la señorita Black. Al encontrarnos, supe desde el primer momento lo que sucedería, su cálida sonrisa fue el primer anuncio. Me gusta, tengo que admitirlo, y no de una forma leve, sino apasionadamente, era raro para ser una humana, pero en ella reside una especie de prestancia, como si fuese una inmortal, como si tuviera un espacio propio en el cual reside y nadie, a menos que quiera, puede traspasarlo.

Recorremos juntos el museo, hay obras excelentes, de artistas del período imperial, me divierte recordar incluso como muchas de ellas les he conocido en su contexto real, en algún palacio de un primo, tío o amigo de mis padres, cuando el arte era atributo exclusivo de la realeza.

- ¿Le gusta Sir Daniel?
- Me gusta mucho, pero por supuesto que no me refiero en ningún modo a esas obras, sino a la belleza elegante y sofisticada de ella.

Luna parece entenderlo así, sonríe deliciosamente, es una mujer sagaz y, sobretodo, muy inteligente, una combinación sumamente peligrosa.

- Venga, quiero mostrarle algo.
- A ver…
- Es una obra de un artista muy poco conocido del período imperial, es Dimitri Solokova, no sé si ha oído hablar de él.
- Sí, he estudiado un poco su obra, le digo tratando de parecer indiferente, la verdad es que Dimitri fue en vida uno de mis mejores amigos, de esos con los que fumaba, tomaba absenta y buen vodka.
- Me alegra saberlo, así que usted es un gran conocedor de este período, quiero que vea esa obra y me dé su opinión.

No entiendo la insistencia de ella en ese tema, parece que algo se trae entre manos, una sonrisa de inteligencia puebla su rostro. Por más que trato de encontrar alguna imagen en su mente para prever sus intenciones, por alguna razón no consigo nada, como si la misma estuviese en blanco, jamás me ha pasado algo así. Vaya, además de seductora e indiferente también resulta completamente inmune a mis poderes. Esto no puede ser casualidad, me digo.

- Entonces veamos esas obras, Milady, le respondo tratando de perecer indiferente.
- Venga por aquí.

Me lleva hacia el ala este del museo, donde veo un cartel que dice Dimitri Solokova, es una gran ironía, mi gran amigo jamás se pudo imaginar que terminaría así, su obra expuesta en un museo clásico, siempre se esforzó porque sus trabajos fueran revolucionarios. Le habría molestado increíblemente terminar en una sala de museo de este tipo. La historia lo gusta ser sarcástica y a quienes quieren escapar de ella, los honra colocándole una jaula especial a su medida.

- Esta es una de las mejores salas que hemos montado en esta temporada.

- ¡Es magnífica!
- Acompáñeme, quiero mostrarte una en particular.

Se detiene frente a ella y me queda mirando, como esperando lo que yo pueda decir.

- Es una excelente obra, este artista es un muy buen retratista, supo exponer la piscología del personaje.
- ¿Sabes quién es este hombre?
- No, bueno, no lo reconozco a primera vista, digo fingiendo.
- Es un retrato de Mikhail Nikoláievich Yusúpov, príncipe ruso de le época imperial del zar Alejandro III, primero del futuro zar Nicolás, y amigo personal de Solokova.
- Ya veo, ahora lo estoy leyendo en la ficha técnica, como dije, es un muy buen retrato.
- Sabe, extrañamente ese hombre se parece increíblemente a usted, es más, diría que es casi idéntico.
- Sí, es cierto, se parece bastante a mí, ¡qué casualidades tiene la historia y la vida!, ¿no es cierto?
- Nunca he creído en las casualidades, me dice con una sonrisa de medio lado.
- Entonces ¿en qué crees Luna Black?
- Creo en las causalidades.
- Como ¿cuáles?
- Tal vez sea un antepasado suyo.
- No he contado en mi árbol genealógico a los Yusúpov.
- Pues, creo que debería investigarlo, desde que le vi en la fiesta en casa de los Buckham, me pareció extraño que se pareciera tanto al príncipe.
- Entiendo, la verdad es que creo que era muy guapo.
- Jajajajaja, sí yo también lo creo, y también me parece muy curioso que desapareció misteriosamente en el año de 1885, su familia nunca pudo hallarlo y lo dieron por muerto, lo más extraño es que en el año de 1890, su

hermano menor, el príncipe Alexander también desapareció sin dejar rastro.

- Tal vez los rebeldes los secuestraron como venganza para la familia imperial.
- Siempre me he preguntado que fue de los dos jóvenes príncipes, solamente quedó su hermana Irina, quien se casó muchos años después con su primo, el Duque de Cromwell.
- Es una exploración interesante Milady, me sorprende con sus amplios conocimientos.
- Gracias, pero parece querer algo más, no se nota muy convencida con mi historia, es una mujer muy astuta, pero finge darse por convencida, seguramente esperando tener algo más entre las manos.

No puedo negar que fingir ser el ratón en este juego es algo que me entusiasma mucho, ver si logra llegar al final y descubrir la verdad, me resulta excitante. Sonríe de una forma encantadora, quería comérmela a besos.

- ¿Te gustaría ir a mi departamento?
- Sería interesante, quiero ver si tienes tanto gusto para la decoración de sitios antiguos y museos como para tu propio hogar.
- Ya sabes lo que dicen, en casa de herrero cuchillo de palo.
- Jajajaja, muy cierto.

Su departamento queda en el distrito de Oxford, una zona exclusiva donde las casas están llenas de lujo y sofisticación.

- Adelante, este es mi humilde hogar.
- Es exquisito, eres una mujer muy modesta por decir que tu casa no es lo suficientemente sofisticada, me gusta, tienes un estilo impecable.

- ¿Quiere tomar algo? Tengo un Cabernet en la heladera.
- Me parece perfecto, me sonríe y sigue hacia la cocina.

Exploro el lugar, posee un estilo elegante y simple, con diferentes fotos en blanco y negro, fotografías artísticas por supuesto. En algunas mesas distribuidas estratégicamente se veían fotos de ella en diferentes lugares del mundo, se nota feliz y puedo decir que me resulta completamente sexy esa actitud.

- Toma, dice finalmente pasándome la copa de vino, ¿ya terminó de repasar mis fotos?
- Así es, jajajaja, son muy buenas.
- Gracias.
- ¿Qué artista las tomó?
- Jajajajaja, las tomé yo misma.
- ¿Así que eres una artista de la fotografía?, resultas impresionante, una mujer polifacética.
- Espéreme aquí, ya vengo.

La intensidad de mi espera va en ascenso, sobretodo porque sé que ella está en algún lado de la casa, probablemente cambiándose de ropa y eso me provoca una sensación erógena intensa.

- Bien, entonces, ¿qué conclusión saca de mi estilo decorativo?, me dice al mismo tiempo que juega con la tira de una bata afelpada.
- Pues, tu estilo es muy… sugerente.
- ¿Sugerente?, bien, ¿y si hago esto?, entonces, abre la bata y debajo tiene puesto un conjunto sexy de encaje en color negro, ¿esto es muy sugerente o solo un poco?
- Bastante diría yo.
- Ah… ¿sí?, entonces…

Con ese gesto lo dice todo, el sentimiento es mutuo, y promete un mundo de placer y emoción. Mis expectativas siguen creciendo a cada momento que pasa, mientras la beso intensamente y aparto de mí todo lo que está estorbando y que no me deja descubrir enteramente su deliciosa humanidad.

No puedo creerlo, su piel es tan suave como un pétalo de rosa, mis manos vuelan hacia ella para acariciarla, extasiándome en la fiel contemplación de su exquisita finura, y es mucho mejor de lo que he imaginado. Con ella me siento como un humano, es como si no pudiera inducirla a excepción de mis ojos y piel.

Poco a poco le voy quitando la ropa, exponiendo cada vez más ese universo blanco y etéreo. Quiero saber cómo se siente estar tan cerca que nuestras pieles se funden en un solo ser. Verla es todo un éxtasis, mejor que cualquier cosa que hubiese probado.

- Entonces, susurra, ¿harás todo lo que te pida?
- Al fin me tuteas.
- Creo que ya es absurdo seguir a estas alturas con formalidades.
- Haré todo lo que deseas, pero cada cosa a su tiempo, sigo acariciando su espalda, estoy obsesionado con ella, es una escultura de mármol.

Deshago suavemente ese elegante moño y su cabello cae como un torrente de seda negra sobre su espalda, es tan suave y delicado, brilla como la seda, hundo mi nariz en él y la sensación es terriblemente agradable. Estoy experimentando la tortura inminente de tomarla, beberla como se hace con el vino, el palpitar de su corazón resulta excitante, así como el tono rojizo que está adoptando su piel.

- Logan Daniel, ¿quién lo diría?, tú y yo así, ¡esto es increíble!
- ¿Por qué?
- Cuando te vi allí afuera, parado en las escaleras, creí que eras una visión, incluso tuve la loca sensación que eras una especie de criatura sobrenatural.
- ¿Por qué?'
- No lo sé, tenías un aura muy romántica bajando por la escalera, asomado a la ventana como si fueses una persona de otro tiempo, y luego cuando te vi allí en el jardín, fue como si salieras de la nada. Era una atmósfera poética la que existía en ese momento entre los dos.
- Estoy completamente de acuerdo, en cuanto a lo de la atmósfera poética, respecto a lo otro, soy simplemente un admirador de la belleza profunda que usted posee señorita.
- Hay tantas cosas en ti que me fascinan, pero ninguna es algo obvio, eres como un iceberg.
- ¿Un iceberg?, jamás nadie me había comparado con una enorme masa de hielo.
- Jajajaja, eres un hermoso ejemplar masculino, pero lo más valioso y poderoso de ti está dentro, no se puede ver, eso es lo que quiero decir.

Afuera la luna se tiñe de la más viva sangre, mientras en su departamento la pasión se torna del mismo color. Su homóloga promete mucho más que un extraño y particular fenómeno astronómico, es el comienzo del año para el ciclo vampírico, uno que determinaba cambios, tantos que ni yo mismo podía imaginarlos. Al fin, luego de hacer el amor reposamos en la cama, yo no necesito de eso, pero debo simular que soy un humano.

- Sabes, dice de repente, la semana que viene iré a San

Petersburgo, visitaré el palacio Moika, me gustaría que me acompañaras.

- ¿El Palacio Moika?, y siento retumbar un tambor dentro de mí, es una palpitación intensa y aguda, el hogar de mi familia, el pasado sigue persiguiéndome y todo lo que eso significa.

Es un ciclo que está a punto de completarse y no sé lo que me espera, pero intuyo que pronto me encontraré cara a cara con un nuevo camino. Solamente yo podré decidir qué rumbo tomar, si seguir por donde voy o cambiar, pero lo que sé ahora es que este corazón late con fuerza de una forma diferente, y eso es definitivamente algo nuevo, y para seres como nosotros algo nuevo siempre es algo bueno.

"Nada más delicioso que el sabor de la sangre fresca, bueno, algo más delicioso es cuando tomas esa misma sangre sin que te la hayan concedido, entonces es cuando la disfrutas más, es dulce, maravillosa, aunque al final termine por saberte a hiel... y a muerte". **Gael El Cananita.**

Fin.

Si te ha gustado este libro, por favor déjame un comentario en Amazon ya que eso me ayudará a que lo lean otras personas.

Otros libros de esta saga:

Inmortales. Génesis. El Origen de los Vampiros. (Libro No. 1)

Metamorfosis. El Legado Secreto de los Vampiros (Inmortales Libro 2)

Metamorfosis. El Legado Secreto de los Vampiros (Inmortales Libro 3)

Metamorfosis. El Legado Secreto de los Vampiros (Inmortales Libro 4)

Reina de la Oscuridad. Una Historia de Romance Paranormal (Inmortales Libro 5)

Reina de la Oscuridad. Una Historia de Romance Paranormal (Inmortales Libro 6)

Reina de la Oscuridad. Una Historia de Romance Paranormal (Inmortales Libro 7)

Seduciendo al Vampiro. Desafío de Fuego. Una Historia de Romance Paranormal (Inmortales Libro 8)

Seduciendo al Vampiro. Desafío de Fuego. Una Historia de Romance Paranormal (Inmortales Libro 9)

Seduciendo al Vampiro. Desafío de Fuego. Una Historia de Romance Paranormal (Inmortales Libro 10)

Guerrera de Fuego. El Vasto Precio de la Libertad (Inmortales Libro 11)

Guerrera de Fuego. El Vasto Precio de la Libertad (Inmortales Libro 12)

Guerrera de Fuego. El Vasto Precio de la Libertad (Inmortales Libro 13)

Dinastía de las Sombras. La Oscura Corona. Una Historia de

Romance Paranormal de Vampiros (Inmortales Libro 14)

Dinastía de las Sombras. Juegos de Poder. Una Historia de Romance Paranormal de Vampiros (Inmortales Libro 15)

Dinastía de las Sombras. Cantos Oscuros. Una Historia de Romance Paranormal de Vampiros (Inmortales Libro 16)

Corona de Fuego. Una Historia de Romance Paranormal de Vampiros (Inmortales Libro 17)

Corona de Fuego. Una Historia de Romance Paranormal de Vampiros (Inmortales Libro 18)

Corona de Fuego. Una Historia de Romance Paranormal de Vampiros (Inmortales Libro 19)

Otros libros de mi autoría:

Azul. Un Despertar A La Realidad. Una Novela romántica de Mercedes Franco Saga No. 1

Azul. Un Despertar A La Realidad. Una Novela romántica de Mercedes Franco Saga No. 2

Azul. Un Despertar A La Realidad. Una Novela romántica de Mercedes Franco Saga No. 3

Azul. La Princesa Rebelde. Una Novela romántica de Mercedes Franco Saga No. 4

Azul. La Princesa Rebelde. Una Novela romántica de Mercedes Franco Saga No. 5

Azul. La Princesa Rebelde. Una Novela romántica de Mercedes Franco Saga No. 6

Secretos Inconfesables. Una pasión tan peligrosa que pocos se atreverían. Saga No. 1, 2 y 3

Autora: Mercedes Franco

Secretos y Sombras de un Amor Intenso. Saga No. 1

Autora: Mercedes Franco

Secretos y Sombras de un Amor Intenso. (La Propuesta) Saga No. 2

Autora: Mercedes Franco

Secretos y Sombras de un Amor Intenso. (Juego Inesperado) Saga No. 3

Autora: Mercedes Franco

Rehén De Un Otoño Intenso.

Autora: Mercedes Franco

Las Intrigas de la Fama

Autora: Mercedes Franco

Gourmet de tu Cuerpo. Pasiones y Secretos Místicos

Autora: Mercedes Franco

Pasiones Prohibidas De Mi Pasado.

Autora: Mercedes Franco

Hasta Pronto Amor. Volveré por ti. Saga No. 1, 2 y 3

Autora: Mercedes Franco

Amor en la Red. Caminos Cruzados. Saga No. 1, 2 y 3

Autora: Mercedes Franco

Oscuro Amor. Tormenta Insospechada. Saga No. 1, 2 y 3

Autora: Mercedes Franco

Otros Libros Recomendados de Nuestra Producción:

Contigo Aunque No Deba. Adicción a Primera Vista
Autora: Teresa Castillo Mendoza

Atracción Inesperada
Autora: Teresa Castillo Mendoza

El Secreto Oscuro de la Carta (Intrigas Inesperadas)
Autor: Ariel Omer

Placeres, Pecados y Secretos De Un Amor Tántrico
Autora: Isabel Danon

Una Herejía Contigo. Más Allá De La Lujuria.
Autor: Ariel Omer

Juntos ¿Para Siempre?
Autora: Isabel Danon

Pasiones Peligrosas.
Autora: Isabel Guirado

Mentiras Adictivas. Una Historia Llena De Engaños Ardientes
Autora: Isabel Guirado

Intrigas de Alta Sociedad. Pasiones y Secretos Prohibidos
Autora: Ana Allende

Amor.com Amor en la red desde la distancia

Autor: Ariel Omer

Seducciones Encubiertas.
Autora: Isabel Guirado

Pecados Ardientes.
Autor: Ariel Omer

Viajera En El Deseo. Saga No. 1, 2 y 3
Autora: Ana Allende

Triángulo de Amor Bizarro
Autor: Ariel Omer

Contigo En La Tempestad
Autora: Lorena Cervantes

Recibe Una Novela Romántica Gratis

Si quieres recibir una novela romántica gratis por nuestra cuenta, visita:

http://www.librosnovelasromanticas.com/gratis

Registra ahí tu correo electrónico y te la enviaremos cuanto antes.

Metamorfosis.

El Legado Secreto de los Vampiros

(Inmortales Libro 4)

Coronado y Condenado

CAPÍTULO IX
Casta Betha Vs. Alfa

La luna roja brilla sobre Jutlandia o al menos lo que queda de ella, parado allí siento que el tiempo no ha pasado. Es el día para que las castas se reúnan y ese fenómeno meteorológico quiere decir muchas cosas, incluyendo que es el momento para los grandes cambios. Talbov me lo ha dicho antes, pero la verdad es que no soy un erudito en cuanto a los acontecimientos vampíricos. Al contrario, me considero una fútil e ignorante criatura que, a pesar de todo, no logra desentrañar la completa naturaleza de nuestra insigne raza.

- ¿Así que sigues siendo el mismo?, me dice Adelice sonriendo, mientras sus ojos curiosos me escrutan con avidez.
- ¿A qué te refieres?
- A que te sigue gustando mirar la luna como enajenado, no pierdes los viejos gustos, tal parece que hay algunas criaturas que nunca dejan sus sensaciones humanas, es una verdadera vergüenza. Bueno, yo me siento orgullosa de no ser así, es algo… digamos particular en mí, nunca me gustó ser humana, es algo tan vulgar.
- He perdido muchas cosas, demasiadas, por cierto, me gustaba ser humano.
- Oh… ¿no me digas que todavía me guardas rencor por ese día?, te juro que no fue mi culpa. Tienes que creerme, las cosas suceden por algo, lo quieras o no, existen situaciones que van más allá de nosotros mismos.

- Sé que no tienes nada que ver, si no hubieses sido tú, seguramente me habría atraído otra criatura. Esto no se trata de ustedes, sino de los designios de Talbov, él ya me había escogido sin importar lo que hicieran, es indiferente. Fue solo mala suerte o el destino que quiso pasara en ese instante, pero pudo ser otro diferente, y sin embargo, lo considero el peor día de toda mi vida.
- ¡Pero mira qué lejos has llegado! Pronto tú tendrás el poder sobre todo lo que ves, no se puede aspirar a un honor más alto. Quizá Talbov esté equivocado, aunque lo dudo, la verdad es que pienso como Gael, no sé qué ve en ti, jajajaja. Disculpa, no me mires así, soy sincera, al menos que quieras sea como los demás aquí, me dice sonriendo, si quieres que te lama el trasero como todos, por mí está bien.
- ¿Lamerme el trasero?, ¡qué metáfora más vulgar!
- Sí, bueno, sabes a lo que me refiero no a... bueno, jajajaja, dice y sonríe más todavía, al menos que tú quieras... la verdad es que tus favores no pueden ser despreciables, y sé que no lo haces desde hace mucho tiempo, claro, yo no soy Elena, pero te aseguro que puedo ser mejor que ella.
- Creo que ya has hablado demasiado Adelice, es mejor que te calles.
- Lo siento, no puedo decir mentiras, siempre digo lo que pienso, soy una criatura de seducción.
- Ya veo, eres muy atractiva, pero... no me gustas de esa forma, tus alcances no llegarán hasta mí, así que no trates de hacerlo, por favor.
- Disfrútalo.
- ¿Qué?
- Ser uno de los pocos que pueden rechazarme, casi ninguno lo hace, así que si pudiese convencerte, entonces acabaría contigo, tenlo por seguro. Me sorprendes, ni

siquiera las criaturas soportan eso, es decir, mi mirada es infalible, nunca falla.

- Si tú lo dices…
- No me retes señor, todavía no he usado todo mi ímpetu con usted.
- Tranquila, no te exaltes, es solo que soy un ser muy controlado, eso no quiere decir que no seas fabulosa, le digo para calmar sus ánimos.
- Por otro lado, resultas muy atractivo para muchos, así que deberás cuidarte las espaldas, porque ya quisieran muchos ostentar el poder que pronto tendrás, incluyendo a la reina roja. Tal vez yo podría ser tu compañera.
- Para ser un vampiro de seducción eres muy directa.
- ¡Sacrilegio! No soy un vampiro, soy una criatura nocturna, jamás uses ese término delante de Talbov, tienes tanto tiempo siendo uno de nosotros y aun así no terminas con esos malos hábitos humanos, es increíble, es una vergüenza que hables de esa forma.
- Jajajajaja, tantos aspavientos por una simple palaba, eso es risible.
- No lo entiendes, tú eres el rey, no puedes hablar de esa manera, es poco decoroso.
- Hasta que no tenga esa corona sobre mi cabeza no puedo contar con ella, además, sabes perfectamente que jamás he ambicionado nada de esto, lo único que quería…
- Sí, ya lo sé, tener una vida normal como todos los demás, una vida como un simple humanos. ¡Qué horror!, no sé cómo alguien pueda ambicionar una aberración como esa.
- No he dicho eso.
- No necesitas decirlo, te conozco pequeño y joven príncipe.
- No me digas así, a ti no te lo permito criatura, pronto gobernaré y jamás se te ocurra decirme de esa manera nuevamente.
- Oh… vaya, estás sacando las garras querido.

- Es una cuestión de respeto, diría más bien, o en tu caso de sentido común.
- Entonces... ¿me matarás como lo hizo él con Gael?, ¿serán así las cosas contigo también?
- No, eres muy valiosa como para eso, pero podría disciplinarte si es que así lo requiere el caso.
- Jajajaja, ya veo, sería muy bueno si te creyera algo, pero no, no es así, se nota la bondad en ti querido, no sé por qué escogió a alguien con esa debilidad, pero no te creo nada, serías incapaz de algo así príncipe. Es como si tus ojos pudieran decirlo, eres una extraña raza de criatura, una que no puedo entender enteramente, pero no veo la maldad en tus ojos como la capto en mis otros congéneres.
- Todos somos malos querida, aunque no se nos note en los ojos.
- Contigo es diferente, lo sé, hay algo especial en ti, aunque no sé qué es exactamente, puedo olerlo en tu piel, hay algo más, y creo que por eso él te ha escogido.

Adelice no puede entenderme, nunca lo ha hecho, siempre ambicionó ser una criatura desde que era una simple humana en la remota Irlanda, cuando regía con su padre en los dominios de su clan, los Mcgowen. Su herencia no era más que tierras y ganado, algo muy simple para la ambiciosa mujer, quería más, poder, fuerza, libertad, dominio sobre otros. Allí conoció a Talbov, y pronto este le ofreció volverse criatura, su padre era un noble de la altas tierras irlandesas, y esa fue una oportunidad de oro, rápidamente le dijo que sí y nunca volvió atrás, es una de esas misteriosas criaturas que parecen muy satisfechas con lo que son.

En mi experiencia resulta muy raro encontrar un vampiro satisfecho, sobre todo cuando tiene más de 500 años, luego de ese período, la inmortalidad comienza a pesar, y mucho.

Muchos no lo entienden, por eso se entregan con ambición a lo que creen, es algo emocionante y perfecto, pero no es así, la realidad carece de todo romanticismo, es cruel y despiadada, pero solamente te das cuenta cuando estás dentro en el momento que ya es muy tarde para volver atrás.

Adelice cree que no soy capaz de una mala acción, como si mi personalidad, la que tuve cuando fui humano, contara entre los vampiros. Bueno o malo, eso es indiferente, estamos más allá de todo, puedo destruirla si quiero y sé que Talbov me dará las gracias por hacerlo, pero ahora las cosas son distintas, y debo pensar como un estratega. Una criatura de seducción siempre es necesaria, ella es una muy buena, no tanto como Safire, pero es excelente, y eso será de mucha utilidad cuando tenga la corona, lo quiera o no, pero es un hecho y no puedo retroceder, no tengo más opciones.

- Sácate a Elena de la cabeza, jamás podrás tenerla, Talbov nunca te dejaría, ya deberías saberlo, si sigues así solamente sufrirás.
- No estoy pensando en ella, no pienso en ella desde hace mucho tiempo.
- ¿Te sigues culpando? Además de eso, sigues pensando cómo se destruye a un vampiro y será mejor que no lo averigües. Ese es el tipo de cosas que desearías jamás haber visto, así que mientras puedas evitarlo, sigue mi consejo, hazlo, no averigües ni preguntes nada.
- ¿A qué te refieres?
- Es algo horrible, pero no, no quieras saberlo, te aseguro que es mejor así.
- Lo dices por Gael, ¿cierto? ¿Qué fue realmente lo que le pasó?
- Y ¿qué fue lo que realmente le pasó a Elena?
- No quiero hablar de eso.
- Lo sé, pero siempre piensas en eso, lo veo siempre en tu

pensamiento, su cara rubia no sale de allí.

- Deja de leer mis pensamientos Adelice o tendré que cerrarlos.
- Oh… vamos, a veces son muy divertidos, sobre todo cuando piensas en esa mujer, la humana.
- ¡Basta! No seguiré hablando contigo de eso, yo no me meto en tus aventuras, tú haces lo que te da la gana y yo hago lo propio. Dejemos las cosas como están, deja mi mente en paz y yo dejaré la tuya, cada quien en su lugar, es mejor así, tu y yo somos completamente incompatibles, créeme, eso sería un suplicio para ambos.
- Todavía sigues recordando el pasado, mirando esa joya que compraste, todas esas cosas serán tu perdición, esos recuerdos pueden ser muy peligrosos, alguien tarde o temprano te descubrirá y nos pondrás en evidencia a todos.
- ¡Eso no va a suceder!
- Eso espero, además, te hará un blanco fácil con los otros clanes, la reina roja no tolera errores, es muy dura con quienes fallan. Talbov ya ha hecho muchas cosas malas, no hagas tú lo mismo.
- ¿A qué te refieres?
- Ha eliminado a muchos que le han fallado, después de lo que pasó con Casper ya no tolera ese tipo de actitudes, así que es mejor que pises en tierra firme. Además, Gael cometía muchos errores, Taisho, por ejemplo, es uno de ellos, sé lo que hiciste por él y seguramente Talbov también, pero lo aguanta porque eres importante, sin embargo, es mejor que no abuses de esa deferencia o acabará contigo, tal como lo hizo con Gael.
- Ella no tiene autoridad sobre mí, no pertenezco a su clan.
- Eso no le importa, así que ten cuidado Mikhail, anda con pies de plomo, jajaja, aunque en nuestro caso es una ironía graciosa.

- Logan, mi nombre es Logan Daniel.

La noche era tan oscura como la boca de un lobo e igual de peligrosa, el clan estaba completándose y no sabía qué esperar de eso. Siempre había problemas cuando todas las criaturas se reunían en un mismo sitio. Hacía años que no veía a Elena, desde que Talbov decidió separarnos, luego que descubriera lo que estaba pasando entre los dos. No tenía idea de lo que le hizo, pero la mente de él estaba completamente cerrada, así que no podía saberlo.

No hay momento más triste para una criatura como cuando has creído encontrar el amor entre los tuyos y esa persona te traiciona. Es una historia larga, pero puedo resumirla como que, a veces, las criaturas no son enteramente lo que parecen, son seres complejos, con necesidades diferentes, personas que vivieron en otras épocas donde las cosas se hacían de una manera distinta.

- Bienvenidos criaturas de la noche, dice ceremoniosamente Talbov.

El castillo derruido frente a la luz roja de la luna parecía realmente un cuadro de Casper Friedrich, desolado y encantador al mismo tiempo, lleno de misterio y muy tenebrosa, justo el escenario perfecto para llenar de temor a un frágil humano. Yo me sentía como el caminante frente al mar de nubes, porque exactamente así es como lucía el pasaje, lleno de neblina, etéreo y orgánico.

- Comenzamos una nueva era en nuestro clan, con el advenimiento de una nueva criatura, pronto tendremos a alguien más, así como tuvimos en el siglo XIX a Mikhail y en el XX a Giselle. Este siglo XXI tendremos a alguien más, y debo decirles, mis amadas criaturas, que me emociona grandemente.
- ¿Quién será?, me digo a mí mismo.

- No me ha sido revelado todavía, pero debe ser alguien que lo merezca, un noble que sea de nuestra alcurnia, que tenga suficiente pedigrí para aspirar a tan grande honor, jamás podría rebajarme a hacer lo que hacen otras clanes, como colocar en mis filas a personas comunes y corrientes, eso es del todo despreciable.
- Pero Casper no hace eso, dice Adelice, él solamente incluye entre su séquito a nobles, como Mariko, Haaziq, Mariska…
- No menciones a esos seres, solo son alfas, nada más, en cambio, nosotros somos seres superiores.
- Señor… dice ella disculpándose con una reverencia graciosa, me hace recordar el gesto de los perritos falderos cuando su amo está a punto de regañarlo.
- Además, pronto tendremos un evento especial sin precedentes… algo que les sorprenderá, pero que finalmente debe pasar.
- ¿Qué pasará?, dice Miranda, una de las criaturas más cercanas, una condesa española a quien Talbov le tiene especial aprecio.
- Tendremos un heredero, alguien que me ayudará a encargarme de nuestro imperio.
- ¿Alguien que está entre nosotros? Pregunta otra de las criaturas.

Talbov mantenía algunos de sus pensamientos cerrados para la mayoría de las criaturas, pero no para mí, conmigo todo era distinto, al menos en parte. Me había convertido en el tiempo que estábamos juntos, en su mano derecha. Así que compartía más conmigo que con muchos otros y eso despertaba ciertas rencillas entre algunas criaturas.

Pero dentro de mí crecía una necesidad de tener a alguien a mi lado. Hacía ya 80 años que había perdido a Elena, eso era algo que resentía de Talbov, pero no podía enfrentarlo, él era mucho más fuerte que yo. Destruirme para él sería tan fácil como estirar la mano sobre mí, estaba embestido de poderes que no entendía, los cuales solamente él podía darme acceso, de otra forma, jamás llegaría a tenerlos.

Las criaturas no podían permanecer mucho tiempo juntas, algunos no estaban de acuerdo con que se nombrara a un heredero sobre los Betha, muchos de ellos tenían más tiempo que yo, pronto se despertarían envidias y rivalidades, podía olerlo en el aire frío de la noche. Había uno en especial, London, un vampiro que tenía unos 500 años, este estaba especialmente en desacuerdo con que Talbov nombrara un heredero, y mucho menos si no era él esa criatura.

London, ¿tienes algo que agregar? Dice Talbov con tono siniestro, antes tenía mis dudas, pero ahora sabía que ese ser era capaz de todo, de destruir a cualquiera que osara contradecir sus designios, por eso no me atrevía a enfrentarlo, ni siquiera por Elena.

- No señor, dice el rubio, pero se nota en su cara que tiene muchas cosas por decir, y ninguna de ellas es buena.

Años antes, exactamente en 1935, las cosas estaban tensas en Europa, por esa razón nos habíamos trasladado a América, en Argentina específicamente, un hermoso país que me recordaba por su belleza a Suiza. Elena se mantenía hermética, desde que Gael desapareció había cambiado un poco, ya no quería saber nada de Talbov y siempre se mantenía alejada. Era como si ya no quisiera saber nada del clan, siempre estaba aislada, separada, cumpliendo las normas, pero sin integrarse.

Talbov estaba molesto por su actitud, sabía que entre los dos pasaba algo, aunque nunca se había consumado, por razones obvias, él jamás lo habría permitido. A veces soñaba con ella, con su belleza de mármol, bella como una paloma blanca, pero sabía que nuestra relación sería algo imposible mientras él existiera sobre la tierra, y considerando que era un inmortal, el pronóstico no resultaba muy alentador.

A veces nos sentábamos en silencio cuando estaba cayendo la tarde en uno de los balcones de nuestro castillo, simplemente a mirar las montañas nevadas, como antes nos dedicábamos a observar la estepa rusa desde las colinas y su belleza escarchada al atardecer, deliciosamente peligroso en invierno. En esos instantes, era más lo que decíamos con gestos que con las palabras.

- ¿Extrañas a Gael?
- No, no extraño a Gael, él se lo buscó, lo que extraño es ser humana, dijo con desaliento.
- Ah… ¿sí?, pensé que estabas conforme con tu condición.
- Antes lo estaba, pero ahora no, estoy hastiada, Talbov me prometió libertad y no tengo eso, no puedo amar a quien quiero, ni hacer lo que deseo, solamente sirvo para detectar a los futuros vampiros o saber las condiciones de las criaturas de otras castas.
- Ten cuidado con lo que dices, podrías meterte en un problema con su Señoría.
- ¿Su Señoría?, no le tembló el pulso para matar a Gael, una criatura fiel que le había servido por más de 8.000 años, ¡qué podemos esperar nosotros!
- No sé qué decirte.
- Bueno, tú eres el escogido, así que tal vez sea más tolerante, pero conmigo no tiene por qué serlo, sabes lo que eso representa, en cualquier momento podría destruirme por un capricho, ¡qué sé yo!, a veces siento una sensación muy parecida al…
- ¿Miedo?
- Sí.
- ¿Hablas en serio?

- Así es.

- Es extraño, ten cuidado, eso podría destruirte, estoy seguro que las emociones humanas no se hicieron para las criaturas. Aunque no sea yo el ser más adecuado para decirlo.

Esa conversación me había dejado abismado, todo se derrumbaba de un instante a otro, primero Gael y después Elena, parecía que cada cierto tiempo una cantidad de criaturas comenzaban a flaquear. La inmortalidad no era fácil, la sensación de vivir para siempre no era algo que cualquiera pudiese soportar, y menos un ser que tenía más de 3.500 años de existencia.

No podía juzgarla, puesto que para ese momento yo solamente tenía 70 años, esa era mi edad verdadera, pero físicamente seguía pareciendo el mismo chico de 20 años que fue asesinado vilmente y sin compasión. Aún el hastío de la inmortalidad no me había alcanzado, pero no estaba a salvo, en cualquier momento podrían presentarse los primero síntomas.

Durante todo ese tiempo había tenido que enfrentar los embates de la vida, sin poder hacer nada, la muerte de mi padre, de mi madre, la desaparición de mi hermano, el asesinato de mi primo Nicolás y toda su familia, el zarévich y las grandes duquesas, así como la zarina, un verdadero exabrupto. El horror que se había apoderado de Rusia me había alejado de mi tierra, y no sabía que aún tardaría mucho tiempo para que las cosas se calmaran y pudiese volver nuevamente a ver el país que me vio nacer.

- Mikhail.

- Señor… dije inclinándome.

- ¿Cómo has estado mi querido Mikhail?

- Muy bien señor, tenía días que no lo veía.

- Estaba viajando por la parte norte de la tierra, a veces me gusta hacer eso, es realmente reconfortante esa soledad, la naturaleza y su fuerza, es uno de esos pequeños placeres que me quedan en la vida.
- Sus poderes son tan sorprendentes señor, jamás podría aspirar a recorrer la tierra como usted lo hace.
- Claro que sí, tal vez muy pronto puedas hacerlo, más de lo que te imaginas.
- ¿Qué quiere decir con eso?
- Mmm, pero antes quiero que me aclares algo, es una pequeña curiosidad, me dijo con aire despreocupado mirando hacia la ventana como si lo que estuviera a punto de decirme fuese algo sin ninguna importancia.
- Usted me dirá mi señor.
- Durante años he sido testigo de tu amistad con Thalía, ella es una gran criatura, pero... estoy dudando de su fidelidad, ¿qué piensas de su condición?, creo que se ha vuelto, cómo diría... algo inestable.
- No señor, ella sigue siendo una de sus más fieles súbditos.
- ¿Eso crees? Su voz reflejaba bondad, pero en sus ojos veía una realidad muy distinta, era la maldad pura y concentrada en esas pupilas negras e intensas.
- Sí.
- ¡Idiota! Entonces me lanzó por los aires, caí del otro lado de la habitación, era la segunda vez que me hacía eso, luego caminó hacía mí y fui levantado como por una mano invisible, quedé suspendido, mientras él me miraba con sus ojos violetas y brillantes.
- Señor, por favor, ¿qué hace?
- ¿Crees que no puedo destruirte?, con un solo gesto podría hacerlo, los Betha somos difíciles de asesinar, pero sé hacerlo, recuerda lo que pasó con Gael.
- Señor, no lo he traicionado, estoy aquí, estoy de su lado,

nunca apoyé las intenciones de Gael, ni ninguno de sus errores.

- Gael siempre fue un rebelde, es una lástima porque siempre admiré su fuerza y rudeza, era un hombre de verdad, un guerrero, de esos que ya no se dan, curtido con el aire de las tormentas, con las batallas. Y tú, príncipe, ¿cuándo en tu vida has peleado en una batalla?, ninguna supongo, entonces ¿crees que no podría romperte como a una rama seca, despedazarte y enterrarte o quemarte de modo que jamás vuelvas a regenerarte?
- Señor, por favor, este me apretaba cada vez más el cuello, la presión y la fuerza de su intenso poder comenzaba a hacer efectos en mí. No me imaginaba lo que pudieran sentir sus pobres víctimas, aquellas que estaban condenadas a la muerte y que solamente sentían la maldad de esos fuertes colmillos curtidos por el tiempo y la maldad de su propio corazón.

Pasaron mil imágenes por mi mente, incluyendo la muerte de Elena, pero sabía perfectamente que yo no lo apoyaría, callé cuando lo hizo con Gael, pero esta vez sería diferente. Permanecí impasible, mientras él me sujetaba tratando de olvidar quién era y lo que me estaba haciendo, de todas formas no podía hacer nada, cualquier cosa que intentara sería inútil contra la poderosa criatura.

- ¡Ten cuidado, te escogí para algo grande, no lo eches a perder!, me dijo soltándome, entonces caí estrepitosamente en el piso.
- ¡Señor, jamás lo traicionaría, nunca!
- Eso espero, porque si haces algo como eso no me temblará la mano para destruirte, ¡jamás!
- Lo sé señor, pero eso nunca pasará.

Me sentía avergonzado, tenía un sentimiento recíproco al

de Elena, él me había dicho que ya no sería humano, pero la libertad era algo con lo cual no podíamos contar. Dominar a seres tan poderosos como nosotros, implicaba un gran esfuerzo y disciplina, muchos podían ser criaturas sinuosas, capaces de todo. Pero Talbov no tenía reparos, ni siquiera con las criaturas que parecían completamente fieles a él, como Elena o yo.

En ese momento no sabía lo que se podía hacer, una vez que lograbas tener ese nivel de poder. La sensación debía ser inigualable, a veces de tan solo pensar que yo algún día ostentaría eso, sentía un cosquilleo interno, como si mi piel volviese a despertar, como si otra vez estuviese vivo.

Pero lo peor estaba por suceder, era media noche y volvía de una cacería cuando vi a dos figuras pelearse, una masculina y otra femenina. Sentí una punzada, sabía exactamente de quienes se trataba; Elena y Talbov.

- Señor… me presenté delante de él.
- ¡Maldición!, ¿qué es lo que quieres Mikhail?
- Señor, por favor no castigue a Elena, ella no tiene la culpa, la culpa es mía.
- Han osado romper con mis normas, han pensado en acostarse, como si yo no estuviese aquí, saben que he prohibido ese tipo de relaciones entre mi séquito, todo lo que ha pasado en la dinastía roja es una de las principales evidencias que eso no es conveniente.
- Por favor, señor, no castigue a Elena.
- Thalía debe aprender a seguir mis designios.
- Por favor, le clamé, en ese momento estaba enamorado de la hermosa vampiresa y dispuesto a todo por salvarla de las garras de Talbov, no quería que le pasara nada malo, y temblaba de solo pensar en que él pudiera destruirla.
- ¡Señor!, gritó ella. No hice nada malo, Mikhail, él me

indujo, sus poderes han aumentado y ahora son más fuertes que los míos. Quiere que esté con él, pero jamás lo traicionaría, por favor, tenga piedad de mí, recuerde todo lo que hemos vivido, todo lo que le he ayudado.

Apenas podía creer lo que estaba oyendo, ella estaba dispuesta a echarme la culpa, no le importaba que me destruyeran con tal de zafarse de la situación. Me quedé paralizado, estaba en shock, sus palabras seguían rebotando en la habitación, en la plena oscuridad de esa noche en la cual todavía resonaban los gritos de mi reciente víctima y aún podía saborearla en mi boca, pero el delicado gusto se congeló al ver que ella no era más que una vil traidora, capaz de todo con tal de salvar su pellejo.

- Jajajaja, ¿lo ves Mikhail?, ¿eso es lo que ganarías sacrificándote por este ser?, dijo casi escupiendo. Te lo he dicho muchas veces, los seres nocturnos pueden ser traidores, crees que soy duro y cruel, pero mira, no se puede confiar en ninguna criatura, cuando menos lo pienses te darán la espalda y te clavarán una estaca en el corazón, jajajaja, así como lo han hecho los humanos muchas veces con nosotros, sin misericordia.
- Señor… dije, y algo muy parecido al dolor se clavaba en mi pecho, tal cual como una triste estaca, justo allí donde hacía ya mucho tiempo dejó de palpitar mi corazón.
- Elena, eres una vil criatura, el pobre príncipe solamente te ha querido ayudar y cubrir la espalda, desde hace mucho tiempo he sospechado de ti, siempre da excusas por ti, te ayuda, ¿y es así como le pagas? Vamos, ¿qué clase de mujer eres?
- Hace mucho tiempo que dejé de ser una mujer, ¿recuerdas? Desde que tú acabaste con mi vida y me condenaste a esa maldita existencia.
- Sí que eres malagradecida Thalía, te saqué de ese

infierno, de las garras de ese hombre déspota ¿y es así como me pagas? ¡No, no se puede confiar en una criatura como tú, no mereces ser una Betha!

- ¿Qué harás entonces?, ¿me matarás?, así como lo hiciste con Gael.
- No, no te mataré, ese es un término incorrecto, a las criaturas no se les mata.
- ¿Me enterrarás o quemarás?, a ver, dime, he sido fiel a ti por más de 3.000 años, ¿qué harás?
- Quitarte tus poderes, ahora podrías ser una vulgar alfa o peor, quizás te conviertas en un renegado, no lo sé, tú decides.
- ¿Así que eso harás?, ¿así es cómo les pagas a quienes te han servido fielmente?
- Me serviste fielmente antes, ya no, y conmigo la traición es algo que se paga caro, lo sabes, no permitiré que ninguna criatura juegue conmigo, ¡eso jamás!
- Por favor Señor, no le haga nada, he sido yo quien ha estado hablando con ella, he sido yo…
- ¡Estúpido, calla!, ¿quién te crees? ¿Acaso no sabes que yo puedo conocer lo que hacen todas mis creaciones?, ¿no sabes eso? Deja de mentir por ella, acaba de traicionarte en tu cara, no me obligues a destruirte porque no quiero hacerlo, no puedo darle mi legado a una criatura débil que no sabe soportar el peso sobre sus hombros.
- Señor…
- ¡Basta! David, Clístenes, enseguida aparecieron sus espalderos y me tomaron por los brazos, entonces me llevaron por la fuerza hacia uno de los calabozos.

Sabía exactamente lo que pasaría, la iba a destruir, nunca más la volvería a ver, no podía manifestar mis sentimientos en ese instante, era un vampiro, no un humano. Por más que me doliera, no podía hacer nada para evitarlo, sus poderes eran mucho más fuertes que los míos, bajo sus manos no era nada.

Escuchaba los gritos de ella mientras la despedazaba, era como si me destruyeran por dentro a mí también, el dolor era extraño y profundo, se suponía que no podía sentir nada. No, eso era una gran mentira, la verdad era mucho más cruel, podía sentirlo, pero no manifestarlo. Era una de las más crueles formas de nuestra raza.

Pasó mucho tiempo, él me mantuvo en los calabozos, supongo que si me sacaba podría hacer una locura, pasaron años, esos sentimientos parecieron calmarse, mis ojos solamente veían las sombras, hasta acostumbrarse a esa desolación, como si hubiesen roto algo dentro de mí, una parte de mi pecho, ya no sentía nada. Cuando salí de ese lugar, era como si no me importara lo que sucediera alrededor.

En parte, me hizo un favor, estaba desorientado, débil, muy débil, tanto que tuvieron que llevarme sangre para poder alimentarme porque no podía hacerlo por mí mismo. Mi estampa era patética, me había perdido de tantas cosas, como que la humanidad se había enfrentado a una guerra mundial, así como toda la destrucción y desolación que algunos autócratas causaron en toda Europa. Pude haber ayudado a muchos, pero él no me dejó, estuve como en una especie de influjo, como si me mantuviera hipnotizado y mi mente estuviese en blanco.

- Bienvenido Mikhail, bienvenido nuevamente a este mundo, luces fatal, mandaré a las doncellas para que te acicalen.
- Señor, dije y ya no sentía nada dentro de mí, ni siquiera pregunté por Elena, no era Talbov quien me había matado, sino ella misma, no le habría temblado el pulso ni le hubiese importado que me destruyeran, de eso estaba completamente seguro. Era como si estuviese dormido, muerto en verdad, lo miré sin ganas, me pudo conducir a

donde hubiese querido, me habría dado lo mismo.

- ¡Por todos los cielos!, tenemos una importante entrevista, necesito que te veas como lo que eres, ¡un príncipe!
- Eso soy, sí… le dije sin ganas.
- Vamos, cambia esa cara, era solo una criatura y no la más particularmente hermosa de todas, hay cosas mejores, y tú tienes todo el tiempo del mundo para disfrutarlo, a eso y a unas cuentas humanas, ¿lo ves?, no todo es tan malo.

Mis doncellas me vistieron apropiadamente, la moda había cambiado, ahora la ropa era tan diferente a todo lo que yo consideraba de buen gusto. No lo disfrutaba en lo más mínimo, pero no era una cuestión de preferencias, sino de pasar desapercibido, era sobrevivencia a cambio de estilo y clase.

- Tenía tanto tiempo que no lo veía señor, se ve algo… extraño.
- Melancólico, ¿quieres decir?
- No sé lo que eso signifique mi señor.
- ¿Acaso nunca fuiste humana?
- Sí, pero eso fue hace mucho tiempo, ya no recuerdo muchas cosas y la verdad es que no deseo hacerlo, lo único que quisiera es ser una Betha como ustedes, así podría salir libremente a la luz del sol, como antes.
- Entonces sí recuerdas cosas.
- Algunas señor, no todas, diría que muy pocas, pero sí el disfrute del verano y las suaves olas del mar chocando contra la costa de Marbella.
- Eres francesa, dije sin ninguna gota de emoción.
- Así es señor, es hermoso ese país, aunque ya casi no lo recuerdo, a veces, siento que mi memoria falla.
- Sin duda, muchas veces compartí con excelentes franceses, en los cafés y contemplando la torre Eiffel.
- ¿Qué es eso señor?

- ¿La torre Eiffel? ¿No sabes qué es?
- No, no lo sé.
- Mmm, es una torre de hierro que se encuentra en París.
- Oh… debe ser algo nuevo entonces.

Sentí lástima por esa mujer, parecía desorientada y seguramente jamás había salido de ese castillo, ni siquiera para andar en una carroza y trasladarse a otro lugar. Me quedé mirándola y ella no podía leer mis emociones, era como una especie de zombi, allí comprendí que era afortunado, podía decidir, salir, comportarme casi como un humano, mientras esta pobre chica estaba condenada a servir a otros toda su existencia y a estar encerrada en los castillos de Su Señoría.

- Debe ser emocionante conocer a Su Alteza Real.
- ¿A qué te refieres?
- ¿No lo sabe? Va a conocer a la reina roja, ella vendrá para reunirse con Su Señoría Talbov, y dicen que es la criatura más hermosa que existe.
- No lo creo.
- Señor, es escandaloso lo que dicen, si la reina lo oyera se molestaría muchísimo, dicen que es una criatura legendaria, si yo fuese libre pertenecería a su clan, por ser una alfa, y luego pareció sentir temor por lo que acababa de decir.
- No temas, no has dicho nada malo.
- Señor, es que me emociona, ella era reina de Egipto, se imaginó, una reina de ese legendario lugar estará aquí con nosotros, me dijo con los ojos brillantes y con la emoción a flor de piel.
- No es una Betha, así que no puede ser la más hermosa, ese honor debe corresponderle a alguien más ¿no crees?
- Sé que los alfa somos inferiores, pero muchos seres lo han dicho, incluso Betha, no hay que ser como ella, es

muy poderosa y dicen que hasta Casper Olaffson le tiene miedo, eso ya es decir mucho, esa criatura es muy peligrosa, nadie osa meterse con él.

- ¿Qué hay de su mano derecha?
- ¿Se refiere al señor Alexander?
- Sí.
- Dicen que es muy poderoso y que ella ha estado buscándole pareja, querían que estuviese con Safire, pero él no quiere saber nada de ella, no sé, tal vez haya alguien más.
- Eso espero.
- ¿Por qué?
- Por nada, no me hagas caso, es solo que estar solo es muy difícil.
- Lo dice por la señorita Thalía, lo lamento, lamento todo lo que pasó con ella señor.
- Es mejor que no hables de ese tema, al menos que quieras te corten la cabeza, como a muchos otros, así que no hagas comentarios, mantén tus pensamientos para ti misma.
- Perdón, señor.
- Ahora terminemos esto o me arrugaré de tanto estar remojado aquí.

Me miré al espejo y parecía otra persona con el cabello totalmente corto y esas ropas extrañas, aunque me sentía raro, debo admitir que el estilo me favorecía. Pero no puedo negar que prefería mis ropas clásicas del siglo XIX, estos atuendos le quitaban elegancia y belleza masculina a los hombres, solo los hacía ver más… informales, como si fuesen chiquillos y yo era de todo menos eso.

- Es hora, dijo Clístenes, interrumpiendo mis pensamientos.
- Bien, y espero que esta vez no me lleves a una mazmorra.
- Lo siento señor, yo solo estaba cumpliendo órdenes,

perdóneme.

Entré en la amplia y suntuosa habitación donde me esperaba Talbov lujosamente vestido, me sentía como en los viejos tiempos cuando visitabas las cortes extranjeras y debías ataviarte con las mejores galas. El aroma de ese lugar era especial, muy diferente a cualquier otro que yo hubiese sentido, se dispersó encantadoramente por toda la atmósfera, lo olfateé y enseguida supe que ella estaba allí.

- Señor... dije inclinándome con gracia, aunque en realidad después de todo lo que había hecho, lo único que deseaba era acabar con él.
- Mikhail, adelante.

Ella avanzó hacia donde estábamos; era alta y delgada, elegante, su cabello liso y profundamente negro caída por la espalda, era blanca como una perla, y sus labios estaban pintados en un intenso color rojo. No vestía a la usanza habitual, llevaba pantalones como los hombres, tenía un aire desafiante en la mirada que era intensamente azul, sus ojos grandes y felinos me escudriñaron con curiosidad, antes de sonreír y que pudiese ver esos blancos y perfectos dientes.

- Su Alteza... dijo con una voz que parecía acariciarte.
- Su Majestad... es un honor, le dije inclinándome.

Jamás la había visto, pero ese día nuestros caminos se toparon, la mujer, si así podía decírsele, me seguía escrutando. Poseía una especie de influjo místico que te paralizaba por momentos. Lo cierto es que su belleza era perturbadora, y además, tenía un aire de superioridad que te hacía sentir aplastado, como si fueses un pequeño mosquito.

Su olor era potente, una mezcla de flores y hiedras, de hielo y sangre, era de todo, y también parecía estar hecha de agua. Sonreí como un idiota, había escuchado las historias de leyenda que giraban a su alrededor, pero todas parecían quedarse cortas ante ella misma.

- Ya basta de ceremonias tontas, todos nos hemos saludado, ahora vayamos al grano, ¿qué es lo que quieres Anhotep?
- ¡Oh Talbov!, te falta mucha caballerosidad, en cambio, el príncipe Yusúpov es todo un caballero.
- Sí, me imagino que lo es, y eso es porque no te conoce, no tiene idea de quién eres, ni de lo que eres capaz.
- ¿Qué quiere decir señor?
- Querido, ya quisieran muchos ser una criatura tan encantadora como tú, eso definitivamente no es algo que se pueda improvisar, hubiese deseado escogerte para mi clan, pero no estuve allí a tiempo, ahora veo tu aura y sé que serás una criatura muy poderosa.
- Seguramente que no viniste hasta aquí para decirnos eso.
- Talbov, vamos, ¿hasta cuándo irrespetarás nuestras leyes?, siempre te crees con derecho a salirte con la tuya, pero esta vez vengo a advertirte…
- ¡Tú!, dijo volando hacia ella. Su cara se tornó más pálida y sus ojos violetas relucían con ferocidad, estaba a punto de perder el control, pero la reina no se inmutó, ni siquiera se le borró la sonrisa que siempre parecía tener en los labios.
- Jajajajaja, pobre Talbov, tal vez esos aspavientos te sirvan con tus pobres criaturas, pero sabes perfectamente que conmigo eso no te funcionará, ya estás viejo querido amigo, jajajaja, estás perdiendo tus facultades.
- Tú también estás vieja Anhotep, ¿qué es lo que deseas entrañable enemiga mía?
- Eliminaste a dos criaturas en poco tiempo y solo por capricho.
- ¿Por capricho? Si te refieres a Gael, tomó una vida inocente sin mi consentimiento, alguien que no debía morir fue transformada.

329

- ¿Te refieres a la joven Ana Porter? ¿Tanto aspaviento por eso?, bueno, reconozco que es una criatura no programada.
- Solo puede existir una cada 100 años, eso lo sabes, se violó mis leyes y ni siquiera sé por qué tengo que explicarte eso, yo no te digo qué hacer con tus criaturas.
- Oh... vamos, no te pongas así, no pierdas el control, que es deplorable cuando lo haces, pierdes el estil querido, bueno, tú me entiendes. Además, esa pequeña chica era toda una tentación, ese olor... de solo recordarlo, es tan apetecible.
- Estas allí, estoy segura que tú lo estimulaste, ¿qué le dijiste?
- Nada, solo lo confronté con su realidad, al igual que tu Gael lo hizo con mi Taisho, obligándolo a entrenar a tu pequeño príncipe, no es nada del otro mundo.
- ¡Eres una maldita zorra Anhotep!, ¡debería destruirte con mis propias manos!
- El pobre Gael solo sucumbió a una tentación normal, ella tenía una sangre muy tentadora, sin duda, ¿no me digas que jamás te ha pasado?
- Nunca me ha pasado, además, deja a Taisho y tus criaturas lejos de esto.
- Tú fuiste quien los metió en esto, ¿quién te crees para poner a mis criaturas a trabajar para ti?
- ¡Maldición! Sabes perfectamente que Gael lo hizo, no yo.
- Pero tú eres el rey, así que debes controlar a los tuyos.
- ¡Zorra estúpida!
- Jajajajajaja, tranquilo, pero, deja de culpar al pobre Gael, veo que ahora eres perfecto, la historia según recuerdo, es un poco diferente, pero supongamos que es como dices, ¿qué pasó entonces con Thalía de Troya?, a ver, ¿qué explicación tienes para eso?
- ¿Desde cuándo te crees con derecho a meterte en mis

asuntos? ¿Acaso yo me meto en las cuestiones de tu clan?, a ver ¿qué hay de Casper, Mariko, Mariska, y todos los demás, los que te dejaron y los que siguen contigo?, la verdad no me importa lo que haces con tus criaturas, entonces no te metas con los míos.

- ¿No te das cuenta que todo lo que hagas nos afecta?, si Casper hace algo indebido nos afecta a todos.
- ¿Qué es lo que quieres?
- Quiero que me digas quién es tu heredero.
- Jajajajaja, maldita zorra, largo de aquí, deja de meterte en mis asuntos.
- Jajajajaja. Oh… Talbov, el tiempo pasa por ti, pero sigues siendo el mismo obrero de siempre, fabricando adobes, construyendo cosas, nunca has podido salir de allí, no tienes clase, ni nunca la tendrás, todo lo que tienes lo has logrado con imposiciones, no me amedrantes con tus gritos, así que deja de violar las leyes o tendremos problemas. No vuelvas a meterte con Taisho ni con ninguna de mis criaturas, estás advertido.
- Tendré un heredero al igual que tu tendrás la tuya, por cierto, ¿cómo está Alexander?, dijo como si cualquier cosa.
- ¿Qué?, dije.
- ¿No lo sabías?, me dijo Talbov sonriendo, tu hermano fue transformado en persona por la reina, ¿puede haber un mayor honor que ese?
- Jajajajaja. Oh… Talbov, querido, el crear intrigas nunca se te ha dado bien. Pobre Talbov, pronto estarás fuera, lo veo en ti, en tu aura.
- ¿Usted transformó a mi hermano?
- Créeme, las cosas conmigo son muy diferentes, tu hermano quería ser una criatura, ansiaba el poder que se tiene cuando se es un ser nocturno, nadie lo obligó, ni sufrió lo que tú tuviste que pasar, ser un alfa es algo que

eliges, nadie te lo impone.

- ¿Él quiso ser una criatura?
- Así es, me dijo sonriendo.
- Quiso serlo porque mandaste a Safire por él, nadie le diría que no a esa maldita zorra.
- Cuidado Talbov, no insultes a mis criaturas, y sus ojos brillaron con una maldad que jamás había visto en los ojos de ninguna mujer.
- Oh… Reina, la reina de Egipto, no puedes controlar a los tuyos, entonces no quieras venir a hacerlo con los míos.
- Esta conversación se terminó, no me lo digas, sabré quién es tu elegido, sabré muchas cosas y entonces serás tú eres el que vendrá a mí.
- Lo dudo.
- Talbov, no te creas tan poderoso, soy la Reina Roja, la reina más poderosa de los clanes.
- De tus clanes querrás decir, pero ni siquiera eras la dueña de todos los clanes, por cierto, ¿cómo está Casper?
- Eso no te importa, Casper es solo… un pequeño escollo en el camino, uno que tarde o temprano alguien barrerá.
- Joven Yusúpov, ahora que te conozco, ya veo el porqué te ha escogido Talbov, tal vez, solo tal vez… dijo olfateando, seas tú ese que ha estado buscando, tienes el donaire, la prestancia, pero en ti hay algo más… ¡Oh, no puedo creerlo!
- ¿Qué dice señora?
- Bondad, ¿es esto posible? ¿Será que mi olfato está fallando?, no lo creo, ¿puede haber bondad en una criatura nocturna? Tu dulzura no es normal, esto es algo raro mi señor, casi me hace perder el control, como si fueses un humano, y se relamió los labios con gusto.
- No creo tener ese gran atributo mi señora, tal vez lo tuve, pero ya lo perdí hace mucho tiempo.
- Hay cosas que no se pierden mi señor, jamás, no importa

lo que te veas obligado a hacer, y la joven Ana Porter es la mejor prueba de ellos, presiento que eres el único que ha logrado una hazaña como esa, eres especial, sí que lo eres, dijo mirándome como si fuese un fenómeno de circo.

- No señora, siento...
- ¡Silencio!, no me contradigas príncipe, tu aura es fabulosa, tal vez no puedas verla, pero yo sí lo hago, casi siento envidia de Talbov, quisiera haber llegado antes, entonces las cosas serían muy diferentes.
- ¿No te basta con Alexander?
- ¿Y a ti no te basta con toda la sangre que derramaste en el pasado?, ¿ahora quieres más? Recuerda nuestro pacto, te lo vine a advertir, no lo violes o esto se convertirá en una guerra.
- ¿Me amenazas?
- No, solo te estoy advirtiendo.
- Solo controlas a los tuyos.
- Tú también.
- Podría tener a los deltas si quisiera.
- Ya veremos...

No entendía lo que estaba pasando, pero lo cierto es que en ese momento estaba descubriendo cosas nuevas, poco a poco me había ido percatando que mi hermano pertenecía a su clan, pero ahora sabía la verdad, que, a diferencia de mí, él mismo había escogido ese destino. Ahora estábamos en lugares opuestos, yo era un Betha y él era un alfa,

Alexander, mi hermano menor, habían pasado sesenta y cinco años desde la última vez que lo había visto, él también perdió su vida, tan solo que de una forma muy diferente a la mía. La desgracia parecía haberse cernido sobre los príncipes de la casa Yusúpov, mi destino desde siempre fue ser diferente, pero en el caso de él, de mi hermano, su destino era él mismo y pronto lo encontraría de la forma más despiadada.

CAPÍTULO X
¿Quién es Daniel Logan?

Luna Black está inquieta, ella sabe que algo raro pasa conmigo, pero no se atreve a decirlo en voz alta, no quiere decir que tiene serias sospechas acerca de mí y mi turbio pasado. Pero puedo olerlo en el aire, se ha dedicado a investigar, esas indagaciones incluyen el árbol genealógico de la familia Yusúpov, sobretodo las dos truncadas ramas de mi hermano y yo. Mi gran amigo Dimitri, además del famoso retrato que había estimulado su imaginación, había hecho algo peor, se había valido de uno de sus amigos, Nikita Malenkoch, para que nos tomara un daguerrotipo.

No me gustaban las fotografías por obvias razones, pero por alguna razón había olvidado precisamente el único retrato que podría colocarme en evidencia ante los humanos, no lo destruí, era como si el destino quisiera que ella lo hallara antes que yo. Luna lo sostiene delante de mí sin decir ni una sola palabra, está nerviosa y puedo sentirlo en el aroma que se despliega de su blanca y exquisita piel.

Me observa, trato de evadir lo que claramente desea decirme, pero se queda sin hablar una palabra, con la mirada de quien tiene una determinación y que nadie logrará sacarla de ella. Es como si con eso tuviese la mayor prueba de un delito.

- Bonita foto, le digo sonriendo.
- No es una foto, es un daguerrotipo, y sí, es un registro histórico muy importante, ¿sabes quiénes son estos que aparecen aquí? Y se queda mirándome con impaciencia.
- No, la verdad es que… no sé, no estoy seguro.
- Sé que lo sabes, esta mujer no se da por vencida, la miro otra vez fingiendo que trató de hacer memoria.

- ¿Entonces? ¿Todavía no puedes hacer memoria? Vaya, eres un hombre muy astuto, sé que puedes sacar una buena conclusión de todo eso.
- Mmm, este se parece a la foto del pintor, eh... Dimitri...
- Solokova, y me sigue mirando con impaciencia.
- Este otro, mmm... creo que se parece mucho al retrato que él hizo, el que tienes colgado en el museo.
- ¡Vaya!, buena memoria, me gusta eso, dice con ironía.
- ¿Qué sucede?
- No sé, ese es el punto, que no sé precisamente lo que está pasando.
- No te entiendo.
- Sé que sí lo entiendes, pero no quieres decirme nada, y la verdad es que estoy a punto de...
- De ¿qué?
- De pensar que me estoy volviendo loca, porque nada de esto tiene ningún sentido, y al mismo tiempo todo parece concordar. No sé qué rayos pasa, pero cada cosa concuerda perfectamente.
- ¿Por qué te pones así?, le digo acariciándole la mano, no te molestes conmigo, solo estoy describiendo lo que veo.
- Este es el príncipe Yusúpov, mira, ¿ves lo que tiene aquí, al lado de él?, dice pasándome una lupa de gran aumento. Observa bien, aquí en el lado derecho, justo en el ángulo inferior ¿lo ves?
- Mmm... a ver, entonces descubro algo, es el maldito huevo nuevamente, el muy desgraciado parece perseguirme.
- Es un huevo Fabergé, ¿lo ves?, un huevo Fabergé, repite sin cesar, como si con eso tratara de encontrarle sentido a todo.

La pobre, veo cómo su cabeza maquina tratando de unir los hilos de esa deshilachada trama, es difícil para los humanos entender algo que está más allá de los contornos lógicos de las cosas. Te dicen esto es real y aquello no lo es, pero la verdad es que el mundo no es blanco ni negro, sino que está lleno de matices grisees, y hay que aguzar bien la vista para poder captarlos.

- Sí, lo veo, aquí está.
- Lo raro es que precisamente es el mismo huevo por el cual pujaste, y que terminaste pagando la suma de un millón y medio de euros con el otro personaje extraño, el hombre asiático al que tampoco he visto en toda mi vida, y de repente aparece allí, sin invitación, muy interesado por esa joya.
- ¿Te refieres al señor Nakayama? Es un gran coleccionista privado, siempre puja en las subastas, me parece raro que no le conozcas.
- Nakayama... no me suena, sé que no he visto a ese hombre jamás en mi vida, ni tampoco pujando en ningún lado. Ahora parecían ambos muy interesados en esa joya que perteneció a la princesa Romanova, no es extraño, no lo sé, ¿qué piensas?
- ¿Qué tratas de probar?, le digo decidido, quiero saber ¿qué es lo que realmente está pasando por su cabeza en ese momento y qué tan cerca está de descubrir la verdad?
- Quiero muchas cosas, pero sobretodo que seas sincero conmigo.
- Siempre lo he sido, trata de desviarla, pero la mujer es inteligente, demasiado.
- Sabes que Yusúpov tenía una gran predilección por los relojes lujosos.
- Me imagino que como todo hombre de la nobleza tiene sus aficiones especiales.
- Sí, y que un relojero suizo de apellido Pellegrini le hizo un reloj muy especial, en oro blanco y negro, una pieza

rarísima como no existe otra en el mundo, así que es una pieza que no puede confundirse, no hay réplicas porque así lo quiso el príncipe, cualquiera que sea la pieza será la que él tuvo, y la forma de probarlo es como una inscripción especial en el sistema interno, solamente Pellegrini, el príncipe y ahora yo lo saben.

- Ok, el problema es que todos están muertos, menos tú.
- Deja de hacerte el gracioso conmigo, me dice muy seria.
- No, no es eso, es que…
- Ese reloj se perdió en 1885 cuando el mismo Mikhail desapareció, porque esa noche lo llevaba puesto.
- Oh… vaya, entonces tal vez por eso desapareció, seguramente le querían robar el reloj, ¿a quién se le ocurre andar caminando por allí siendo un príncipe y ataviado de esa manera?
- Ese no es el punto Logan.
- Entonces…
- Casualmente es el mismo reloj que tienes en una caja fuerte en Berna, no pongas esa cara, ni trates de decirme que no es verdad, porque sé perfectamente que es así.
- No estoy negando nada.
- ¿De dónde sacaste ese reloj?
- ¿Así que me estás espiando señorita Black?, ahora espías mis adquisiciones. ¡Vaya!, así que además de ser una gran vendedora y una mujer exquisitamente hermosa, también eres una excelente detective privada.
- No, solo quiero saber la verdad.
- ¿Cuál verdad?
- ¿De dónde lo sacaste?
- Oh… vamos, Luna.
- ¿Quién eres?, la primera vez que te vi descender por esas escaleras creí que había visto a un fantasma, parecías realmente salido del cuadro de algún *pompier*.

- Quizás tengo el fenotipo que se requiere, después de todo soy ruso, los rusos nos parecemos, no hay que hacer tanto aspaviento por eso. Aunque debo admitir que me diviertes en gran manera, todo ese espionaje e investigaciones me hacen sentir como en una buena película basada en la guerra fría.
- Esto no es una broma.
- Disculpa, pero tienes que admitir que todo esto resulta un tanto risible, si te pones a ver, eres tú quien está tratando de hacer coincidir no sé qué variables, no logro entenderte.
- Y el reloj, ¿cómo llegó a tus manos?
- Lo compré.
- ¿A quién?
- A un vendedor anónimo, no puedo decirte el nombre.
- Ese vendedor anónimo debía saber algo, ¿de dónde sacaron ese reloj exclusivo?, se perdió con el príncipe.
- No lo sé, no me dijo nada, solamente me gustó, me dijo que era un reloj imperial, tenía certificado, así que no lo robaron, no sé qué pasó con ese hombre, pero tal vez solo quería deshacerse de sus obligaciones, volverse como alguien normal, no lo sé. Quizás nadie lo raptó y solamente quería irse de allí, después de todo, la vida de la nobleza es sumamente aburrida. Creo que eso lo sabes tú muy bien…
- Como ser Duque de Tambov, supongo.
- Supones bien, es la cosa más aburrida del mundo, le digo sonriendo.
- Bien, refiriéndome al reloj, tal vez pueda ser como dices, pero sigue siendo raro.
- No tengo la culpa que ese hombre sea un misterio.
- Tú también eres un misterio señor Daniel.
- Quizás no lo sea, tal vez solamente quiero dármelas de misterioso contigo para mantenerte interesada en mí,

seguramente si supieras la verdad te aburrirías horrorosamente conmigo, y la verdad es que no deseo eso de ninguna manera.

- Sí, tal vez, dice, tal vez todo sea mentira, incluyéndonos, y suspiró como si estuviese cansada.
- ¿Eso es todo por hoy? Y le sonrío, es que me hace mucha gracia su inteligencia, ningún humano ha llegado tan cerca o al menos no lo he dejado hacerlo.
- Creo que sí.
- Vaya... entonces saldré a tomar una copa, quedé cansado con toda esta confrontación, vaya, si fallas como museóloga deberías dedicarte a ser policía, eres buena para los interrogatorios.
- Tal vez lo haga...
- Bien, eres una mujer muy versátil, seguramente te irá muy bien, jajaja, entonces me volteé para salir con despreocupación...
- Espera Logan.
- Dime.
- Una pregunta más...
- Muy bien, dime.
- ¿Conoces a este hombre?, dijo mostrándome un daguerrotipo de Alexander.
- No, es la primera vez que lo veo en mi vida, le miento.
- Es Alexander Yusúpov.
- Ah... ¿sí?, bien, es...
- Sí, es el hermano menor de Mikhail, se parecen, es muy guapo, también se parece mucho a ti curiosamente.
- Entiendo.
- ¿Sabes qué es lo más extraño?
- ¿Qué?
- Que hace unos meses atrás una cantante de nombre Alicia se presentó en un bar en Venezuela,

específicamente en Caracas, un lugar que se llama The Black, y alguien le tomó una foto a este hombre. Entonces, me mostró efectivamente una foto de Alexander caminando por el local.

- Es un tipo atractivo, seguro que es modelo.
- Puede ser, pero en realidad trabaja para una conocida productora de música pop llamada Gabriell Achour, la cual firmó a esta chica Alicia, y parece que se está haciendo muy famosa.
- ¡Qué bueno!, ya veo. Sí, he oído hablar de esa mujer, dicen que es muy buena, aunque no tengo nada que ver con esos círculos musicales, es deplorable si me preguntan, pero ¿cuál es finalmente tu pregunta?
- Este hombre es Alexander Yusúpov, ¿cómo es posible eso después de tantos años?, este hombre no tiene más de 20.
- La respuesta es simple, no puede ser él, jajajaja, ¿a qué quieres jugar?, ¿a las novelas de suspenso?
- Dime la verdad, quiero que me lo digas tú, nada parecía sacarla de su punto de enfoque, era una mujer muy objetiva, me fascinaba cada vez más.
- ¿Qué cosa?
- ¿Quién rayos eres?
- Ya te lo he dicho.
- No, quiero que me digas la verdad.
- ¿Qué quieres que te diga?
- Tu verdadero nombre.
- No te entiendo Luna, ¿qué es lo que quieres que te diga?, estás obsesionada con los Yusúpov.
- Entonces eres Logan Daniel.
- Así es.
- No tienes nada que ver con los Yusúpov.
- Exacto.

- Entonces, no te importará que haga esto.
- ¿Qué?
- Tomó mi brazo y allí estaba el mismo lunar en forma de media luna, como el que tenía Alexander, en el mismo sitio y de la misma forma.
- ¡Oh vaya!, ¿qué explicación tienes para esto?, un lugar exacto al de los príncipes Yusúpov.
- Vaya... sí que eres insistente, está bien, lo admito. Soy un descendiente de los Yusúpov, pero no deseo que se me relacione abiertamente con ellos, son secretos de mi familia, no quiero problemas con el resto de mis parientes, son cosas que no puedo decirte.
- Jajajaja, eres muy ocurrente, no puedes ser descendiente, no directamente porque sería imposible, Irina solamente tuvo dos hijas y ninguna de las dos tuvo hijos, así que... ¿de dónde eres familia de esas personas?
- Habían otros Yusúpov aparte de esa familia.
- Pero ninguno de ellos tenía esta marca de nacimiento.
- ¿Qué quieres?
- Quiero que lo admitas, tengo mucho tiempo investigando esto.
- ¿Qué es lo que quieres que admita?, ten el valor de decirlo, si te has tomado tanto trabajo investigando como dices, entonces, ten la valentía de formular tus hipótesis.
- Eres...

Entonces coloco mi mano sobre su cara, no quiero hacerlo, pero no tengo más remedio. Sabe demasiado y es necesario que ella olvide todo, muy a mi pesar, eso incluye lo que hemos vivido. Me muerdo los labios, no quiero hacerlo, nunca me costó tanto deshacer la memoria de alguien.

- Ahora, olvidarás todo esto, incluyendo que me viste en la fiesta de Sir Buckham, olvidarás todo lo que has investigado, jamás me conociste, no tengo nada que ver con los Yusúpov, no soy Mikhail Nikoláievich Yusúpov, ni tampoco tengo nada que ver con su hermano Alexander, soy un desconocido para ti, me iré y será como si jamás hubiese estado aquí, fue otra persona, no yo, no me conoces... sentía que me costaba mucho decir esas palabras.

Entonces me inclino hacia ella y beso sus labios tan frescos como el rocío en un pétalo de rosas, su sabor es tan delicado que siento pesar, no podré acercarme más a esa mujer, es demasiado astuta y sagaz, tiene la suficiente inteligencia para conectar los puntos que arman esta trama. Ella me queda mirando y de pronto ríe a carcajadas, es la reacción más rara que he visto en mi vida al hipnotizar a un humano.

- ¿Qué rayos estás tratando de hacer?
- ¡Qué!, y me quedó paralizado.
- ¿Quieres hipnotizarme? Jajajajaja, ¿en verdad crees que me vas a hipnotizar?, ¡qué estupidez!
- No entiendo... eres...
- Soy ¿qué?, y se me queda mirando, ¿quieres que me olvide de todo?, sus ojos negros brillan como dos joyas refulgentes, entonces tenía razón, dice sonriendo... sí, eres él y eso parece lejos de asustarle, le parecía más bien una fuente de fascinación.
- Eres inmune, no lo entiendo.
- Tú y yo tenemos mucho que hablar, ahora siéntate, ¡tienes que contármelo todo!

Recibe Una Novela Romántica Gratis

Si quieres recibir una novela romántica gratis por nuestra cuenta, visita:

http://www.librosnovelasromanticas.com/gratis

Registra ahí tu correo electrónico y te la enviaremos cuanto antes.

CAPÍTULO XI
El Cananita

Cuando Talbov lo tomó por el cuello, casi sentí que lo estaba haciendo conmigo; el muy maldito no le importaba, era su mayor aliado, pero allí estaba rompiéndole el cuello como si fuese su peor enemigo.

- Te lo advertí, te dije que dejaras de desafiarme Gael, esta vez no te lo perdonaré.
- ¡Haz lo que quieras!, ¡no eres más que un maldito, todos lo sabemos y tarde o temprano a ti también te traicionarán, como tú has traicionado a otros!
- No puedes juzgarme, tú has matado por necesidad, porque sabes perfectamente que así es este mundo, si no matas a las criaturas, te lo harán a ti, si no castigas, jamás te respetarán, sabes perfectamente que así funcionan las cosas.
- Por eso mataste a mi familia.
- No tuve alternativa, nos iban a descubrir, pensé que eso ya te había quedado lo suficientemente claro, pero ha pasado tanto tiempo y sigues con lo mismo, creí que eras una criatura más fuerte.
- Sabes Talbov… decía con dificultad, he descubierto algo muy gracioso, sabes, nunca se deja enteramente de ser humano, cualquier criatura lo sabe, lo ha sentido dentro de sí, alguna parte siempre queda viva, en un sentido o en otro, pero todos lo hemos vivido y tú no eres la excepción.
- Esa parte tan humana fue la que te llevó a matar a esa joven, la que te dije expresamente que no convirtieras en criatura.
- No la maté.
- Sabes lo que es esa chica, una aberración, la peor aberración de esta especie, ¿cómo podré recibirla cuando

está fuera de todas las leyes vampíricas?

Era una pelea siniestra, los ojos de Gael brillaban y no tenía ni una pizca de aprehensión, en el fondo me lo he preguntado, quizás deseaba exactamente eso, quería que lo mataran y por eso hizo precisamente todo lo contrario a lo que Talbov le había dicho. Era de esperarse que este ser caprichoso y voluble pensara de esa forma y esperara obediencia absoluta, y que si una criatura de experiencia como él hacía eso de forma consciente, era porque quería que Talbov lo eliminase.

No puedo decir que haya visto con mis propios ojos el final de esa criatura, ni jamás he dado muerte a un vampiro directamente, entonces vi que le torcía el cuello, pero dudo mucho que algo así pudiera matar a una vampiro Betha, había oído que resultaba difícil matar a los alfa y que eran mucho más débiles que nosotros. No sé qué hizo Talbov, pero lo cierto es que debió llevárselo del castillo, y jamás volvía a ver a Gael. No lo quería precisamente, no era un sentimiento de amor genuino el que me embargaba, sino más bien una especie de nostalgia.

Gael era todo un personaje, no solamente por su forma de ser, sino por el origen y esa aura de misterio que formaba parte de su impronta. Era letal, después de todo, ¿quién pensaría que este rubio, delgado y joven chico con cara de ángel te podría romper el cuello con tan solo un gesto?

Había nacido en una época remota y en el histórico lugar conocido como Canaán, donde participó en muchas guerras, ganándolas todas siendo humano y luego criatura, tenía una inteligencia intrínseca para luchar, sabía cómo pelear y matar con el menor esfuerzo a sus enemigos. No puedo ni imaginar cómo fue cuando todavía vivía como humano, ni qué se sentía vivir en esa época, pero las imágenes de su cabeza me resultaban francamente fascinantes.

Era lo que se llama un vampiro guerrero, esa era una de sus características más marcadas, aunque aparentemente frágil, era muy fuerte. La mejor muestra de ello eran nuestras lecciones, sus explicaciones generalmente estaban acompañadas de golpes, empujones y fuertes lanzamientos. Sí, uno de esos que te podían hacer volar por varios kilómetros. Esa resultaba su manera de comunicarse, siempre con el entrecejo fruncido, siempre de mal humor.

Pero en ese tiempo jamás imaginé que este ser tan rudo tenía un pasado de dolor que escondía como quien guarda el oro de un tesoro valioso. Nunca me contó nada que no fuese estrictamente necesario para reforzar mis lecciones, jamás esbozó en su perfecto rostro ningún matiz de sensibilidad o debilidad alguna, nunca lo vi evocar nada, ni siquiera a alguna persona, era como si nunca hubiese amado, pues al parecer no tenía el corazón para expresar sentimiento alguno.

Pero conocía de su vida, iba uniendo los hilos sueltos que algunas criaturas, incluyéndolo, dejaban regados en alguna conversación, palabra o gesto. Además, como me dijo Elena, a él le gustaba dejar su mente abierta y con eso controlar tus pensamientos, llevándote a su juego. También podría comentarte cosas, en eso consistía mi conocimiento de él, por lo que pensaba y un poco por lo que decía.

Así supe muchas cosas que había vivido, era un ser fascinante. En verdad, creo que existen pocos como él, cuando veía esas imágenes en mi mente me costaba compararlas con el ser déspota que me golpeaba todos los días para enseñarme el arte de pelear en batalla.

-    Sabes Yusúpov, antes los nobles peleaban en sus propias batallas, ahora solo se sientan en sus lujosas cortes mientras los pobres soldados pierden sus vidas en los campos. Es una actitud muy cómoda, pero antes no hacíamos nada de eso, yo luchaba personalmente mano a mano con mis guerreros, de hecho, yo iba delante y no había nada más emocionante que eso.

- Seguro que era fascinante, pero ¿no sentías miedo de morir? Le dije saltando y apareciendo por su espalda, pero al mismo tiempo que me relataba la historia, no perdía su habilidad para defenderse.
- Sí, muy diferente que estar todo el día conversando con amigos y tomando buen licor como tú, antes no existía nada de eso, la vida era dura y si llegabas a adulto dabas gracias, porque eran pocos los que podían llega a ese punto.
- ¿Por qué eres tan cruel?
- Esto no es personal, no te creas tan importante, no tiene nada que ver contigo, tú no eres más que uno de tantos a los cuales he entrenado.
- Sé que me odias.
- No te creas tan importante, le dije.
- Puedo verlo, sé que es así.
- Tú crees que eres algo especial porque vienes de una familia de nobles, pero yo fui un emperador, tú no eres nada a mi lado.
- Hasta donde sé, no llegaste a ser un emperador, Talbov no te dejó serlo ¿no es así como es la historia?
- ¡Maldición!, estás saboteando el entrenamiento. Entonces, me propinó un golpe tan fuerte que caí casi fuera de los límites del castillo. En ese tiempo ese lugar era muy solitario, ahora sería imposible hacer algo así, aunque con algunas criaturas tal vez desearía hacer la excepción.

Regresé corriendo y él me esperaba con su irónica sonrisa, me miró de arriba abajo con desprecio, como si fuese poco más que una vil cucaracha.

- Antes hacíamos las cosas de una manera distinta, y los humanos podían resultar realmente despiadados cuando se sentían amenazados, debes estar prevenido por si algún día te llegara a pasar, es una experiencia desagradable, pero defenderse resulta mucho peor, debes dejarlos creer que eres un humano o nos meterás en un lío a todos.
- Pero…
- Si descubren que eres una criatura, entonces también debes dejar que crean te han eliminado, por nada del mundo pueden saber que somos más fuerte de lo que ellos creen. Además, ahora están los cazadores, esos malditos andan en busca de información, los carsonianos matan a vampiros y creen que pueden destruirnos, pero hay que dejar que sigan pensando eso, no puedes ponerte en evidencia, ni hacer ningún despliegue de poder, eso sería un gran error.
- ¿Quiénes son los carsonianos?
- Son seres de una parte de la tierra conocida como Carson, donde los humanos normales no tiene acceso, a estos se les entrena desde pequeños, sobre todo a los llamados alfa, se adiestran para matar a criaturas importantes, pero hasta ahora no lo han hecho con ninguna.
- Vaya… entonces son incautos.
- Son peligrosos, pero no porque puedan acabar con nosotros, sino porque pueden exponernos a ser descubiertos por los humanos y las otras castas vampíricas.
- ¿Por qué me cuentas estas cosas?
- Porque me han encomendado un trabajo, el de instruirte en nuestro mundo y, aunque debo admitir que me gustaría que algún humano te quemara o que algún vampiro alfa te atacara, debo cumplir con mi misión, que es darte las herramientas necesarias.

- Sí, me imagino que lo disfrutarías mucho, creo que, de hecho, me habrías matado tú mismo esa noche, antes de que Talbov me convirtiera, seguro que habrías disfrutado demasiado bebiendo hasta la última gota de mi sangre.
- No lo puedo negar, la verdad es que nunca me has gustado y nunca me gustarás. Pero digamos que es un mal necesario, al menos para Talbov, por mí te hubiese matado, no creo que tengas lo que se necesita para ser un rey.
- Tú ¿sí?
- Sí, y lo demostré muchas veces, pero tú querido principito... no puedes decir lo mismo, tus triunfos seguramente no pasan de haber conquistado a algunas cuentas cortesanas, muy guapas seguramente, pero no tienes el poder ni la gallardía que se necesita para enfrentar la muerte cara a cara, es fácil decirlo, pero cuando estás en el campo, ves a tu enemigo acercarse a ti amenazante y sientes el filo de su espada cortante, respiras su aliento, hueles el metal y el frío del invierno en el aire, allí es cuando se sabe quién es un hombre y quién es un chiquillo.
- Es cierto, jamás participé en una batalla, pero eso no quiere decir que no pudiese hacerlo.
- Jajajajajaja, pobre, pobre príncipe Yusúpov, sabes. Tengo que decírtelo, no durarías ni un minuto luchando con los asirios, babilonios o los filisteos, no, esos eran hombres bravíos capaces de todo, un soldado romano, eran hombres fuertes, inteligentes, capaces de hacerte temblar tan solo con su gesto, sabían que morirían y llevaban la determinación plasmada en sus caras.
- ¿Extrañas esos días cuando te enfrentabas a la muerte de esa manera?
- Así es, ahora todo es fácil, francamente aburrido, las batallas son obvias, calculadas, casi como un juego. No,

antes la sangre se derramaba por doquier y se necesitaba ser muy valiente para encarar las cosas y no morirte por el terror, los cuernos de batalla, los tambores, el sonido de las armas, la pólvora, los cañones, las espadas chocando entre sí, los cascos de los caballos galopando hacia ti con ferocidad. Algunos se desmayaban por el terror antes que la lucha comenzara en sí.

- Debió ser fascinante, dije sorprendido al ver una de esas batallas en la mente de este ser.
- Hay algunos que nacen para la grandeza y otros para tener poder ¿cuál de esos quieres ser?
- Nacer para la grandeza.
- Escoges bien joven príncipe, ahora, te pregunto ¿qué estás haciendo para merecerla?
- Obedecer tus instrucciones.
- Se necesita más que eso para ser grande, mucho más, tienes que soportar el dolor, bueno, o lo que se parezca a eso siendo una criatura, sobreponerte a todo, ir más allá de tus ambiciones personales, remontar por encima de cualquier cosa o ser. Si estás dispuesto a eso, puede ser que te abran la puerta, pero si no, es mejor que lo olvides y escojas algo mucho más fácil, como tomar absenta y discutir acerca de la cultura rusa, lo que mejor se te haga y te salga natural.
- Me odias, pero no importa, aquí estoy y no me iré jamás, te guste o no.
- Jajajaja, eso no se trata que a mí me guste o no, estarás aquí hasta que Talbov diga, ahora eres su esclavo, por lo tanto, deberás hacer lo que te diga como todos los demás, y en el momento que no le parezca te hará desaparecer, como lo ha hecho con muchos otros, y no podrás hacer nada, porque no tienes el poder para enfrentarte a un ser como él, muchos más fuertes y con más estirpe que tú lo han intentado y no han podido.

- Así que lo han enfrentado…

- Así es, ¿o realmente crees que es cierto que Anhotep dejó con vida a Casper porque lo amaba? No, no, Casper quería matarla, pero no lo pudo hacer porque a Talbov no le interesaba que se produjera en ese instante un enfrentamiento, lo demás son fábulas estúpidas. Pero desde ese día ella ha estado buscando la forma de eliminarlo, solamente que no ha podido. Sí, no me mires de esa manera, en este mundo las cosas se mueven por poder, esos romanticismos baratos no tienen cabida en nuestras castas.

- ¿Ella le hizo caso a Talbov?

- ¿Qué otra opción tenía?, es una zorra astuta, sabe que él es mucho más poderoso que todos los demás, si se mete con él en esos términos, enfrentarlo directamente, solamente saldrá perjudicada ella y todo su clan, no le conviene.

- Pero…

- Pero pronto eso se acabará, encontrará el punto débil de Talbov, entonces acabará con él sin dudarlo.

- Aquí todo es traición y conveniencias por lo que veo.

- No, aquí es poder y vida, las dos grandes variables de la existencia, apréndete eso y, sobretodo, no confíes en nadie Mikhail.

- Igual que en la nobleza.

- Esto es mucho más elevado que la nobleza, mucho más, estás involucrado en el ámbito más peligroso de la existencia, nosotros lo decidimos, la vida está en nuestras manos y eso es una gran responsabilidad.

- Demasiada responsabilidad, nadie debe decidir sobre la vida de las personas.

- Fuimos escogidos para eliminar la maldad del mundo, es una gran responsabilidad y hasta ahora la hemos llevado a cabo.

- Es demasiado, no sé si yo pueda cumplir con eso.
- Pudiste matar al violador, tu cuerpo reacciona instintivamente, no necesitas saber de nada, la necesidad de sangre es la necesidad más poderosa, creo que ya lo has comprobado.

Lo miré de arriba abajo, este joven era muy inteligente, sagaz y fuerte, pero aún así, no era lo suficiente para Talbov, ¿cómo es que yo entonces podría cumplir con lo que un ser milenario como este no? Alguien que solamente había vivido en comodidad, riqueza y facilidades, ¿cómo podría identificarme con el dolor y la maldad?, acabar con esas personas no sería nada fácil cuando alrededor de mí lo único que había visto era injusticias, desigualdades. Mientras los míos y conocidos tenían la mayor de las opulencias, las personas del pueblo morían literalmente en las calles de hambre y frío, trabajando en las más crueles condiciones y sufriendo las más humillantes de las vejaciones.

- ¿En qué piensas?
- En nada.
- ¿Así que mantienes tus pensamientos cerrados?, yo no creo en eso, no tengo nada que esconder, tengo la valentía para ser quien soy realmente, sé que muchos me odian, pero no me importa, no estoy atado a ser algo que no soy, simplemente para complacer a otros.
- Eso es algo…
- ¿Malo?, ¿absurdo?
- No, quería decir que para mí, tú eres realmente libre porque vives como te da la gana y dices lo que piensas, esa es la mayor de las libertades.
- Bien, es la primera vez que alguien me dice eso.
- Gael.
- Espera, no seremos amigos ni nada de eso, todo lo que comparto contigo no es porque me seas simpático, al

contrario, te detesto y no puedo explicarme cómo es que alguien como Talbov te ha escogido a ti que eres poco menos que nada, pero ese es su gusto y escogencia, no me meteré en eso. Pero tampoco quiere decir que esté de acuerdo con lo que hace.

- Bien, prefiero que seas sincero a que me digas mentiras.
- No tengo esa mala costumbre, ahora andando, tenemos que terminar tu entrenamiento.
- ¿A dónde?
- A las montañas, veamos cómo sobrevives en ese lugar. La verdad, no veo que tengas el poder necesario, pero nunca está de más forzar un poco las cosas, me dijo sonriendo de lado con astucia.
- Por cierto, escucha el único consejo que te proporcionaré en tu maldita y eterna vida.
- Ah... ¿sí?, le dije sonriendo, me fascinaba el desparpajo con el que este ser se presentaba ante el mundo, la verdad es que en el fondo lo envidiaba, quería tener la valentía para ser como él, que no me importara nada, ni nadie y mandar todo al infinito, a la nada, sin que me afectara.
- Deja tranquila a Elena, no te metas con ella.
- ¿A qué te refieres?
- Ella es un ser muy complicado, no querrás meterte con alguien así.
- ¡Qué casualidad!, dice lo mismo de ti y la verdad, lo veo más presente en ti Gael que en ella, Elena es una gran persona, lo ha demostrado.
- Pobre principito, primero Elena no es una persona, y segundo todos somos perversos de alguna u otra forma, solamente que yo tengo la suficiente seguridad para demostrarlo, y otros... otros fingen ser algo que no son, así que debes aceptarlo más temprano que tarde o podrías llevarte una terrible decepción.

- ¿De qué rayos hablas?
- Solo te lo digo, si quieres hacer caso... bien, y si no... es tu problema.
- Pero...
- Te dije que solo te daría un consejo, nada más, ¡ahora andando idiota, tengo otras cosas que hacer!

Corrimos a través de las montañas, apenas podía llevarle el paso, me faltaba entrenamiento y mucho poder, no te volvías enteramente fuerte de la noche a la mañana, ese era otro de los mitos que se tejían alrededor de los vampiros. Él se volteó para mirarme, entonces me empujó, rodé por la montaña hasta abajo, y mientras lo hacía, todas las imágenes de lo que había vivido pasaban por mi cabeza, desesperadamente trataba de aferrarme de algo, pero la fuerza de la caída no me lo permitía.

Estaba casi asustado, si es que eso se podía experimentar siendo una criatura, cuando al fin caí al fondo, me quedé allí, fue como una metáfora de lo que había pasado con mi existencia, y aún seguía sintiendo lástima por mí mismo. Gael llegó en unos pocos segundos hasta donde estaba, entonces se quedó parado, mirándome con desdén.

- ¿Te quedarás allí principito? Dijo estirando la mano como para ayudarme a levantar.

Traté de tomarla, entonces la recogió nuevamente, sonrió, sí, sonrió con desprecio.

- Te dije, ¡maldita sea, te lo dije, que no confíes en nadie!, ¿cuándo lo entenderás?, entonces me pateó lanzándome lejos, tan lejos que no supe dónde había caído.

¿Cuántos siglos tendría que pasar con este ser indeseable, para quien la compasión no era más que una palabra inservible que sobraba en el diccionario?

- Sabes, es una lástima, eres una completa lástima.
- ¿A qué te refieres rugí?
- A que es una verdadera lástima que sigas sintiendo compasión por ti mismo, así no llegarás a ninguna parte, puedo entrenarte, pero hay cosas que no se pueden enseñar, solo dependes de ti mismo, nada más, no esperes que otros te ayuden, simplemente puedes hacerlo tú solo, esperar por los demás es una tonta pérdida de tiempo ¿Acaso crees que cuando estaba en una batalla iba a esperar para que alguno de mis guerreros se compadeciera de mí? No, claro que no, tienes que quitarte esas tonterías de la cabeza o nunca llegarás a ninguna parte.
- No sé, yo…
- No te han enseñado nada en la vida, ¿eh?, eres uno de esos nobles que abren sus ojos a la belleza, quienes crían para apreciar las cosas lindas de la vida, pero ninguna de sus complicaciones, eso no es la verdad, la vida vine con dificultades, dolores, muerte, sangre, tiene todo eso, de lo contrario, no puedes apreciarla en toda su magnitud, lo que hace a un hombre es su capacidad para sobreponerse a todo lo malo.
- ¿Sobreponerse?
- Así es, sabes, vi cómo mataron a toda mi familia, a todos y cada uno. Además, los humanos, muchos de ellos trataron de quemarme vivo, de hecho lo hicieron, me despedazaron, sentí todo ese dolor sin poder hacer nada, absolutamente nada, y fue el mismo Talbov quien los lanzó en mi contra.
- Pero, ¿por qué?, no lo entiendo, se supone que no debemos ponernos en evidencia.
- Por eso mismo, quería salvar su pellejo, sabía que yo era el único con la fuerza para soportar eso, ningún otro lo habría hecho, tal vez te lo haga a ti también. Así que hará

cualquier cosa con tal de salvarse, justificarse y seguir con el poder, ten cuidado chico, eres muy inocente para estar entre los malos.

- Pero, se supone que nosotros sacamos a los malos del camino.

- Sí, eso es cierto, sacamos a los malos del camino, pero al mismo tiempo, nosotros también somos los malos, los peores... jajajaja, no me mires así principito, no seas tonto, o acaso creías que Talbov te tiene aquí porque es muy bueno, porque te aprecia, ¿es eso? Por favor, si es así no eres más que un idiota.

- Él dijo que me había escogido.

- Sí, eso es cierto, tal vez te haya escogido porque eres un estúpido manipulable.

- ¿Sabes qué dicen esas cosas de él?

- Seguramente, pero no me importa, ¿qué opción tiene?, ¿destruir a su mano derecha, quien lo conoce mejor que nadie y ha estado milenios con él? Entrenar a otras criaturas así es muy difícil.

- Estás muy confiado.

- No se trata de confianza, sino de sobrevivencia, para estar en este mundo debes ser un estratega, y yo lo soy, él lo sabe, todos sabemos que soy el mejor, sé que eres el elegido, entonces ¿por qué me escogió para entrenarte? ¡Sabe que soy el mejor, esa es la respuesta!, me dijo con una sonrisa de satisfacción.

Siguió caminando, odiaba ir detrás de otros, pero, por alguna razón, sentía que él me estaba dando una lección. Debía soportarlo, ¿qué otra opción tenía, sino aguantar hasta el final? Nadie sospechaba que dentro de algunos años ese maestro sería destruido por la misma persona que lo hizo, sin misericordia, ni compasión.

- Deseo presentarte a alguien.

- ¿A quién?
- Es el mejor maestro que he conocido en toda mi vida, es experto en peleas y el arte de la espada.
- ¿Quién es ese?
- Se llama Taisho Yamato, es un samurái, un soldado japonés.
- Taisho, ¿por qué ese nombre me suena familiar?
- Es una criatura, un vampiro como te gusta decirles, dijo casi escupiendo el término en mi cara, quiero que te enseñe unas cuantas cosas que no puedo hacer yo personalmente.
- Pero…
- No es un Betha, debes cerrar tus pensamientos a esto, no debes decir nada, pero en tu caso lo considero del todo necesario.
- Entonces ¿qué es?, le dije un tanto exaltado.
- Es un alfa.
- ¿Estás loco? Talbov no lo aprobará.
- Hay muchas cosas que Talbov no aprueba, pero igual las hago porque son necesarias.
- Te gusta jugar con fuego ¿eh? La reina roja no le gustará que uses a sus criaturas.
- Sí, es fascinante jugar con fuego, te puedes quemar, y duro, a mí me gusta esa incertidumbre. Quemarte a veces puede ser excitante, como tú con Elena, sé que no me harás caso y terminarás quemándote, pero lo divertido es que todos sabemos lo que pasará y, sin embargo, nos empecinamos en que las cosas serán de otra manera, a pesar que la lógica te indique lo contrario.

Cuando llegamos al lugar pude ver a la criatura, era alto y vestía un elegante kimono, entrenaba con su hermosa y reluciente espada, era casi una figura poética que se movía mientras las hojas de los árboles caían sobre él de forma suave. Todo a su alrededor estaba lleno de elegancia y sofisticación, y tal vez ese era uno de sus dones, belleza y gracia.

- Taisho, dijo Gael saludándole a prudente distancia.
- Señor, le respondió volteándose para vernos, ¿a qué debo el honor de su visita?
- Sabes cuál es la razón.
- ¡Ja! Gael, tienes la cara muy dura si vienes a pedirme lo que creo.
- Es algo necesario.
- Esto no es correcto, no puedes pedirme que entrene a un Betha, eso es absurdo.
- Lo siento, dije preparándome para irme.
- ¡Calla!, me dijo Gael con autoridad.
- Yamato, te he hecho muchos favores, como intervenir a tu favor para que Anhotep no matara a tu querida Mariko.
- No hables de ella.
- Te recuerdo...
- No necesitas recordarlo, sé exactamente de lo que hablas, ¿hasta cuándo me sacarás en cara tus favores?
- Me debes una, es hora que lo pagues, quiero que entrenes a esta criatura.
- ¿Por qué no lo haces tú mismo? Después de todo, eres su maestro, deberías enseñarle personalmente, bueno, tú me entiendes.
- Sabes que no puedo hacerlo.
- ¿Por qué?, dijo con un gesto de inteligencia.
- Porque... porque eres el mejor, ya lo sabes, pero te gusta forzarme a decirlo, ¿eso es lo que quieres? Está bien, eres el mejor en el mundo, eres el único que puede entrenarlo como lo deseo.
- Ya sé lo que pretendes y puedes meterme en un gran problema con la reina.

- Creo que ya estás en un grave problema con la reina.
- Bien, está bien, tú ganas esta vez, entrenaré al joven, entonces ¿cómo te llamas?
- Mikhail Nikoláievich Yusúpov, señor.
- ¡Yusúpov, cielo santo!, así que eres uno de ellos, jajajaja, a Talbov le encantan las ironías definitivamente.
- ¿A qué se refiere?
- Talbov ha destruido muchas monarquías, pero con la tuya se ha ensañado, jajajaja, maldito bastado.
- ¡Qué!, me quedé paralizado, no entendía nada de lo que estaba pasando, pero no me gustaba la sensación, algo se tejía detrás de mí y me sentía como una marioneta que usaban para algún propósito ulterior.
- Tranquilo muchacho, Gael sabe lo que hace, cuando sea el momento tendrás tu venganza, y él la suya, me le quedé mirando, y ahora era como una rata encerrada en un jaula, una que estaban amaestrando o entrenando para algo que no podía entender.

No tenía ninguna opción, debía seguirles el juego y esperar en silencio, tomar lo que me dieran e investigar el resto hasta llegar a la final, entonces yo sería el que riera al final, con espada o sin ella.

CAPÍTULO XII
La Duquesa de Cornawelles

Su vida había estado signada por la buena estrella desde el principio, nieta e hija de nobles, con un árbol genealógico impecable, en el cual contaba con el ilustre Sir Arthur Black, Duque de Cornawelles, personaje tremendamente significativo de la historia inglesa. Desde pequeña, su vida estuvo llena de lujos y sofisticación, además de su perfecta y esbelta belleza.

Siempre fue la más popular, tenía empuje e iniciativa, así estudió artes y luego administración, se convirtió en la subdirectora más joven del Museo de Artes Contemporáneo Londinense, toda una hazaña. A su corta edad eso era casi un exabrupto, pero el talento que poseía era innegable, tenía un currículo impecable y además una gestión sólida.

¿Una chica de 22 años trabajando en un museo de esa categoría? Esa era una pregunta que muchos se hacían, pero al poco tiempo Luna demostró que era no solo merecedora de esa plaza, sino de muchas más. No obstante, su vida despreocupada y llena de privilegios estaba a punto de cambiar por acción de un encuentro que ella misma no esperaba, ni en el más bonito de sus sueños, ni en la peor de sus pesadillas. Ambas caras de la realidad, la belleza e ilusión y el terror de la muerte se enfrentaban con tanta facilidad como mezclaba un artista en su paleta el negro y el blanco para crear un perfecto e intenso tono gris.

Allí estamos, frente a frente, sentados en el salón de su departamento en Londres, y ella realmente espera que yo pronuncie las palabras que quiere oír, con todas sus sílabas. La miro tratando de dorarle la píldora, pero ya es demasiado tarde, sabe mucho y de paso no puedo borrar esa información, no tengo ninguna opción sino decir la verdad.

- Estoy esperando Daniel... me dice haciendo énfasis en ese apellido postizo, que sin lugar a dudas sabe que no me pertenece.
- Eres una mujer muy insistente, pero la verdad...
- No sigas tratando de mentirme, ya es descarada tu actitud, vamos, dilo.
- Bien, ¿quieres que te diga que soy el príncipe Yusúpov?, te diré lo que quieres oír.
- No, no es que lo quiero escuchar, es que realmente lo eres, lo sé, no hay lugar a dudas en ello, no puedes negarlo, lo eres, todo concuerda, no sé cómo alguien más no se ha dado cuenta. Ah... ya entiendo, a todos los que se dan cuentan le haces ese numerito de hipnotismo y le borras la memoria, es eso ¿no?
- Generalmente resulta, pero no entiendo ¿por qué contigo no ha sucedido?
- ¡Oh cielos!, entonces es verdad, es cierto. ¡Rayos!, no puedo creerlo, eres el príncipe, pero ¿qué rayos te pasó?, ¿por qué desapareciste así?, ahora no entiendo, ¿qué pasó?
- ¿Quieres saberlo realmente?
- Por supuesto.
- Debo advertirte algo.
- Dime.
- Mientras más escarbes, más podrás ensuciarte, así que te advierto, lo mejor para ti sería olvidarte de esto, seguir adelante con tu vida y ya, dejarme de lado.
- Así que es cierto, querías que te olvidara, ¿por qué?
- ¡Maldición!, solo te estoy protegiendo para que no te suceda nada malo, pero pareces no entenderlo, sigues y sigues insistiendo en meterte en el lodo, y cuando estés hasta el cuello, no vengas a llorar porque entonces no sé si podré hacer algo.
- Esto tiene que ver con alguna secta ¿o no?, ¿eres como el

hombre del retrato de Dorian Grey?

- Digamos que soy algo remotamente parecido al retrato de Dorian Grey.
- Entonces...
- Entonces es mejor que me vaya, ya te he dicho demasiado.
- Si me dijeras más... tendrías que matarme, ¿es eso?
- Sí, así es, le contesto.
- Entonces... bien valdría la pena, igual siento que no puedo vivir sin saber ¿quién eres, por qué dices que no eres esa persona y qué haces aquí?, siento que mi corazón se acelera nada más de pensarlo.

Tengo la disyuntiva ante mí, su hermoso cuello, el más bello que he visto en mi vida, puedo justificarme con Talbov, no hay una criatura todavía, y ella es una poderosa duquesa, que además, es inmune a mis poderes. Lo pienso, da vueltas en mi cabeza una y otra vez.

- Soy un vampiro... la frase da vueltas como un eco que retumba en toda la habitación.

Ella abre los ojos como platos y se queda estupefacta, no puede reaccionar, es algo difícil de creer y, sin embargo, es ella misma quien me ha estado presionando momentos atrás para que le diga la verdad.

- ¿Estás bien?
- ¿Un vampiro?, repite, ¿y Alexander...?
- También, ambos.
- ¿Por eso nunca más nadie los volvió a ver?
- Exacto, le digo con tristeza, frente a ella sí puedo mostrarle como me he sentido siempre, los humanos lo entienden, pero las criaturas jamás.
- No puedo creerlo, dice levantándose y yendo hacia la ventana, finge mirar hacia el horizonte, pero sé que es

dentro de ella que está buscando algo, alguna cosa a la cual aferrarse antes de la caída, antes de descubrir que el mundo no es ni remotamente lo que ha pensado.

- Te quise proteger de todas las formas, de esta verdad, pero no me has dejado hacerlo, ahora...
- ¿Qué?, dijo volteando y mirándome con cara de miedo, me matarás, ¿es eso?
- No, no te mataré, no puedo hacer eso, y sentí casi miedo, jamás lo haría. De solo contemplarlo me sentía desfallecer.
- Es raro, cuando te estaba investigando deseaba que me dijeras esto, pero ahora que sé, la verdad, no lo sé, creo que...
- Preferirías que jamás hubieses preguntado nada, lo sé.
- ¿Entonces es verdad que me amas? ¿O eso es tan falso como tú humanidad?

Me levanto rápidamente y llego cerca de ella, la miro con toda la intensidad de mis ojos violetas, los cuales, ella puede ver ahora con completa claridad.

- Tus ojos son...
- Violeta, sí, así son los ojos de un vampiro.
- Entonces eres...
- Mikhail Nikoláievich Yusúpov, tú ganas, lo soy...
- ¡Oh cielos!, y se derrumba nuevamente en el sofá, ¡no puedo creerlo!

La dejo asimilarlo, no hablo, solo la miro mientras su mente se acostumbra a la idea extraña de que yo sea un ser inmortal y mitológico, el cual, hacía tan solo unos minutos, y muy a pesar de su lógica y racional investigación, juraba que no existían.

- Te dije que lo dejarás así. Fue todo cuanto le pude decir, y luego me siento a su lado, escuchando la fuerza de los latidos en su corazón vivo y palpitante, la sangre azul de la duquesa corre con fuerza por su torrente, y yo solo quiero decirle que la amo, a pesar de ser esta cosa, pero por los momentos prefiero mantenerme callado.

CAPÍTULO XIII
La proclamación

La luna posee un color alucinante, enfermizo, se ha vestido de un tono amarillento, se proyecta sobre el cielo intensamente negro. Me preparo para el reto más difícil de toda mi existencia, ser el heredero de la dinastía de los Betha, jamás se ha otorgado ese honor a ninguna otra criatura.

Mis ayudantes me preparan vistiendo de forma apropiada, mientras yo solamente puedo pensar en Luna y cómo sería si ella estuviese a mi lado, pero debo protegerla. Allí está la corona negra, pero por ahora no será mía, no todavía. Debo esperar el tiempo adecuado cuando Talbov lo decida, aunque presiento en el ambiente que dentro de poco eso pasará.

- Mi señor, su porte es digno no de un rey, sino de un emperador.
- Gracias Mabel, ruego que esto pase rápido, jamás me han gustado los ceremoniales, me aburren terriblemente.
- Oh… mi señor, dice inclinándose, es usted un compendio de belleza, ha sido hecho para esto, su presencia, no sé como describirlo, creo que sus poderes están aumentando, lo siento y huelo diferente.
- ¡Qué extraño!, no he hecho nada para que sea así.
- Tal vez Talbov lo está haciendo.
- No me siento distinto, es más, juraría que esos poderes dejaron de aumentar hace tiempo.
- Se equivoca señor, puede intentarlo y verá que no es así.
- Olvídalo, ahora solamente quiero terminar con esto de una buena vez.
- Disfrútelo señor, solo disfrute de los buenos momentos cuando los tenga.
- Y tú Mabel, ¿cuándo has tenido un buen momento?

- Pues, la verdad es que fui feliz en mi vida humana, no tengo nada de qué arrepentirme.
- ¿Por qué dejaste de ser humana?
- Quería más, ambicionaba vivir para siempre, no deseaba ser como los míos, todos habían muerto de la peste, era una enfermedad terrible y no quería padecerla, por eso lo hice, creí que tendría una existencia más...
- ¿Cómoda?
- No, más libre, pensaba que ser una criatura me traería la libertad que jamás había tenido, pero no fue así, me equivoqué.
- Es una lástima.
- Así es, pero tal vez... entonces se calló.
- Tal vez ¿qué?
- No señor, olvídelo, es mejor no hablar de esas cosas, solamente nos harán daño.
- ¿Decir la verdad te hará daño entonces?
- No, no es la verdad, es solamente mi opinión.
- Le diré después señor.
- Pero... entonces en ese instante entraba Clístenes, nos miró detenidamente como si pudiera oler algo en el aire, era como un triste y patético perro sabueso, solo que sin la aceptación ni el consuelo del amor por parte de sus dueños.
- Clístenes, ¿qué deseas?, le digo sacándolo de su letargo.
- Señor, es hora... me dice finalmente, pero sigue tratando de captar algo en el ambiente.
- Bien, estoy listo.
- Sígame, señor.

Me condujo a través de un pasadizo que conocía, nunca se terminaba de conocer ese castillo, cuando creía saber todos los rincones de un lugar, ya era hora de mudarse nuevamente. Pero ahora, ¿a dónde iríamos?, ya se estaba cumpliendo nuestro tiempo, eran 40 años, lo máximo que podíamos soportar en un lugar sin levantar sospechas. Luego de mi proclamación, sería hora de partir nuevamente.

- Clístenes, ¿a dónde iremos?
- Vamos a llevarlo con el señor.
- No me refiero a eso, sabes que pronto debemos irnos, sé que tú arreglas esas cosas, ¿a dónde iremos?
- No puedo decirle, solamente el señor Talbov comunica esas cosas, pregúntele a él.
- Yo soy el heredero, se supone que debo saber esas cosas.
- Supone mal, el único que tiene el poder aquí es el señor Talbov y mientras eso no cambie, no puedo complacerlo señor, disculpe.
- Bien, pero cuando eso cambie.
- Si llega a cambiar... me dijo con tono misterioso.
- Tienes razón, tal vez jamás cambie y sigas siendo una especie de mascota para él, se voltea y me mira con rabia, pero no puede hacer nada, ni decir nada, jamás se atrevería a atentar con el elegido, porque Talbov podría destruirlo con un solo gesto de su mano.

He repasado el protocolo, solo lamento que no esté Gael para verlo, siempre pensó que no llegaría hasta aquí, pero estoy, y eso es lo importante; solo un poco más de paciencia y podré lograrlo, pienso en Elena, ¿dónde está y qué hizo con ella?, en Luna, y si me atreveré a acercarme a ella nuevamente o simplemente dejaré que las cosas se enfríen. La curiosidad me mata, ¿cómo es que una simple humana puede seducirme así, al mismo tiempo que no sentirse afectada por mis encantos y lo peor, no ser susceptible a la fuerza de mis poderes hipnóticos?

Sonrío para mí mismo recordándola subastar el maldito huevo, sonrío pensando en su vestido plateado moviéndose con su gracioso caminar, respiro y suspiro al recordarla desnuda, con su precioso y brillante cabello negro cayendo sobre su espalda nacarada y tan blanca como la luna. Sus pies pintados de rojo y exquisitamente suaves, podría morderlos, pero no de mala manera, sino con otras formas, aquella que te hace desear, sentir la piel de otro ser y fundirte con ella sin pensar en nada más, justo de esa forma.

Como algún día quise hacerlo con Elena, pero no, esto es otra cosa, cuando te enamoras verdaderamente te das cuenta que antes nunca lo has hecho, entonces el mundo cambia y todo parece flotar, incluyendo tú. No sabía que las criaturas podrían sentirse de esa manera, es absurdo, tonto e incluso peligroso, es tan debilitante desear, ella es tan frágil como una mariposa, a la cual puedes sostener en tus manos, pero al mismo tiempo destruir; tan frágil y hermosa, y tus manos son dos armas letales que dañan aún sin proponértelo, y es da mucha aprehensión. Mariposa, sí, ella es una mariposa que debe volar muy alto, pero me temo que yo no podré alcanzarla, al menos no sin causarle daño.

Pienso en que han pasado solo 19 años y Talbov no ha escogido a una nueva criatura, mi deseo egoísta me dice que debería ser ella, quiero que la escoja, pero no, el amor dice que no, no puedo condenarla a eso, jamás. Merece ser libre, verdaderamente libre y volar lejos a donde mejor le parezca.

Talbov me está mirando, parece buscar algo en mi mente, no sé qué es, o al menos espero que no sea lo que estoy pensando. Sonríe con sus intensos ojos violetas, siento algo muy parecido al temor, tiemblo, mientras una corriente eléctrica me recorre.

- ¿Nervioso querido príncipe?
- Un poco.
- Esa no es una cualidad muy admirable en una criatura, es

algo que debes superar o terminarás volviéndote loco, hay tantas cosas en esta vida, tan oscuras y terribles que no querrás saber de ellas.

- Como ¿qué?, le dije con curiosidad.
- No querrás saberlo, así que... solo preparémonos, debes seguir el protocolo, ya casi es hora.
- ¿Por qué?, ¿por qué todo esto?, no entiendo.
- Porque todos tienen que respetarte, saber quién eres y que desde este momento vayas tomando tu lugar entre los nuestros, no creas que todos son como tú, hay muchos rebeldes, o peor aún, algunos que se disfrazan de ovejas, te dan la razón, pero luego cuando das la espalda, te clavan un puñal mientras te sonríen, no eres de esos ¿verdad?
- ¿A qué se refiere?
- Me refiero a que no quieres que te pase algún mal pensamiento por esa cabecita Mikhail, porque no me costaría nada aplastarte como a un pequeño gusano.
- Señor, yo no lo traicionaría.
- ¿Sabes cuál es la lección más importante que aprenderás aquí?
- ¿Cuál?
- No confíes en nadie, jamás, nunca, solo en ti mismo, en tus instintos, ten cuidado con tus congéneres, si quieres ser un buen rey. Pero si quieres terminar cortado y quemado, enterrado en algún lugar, entonces... es mejor que andes con los pies sobre la tierra.
- ¿A qué se refiere señor?
- La luna es muy bonita, sí, yo personalmente la he disfrutado muchas veces, pero veo con preocupación que tienes una seria tendencia a... digamos... a distraerte con facilidad, sobre todo con las caras bonitas.
- Señor...
- Ten cuidado, la reina me está pisando los talones.

- Pero...
- No soy idiota, si crees eso, estás muy equivocado, Taisho es un buen maestro, pero si haces algo que no me convenga, no duraré en quebrarte el cuello, será muy difícil para ti vivir con un brazo en un lado y la cabeza en otro, te aseguro que la vida es muy dura de esa forma.
- ¿Usted lo ha comprobado? Le digo con una tranquilidad pasmosa.
- Así es, he comprobado todo lo que puedas imaginar en esta vida, desde ser descuartizado a quemado en una hoguera por hereje, esos malditos humanos nunca aprenden, siempre creen que pueden destruirnos, y es mejor así, que lo sigan pensando y también esos malditos cazadores.
- Señor, yo...
- No me des explicaciones, no hay nada que puedas decirme que me sorprenda.
- Pero señor, es que yo no...
- ¡Calla, maldición!, quiero que dejes de desviar los ojos de lo que interesa, si me sigues tentando, entonces tendré que tomar a esa Luna que tanto te gusta mirar, y no la que está en el cielo precisamente, sería una buena candidata para ser una Betha ¿no lo crees? Podría hacer muchas cosas a la vez, tomar el poder de esa hermosa joven, tener una buena criatura noble en mis filas y además mantenerte enfocado en lo que debes, o tal vez podría simplemente matarla y ya.
- ¡Señor! ¡Por favor, no lo haga!
- Entonces, enfócate en lo que debes o me obligarás a hacer algo que no quiero. ¡Maldición!, te quiero aquí pensando en lo que deseo, luchando por mantener la cohesión de las cosas, como debe ser, en vez de distraerte con tonterías sin trascendencia.
- Lo que usted diga señor.

- Bien, no te molestes mi príncipe... dice con sinuosidad. Hay cosas que son necesarias, hay sacrificios que debemos tomar ¿o crees que nunca he sentido nada?
- ¿Usted señor?
- Así es, ¿por qué te asombra?, también fui un humano alguna vez, bueno, hace tanto tiempo que ya no lo recuerdo, pero sé que lo fui, y en ese momento seguramente amé a alguna mujer, y también después.
- ¿A Elena?
- No me nombres a esa traidora, no quiero hablar de ella.
- Pero señor, ella...
- A ella no le importa nada, ya ves, estaba dispuesta a que te eliminara a ti, a pesar que fuiste tan estúpido para quererte sacrificar, pero podía ver tus pensamientos, tus sentimientos eran genuinos, pero ella solamente quería ascender a través de ti, eso es todo, así que no te hagas ilusiones con esa criatura, ese amor que creíste sentir es solo un espejismo, las criaturas no aman, solo sienten pasión, nada más.
- Como usted diga señor, no podía discutir con él, ¿cómo contradices a alguien cuando tu existencia pende de un hilo?, pero no, no estaba de acuerdo con él en ninguna manera.

Era un ser lleno de odio y rencor, creo firmemente que en algunas criaturas morían los sentimientos más que en otros, todo dependía de la clase que fuesen. Había varios tipos, vampiros guerreros, de seducción, inducción o combinaciones de varios, yo no tenía la menor idea de la clase de criatura que era, pero tenía el presentimiento que pronto lo averiguaría. Había tantas cosas que no conocía, por ejemplo, ¿quiénes eran los delta, los renegados, quiénes eran realmente los alfas?, no sabía nada.

- Bien andando, ya hemos hablado demasiado, mis

criaturas me esperan, ven.

Caminamos por el pasillo, y al final de las escaleras, el salón estaba elegantemente decorado en negro y dorado, el ambiente resultaba sorprendente y teatral. Todas las criaturas esperando, nos miraban con curiosidad, querían saber quién era yo y qué hacía allí.

- Bienvenidas mis amadas criaturas. Para los que no me conocen, soy Talbov, su amo y creador directa o indirectamente.

- Señoría... responden con voz de hipnotizados haciendo una reverencia, sus ojos brillan de un intenso violeta, quiere parecer que está lleno de bondad, pero al mismo tiempo, lo único que refleja su mirada es odio, ansiedad por el poder, pero ¿qué más puede ambicionar alguien como él? Lo tiene todo, es el Emperador Absoluto del mundo de los vampiros, al menos del mundo Betha, aunque tácitamente domina sobretodo los demás, cada criatura le tiene miedo, incluyéndome, lo veo en sus ojos, tiemblan ante sus palabras, al igual que lo hago yo, como una hoja debajo de la tormenta.

- Adelante Mikhail, no tengas miedo.

- Mis queridas criaturas, estamos aquí esta noche para algo muy especial, la luna roja, como ya sabemos, anuncia la época de cambios para nuestra raza. Entonces... dijo haciendo una pausa intencionada, para darle mayor realce a su discurso, quiero presentarles a alguien muy especial para mí, algunos de ustedes ya lo conocen y otros no, mi elegido, el único y vordadero heredero de la casta de los Betha. Todos se miraron asombrados, asustados, pensando a qué se refería este ser con eso. Les presento a mi querido y muy especial criatura Mikhail Nikoláievich Yusúpov, esta noche sellaremos un pacto que anunciará lo que viene, una nueva era donde los Betha seguirán gobernando, pero esta vez con más poder que nunca, sobre todas las otras castas y razas, sobre los alfa, los rengados y los delta, y ustedes mis criaturas reinarán por siempre y para siempre, solamente nosotros seremos los dueños del mundo nocturno, de mundo de las sombras.

No puedo creer lo que está diciendo, ahora entiendo la inquietud de la reina roja, ella intuía que Talbov se traía algo raro entre manos, y aquí se está manifestando, esta criatura ambiciona el poder de todo el mundo de los inmortales, ¡maldición!, y yo estoy metido en el medio de todo.

- Ahora cortaré mi piel para derramar el Ka, del cual tomarás para tener parte de mi poder.
- Como usted diga, señor.

Talbov toma una daga que le dio uno de sus sirvientes, entonces la pasa con fuerza por su muñeca, tan dura como un diamante. Una espesa y asquerosa sangre comienza a fluir desde dentro, era una sustancia muerta y viscosa como el petróleo, si hubiese sido humano, habría sentido náuseas. Me quedo mirando el lento fluir de esa sustancia mortuoria, otro de sus asistentes toma el vino especial, uno que solamente se podría abrir en esas circunstancias, tenía por lo menos un siglo, o tal vez más, está hecho con las mejores uvas, delicadamente preparado y fermentado, allí deposita su Ka.

El sirviente lo remueve con cuidado y luego trae la copa hacia mí, la tomo en mis manos y dudo si beberlo.

- Tómalo, ¿qué esperas?, allí reside mi poder y te autoriza a ejercer parte de él, tómalo, vamos.

Llevo la copa a mis labios, siento que es picante, es la primera vez que tomaba otro alimento diferente a la sangre, eso no me sucedía desde 1885. Ahora entiendo el porqué no tomábamos alimentos, simplemente se pierde el sabor, la sensación es como tomar vinagre, mis papilas gustativas están muertas, tiene sentido, es como tomar agua en temperaturas diferentes y, además, no me alimenta en lo absoluto, pero esto es solamente un vehículo ritual para tomar el fluido sagrado de Su Señoría.

Bebo de la sangre de Talbov y siento todo mi cuerpo estremecerse. Ahora Clístenes me da la daga, la miro de cerca y es una reliquia, tiene unos extraños símbolos y me da miedo sostenerla.

- Debes cortarte y hacer lo mismo, ellos deben beber de nuestros fluidos mezclados, es la única manera en que puedan fundirse con nosotros, y luego en voz más baja, y la única de poder manipularlos cuando llegue el momento.
- Entonces…
- Córtala, deja de mirarla así, es una daga Babilónica, fue mía cuando era un humano.
- Es una reliquia antiquísima entonces.
- Sí, y la única prueba que existió realmente la cultura de Babel, ahora hazlo, estás rompiendo con el protocolo de la ceremonia.

Cierro los ojos y la paso por mi muñeca, al instante comienza a fluir la misma sustancia asquerosa que salía de Talbov, ¿en qué me he convertido?, ¡maldición!, casi no se movía, era muerte, al igual que yo, tiene un aroma extraño a hielo, sal y metales… pero hay algo más, una sensación dulce, extrañamente dulce y al mismo tiempo pimentosa.

- Mmm, vaya, hasta en tu Ka se siente que eres especial, eres el único que conozco que tiene ese aroma dulce y especial, casi me tientas, dice relamiéndose los labios, es casi como si fueses humano, ten cuidado, mis criaturas podrían confundirte, y creo que están sintiendo lo mismo que yo, con los humanos será bueno, pero con nosotros no tanto, así que no te recomiendo que te cortes más delante de ellos.

Lo miro asombrado y yo mismo logro detectarlo, mi sangre extrañamente posee una especie de encanto con las criaturas, no sé qué signifique eso, pero me da aprehensión averiguarlo.

- Vampiro de seducción, ¿quién lo diría?, pero uno muy extraño, se supone que deberías seducir a los humanos, no a las criaturas, al menos que…
- ¿Qué?
- Jajajajaja, lo sabía, he escogido bien, sé que no estaba equivocado contigo, ahora derrama tu Ka sobre la copa.

Él no quiere aclarar mis dudas, seguramente no me explicará, pero debo confiar en mis instintos, en que en algún momento podré entender exactamente qué es lo que se trae entre manos este ser extraño. El Ka cae con la lentitud del agua congelada por un riachuelo en las estepas cuando el invierno recrudece y profundiza, tanto que se hiela el corazón y la sangre en las venas. Finalmente, me hice una señal para que me detenga.

- Clístenes, por favor, el vino.

Este avanza y toma la bebida vertiéndola sobre la copa y agitándola, para luego volver a pasármela.

- Bebe joven príncipe. Vaya… era evidente que quiere manipularme también, acaba de decirme que el hecho de que ellos bebieran, le permitía dominarles, y ahora tiene el descaro de decirme que yo haga lo mismo. Tómala, anda, es el protocolo.
- Pero, usted no toma de ella, debe beberla también.
- ¿Me estás diciendo qué hacer pequeña criatura mía?, ¿acaso estás osando decirme lo que tengo que hacer pequeño?
- No, mi señor, no es eso solamente, sugiero…
- No necesito que me sugieras nada, eres una criatura,

¡solo bebe de la maldita copa y ya!

La llevo a mis labios y la sensación de tomar de mi propia sangre es extraña, fuerte e intensa, pero al mismo tiempo erógena, la combinación de nuestros Ka, que al mismo tiempo estaban vinculados energéticamente, me lleva a un estado de éxtasis, suavemente, delicadamente, es como ir caminando por un jardín, en un sendero lleno de pétalos de rosas mientras el rocío cae sobre ti, es como estar dormido y soñar, como si realmente pudiera hacerlo, es como una droga, justamente eso, como fumar opio.

El sirviente toma la copa y la lleva hacia donde están las criaturas, primero la toma el que tiene mayor rango, Stephan, antes habría sido Gael y me habría gustado verlo, ver su cara de molestia mientras tenía que beber mi sangre, me habría gustado ver a Elena, beber mi sangre aun cuando estuviera pensando en traicionarme en cualquier momento. Stephan parece que lo está disfrutando, luego le toca el turno a Adelice, su actitud es francamente retadora, con su cabello morado, además de sus gruesos y sensuales labios, así toca la copa y sin disimulos, desvía su mirada hacia arriba como si estuviera a punto de experimentar un orgasmo, luego vienen todos los demás, desde el mayor al menor.

Ahora todos toman de la mía y se siente raro existir en el cuerpo de otros vampiros, seré parte de ellos y ellos de mí, así es como debe hacerse con un rey, en mi caso, con un futuro emperador. Ahora que lo ha revelado, Anhotep sabe justamente en este momento que el heredero soy yo, y eso, por supuesto, me coloca en una posición vulnerable a todo tipo de ataques, de ella y de quién sabe más. Espero que cumpla su promesa o sino habrá graves problemas entre las castas, y la verdad es que eso no me conviene en lo absoluto.

Ahora, es el momento de colocarme la corona de rey y

heredero al imperio, desde ese momento comenzaré a reinar sobre una parte como mano derecha de Su Señoría, me corresponde la zona oriental, y eso se refiere a casi la mitad del mundo, dejándome en franca oposición a la reina roja y, por supuesto, a mi hermano Alexander. Las cosas no pintan nada bien para mí, pero debo estar preparado, ahora la corona reside en mi cabeza y puedo decir que estoy coronado y condenado en igual proporción.

Esa luna roja, una vez más, es la tercera que veo, y esta es la más intensa, siento que me habla diciéndome que algo se está acercando, la muerte acecha de cerca a los humanos y a las criaturas, estoy en medio de todo. Ahora veo a las criaturas delirar tomando de la copa que contiene el vino mezclado con mi sangre, parecen disfrutarlo, ahora me siento más fuerte y poderoso.

- Ahora… cuidado, me dice él sonriendo, es cuando la falsa sensación de poder puede acabar contigo joven príncipe.
- Señor.
- Ahora es cuando más débil debes creerte, entonces me da la espalda, con su larga capa de color purpura caminó hacia dentro del castillo, mientras las criaturas saborean mi sangre hasta saciarse con ella.

Es un espectáculo vacío, donde cada rostro parece complacerse en su propia miseria. Pobres seres que se han olvidado de su pasado, regodeándose en la falsa promesa de las sombras y de la muerte, pobre de mí, mil veces pobre por reinar sobre ellos, para siempre y por siempre.

Corro entre el bosque oscuro, nuevamente siento que es lo único que me queda, la suave brisa que roza mi cuerpo, el sonido de mi fuerza penetrando en la esencia de la naturaleza. Soy un ser ajeno que, sin embargo, pertenece a ese espacio. La brisa abate con fuerza, trayéndome el aroma del pasado, de los grandes salones palaciegos, en los cuales me movía como pez en el agua. Pienso en la luna roja de sangre, en la luna amarillenta y enferma que está por salir, pienso en el futuro y lo que éste me deparará, en mi dilema de amor, ¿puedo o no amar? Medito en los ojos negros que me persiguen en el pensamiento.

Recuerdo quién fui, pero sobre todo, lo que nunca seré, llevo un peso invisible sobre mí, mientras corro por la selva negra alemana, sobrepaso los límites, sigo corriendo. Quiero ser como Talbov y recorrer toda la tierra en una sola noche, ahora puedo, pero no tanto, casi me lo imagino cuando sea quien lleve el peso del gobierno. Casi inocentemente lo imagino, casi, pero la verdad es que no tengo ni idea.

Hay un poblado, tal vez si tomara una vida inocente él me destruiría, pero ahora ya no estoy tan seguro, no soy Gael, no hay nada en mí que él pueda envidiar como lo hacía con el joven emperador. Quizás el tiempo ha pasado por sobre mí, pero no yo en él, los ojos de Luna me persiguen, debo alejarme, aunque no lo quiero. Me acerco peligrosamente a la ciudad y siento el aroma, es sangre, sangre fresca, sangre de inocentes, ahora ¿qué haré?, mi boca cosquilla, casi estoy a punto de meterme en una senda peligrosa, demasiado, tanto que tal vez ya no pueda retroceder a tiempo. Hay un olor especialmente delicado, es una mujer, lo sé, tibio, fresco, me acerco... me acerco más... demasiado... No podré controlarme, la miro, nuestros ojos se encuentran, me sonríe, y yo a ella, avanzo y ella no se imagina lo que le espera, sus ojos azules se mueven con rapidez, sus pupilas se dilatan, cada paso cuenta, siento el calor de piel, su corazón palpita con fuerza.

- Hola, le digo.
- Hola, sonríe coquetamente, y ahora es demasiado tarde para huir.

Pobre de mí, miserable y maldita criatura, me digo, muerto, coronado y condenado a una vida que nunca deseé.

"Poco a poco conjuro la inexistencia. ¡Oh amada!, ya no existes. La muerte te embarga, a mí me da vida y a ti te la quita, ¡qué gran ironía!, tú eras todo y ahora eres nada, mientras yo era nada y ahora lo soy todo". Daniel Logan.

EPÍLOGO

Hace falta mucho más que una corona para ser un rey, se necesitan muchas cualidades de las cuales yo carezco, pues mi entrenamiento no se ha completado. Gael ya no está, tampoco Elena, y ahora Talbov desaparecerá, esto no es un juego, pronto deberé enfrentarme a cosas que ni siquiera entiendo, ¿cómo lo haré?, les confesaré algo... no tengo la menor idea.

Deseo que pueda correr otra vez entre los bosques oscuros a media noche, cuando es la hora de los muertos, de aquellos que deben mantenerse en la oscuridad porque no pueden vivir bajo la luz, aunque lo deseen. Alguna vez fui bueno, quise hacer algo distinto, pero la vida se empecina en sacar del paso a quienes se atreven a desafiarle.

La bruma es la última manifestación de aquellos que quieren permanecer ocultos, y allí estoy yo, nuevamente en la colina, mirando salir la luna. Es que no puedo perder esa mala costumbre, solo que esta vez el satélite nace de un color enfermizo, amarillo, puedo ver su geografía, las colinas y montes, trato inútilmente de alcanzarla con mi mano, quiero volar más lejos y surcar el espacio. Debe ser hermosa esa paz, si es que alguien como yo puede tener descanso.

Recuerdo los ojos de mi madre, azules como el cielo, los cabellos de mi hermana, sus rizos rubios cayendo como unas cascada y ahora ya no son nada, toda mi familia reducida a cenizas, y yo, ¿qué será de mí? Pero, peor aún, ¿qué será de mi hermano?, ahora cuando tome el control él será mi rival ¿Cómo podré vivir con eso?, la persona a quién más he amado y ahora es mi enemigo. No puede ser el destino más cruel, perdón, sí puede serlo, por supuesto que sí.

¿Por qué lo digo? Por los ojos negros de Luna y esa

necesidad intrínseca de meterse en problemas, no quiero mentirle, pero tampoco deseo dañarla, meterla en esto es condenarla a una vida inmisericorde. No quiero, aunque la verdad es que desearía beber de su sangre, su olor turbador y delicioso me resultan embriagadores.

Pero no, no puedo, si hay algo todavía de humano dentro de mí, y creo que lo hay, entonces trato de hallar una buena excusa para alejarme de ella, pero simplemente no puedo conseguirlo. Siento que cada vez estoy más atrapado en mi propia trampa, quise jugar con ella y ahora soy yo quien está atrapado, no puedo, no quiero alejarme ¿qué hago?

Corro entre el bosque, me gusta sentir el sonido de mi propia fuerza, la noche es tan oscura como mi propio corazón, llevo una corona a cuestas y el sentido de que algo peor se acerca, el heredero, el elegido, el gran príncipe ruso, y muchos epítetos más. Pero la verdad es que sigo siendo el mismo, con cualquier nombre, Samuel Larson, Sergei Kursakova o Logan Daniel, y todos los que faltan por venir…

Vuelo casi entre las sombras, porque soy una sombra yo también, poco a poco pierdo el sentido de la realidad y eso es justo lo que quiero, eso y una pequeña venganza, por Gael, sus padres, por Elena, y también por mi familia, y todos los que han sufrido por estar atravesados en el camino y los designios del Gran Emperador de los Bethas. Pronto me daré ese gusto como antes me di muchos otros, soy Mikhail Nikoláievich Yusúpov, y aún queda mucho por contar…

Fin.

Si te ha gustado este libro, por favor déjame un comentario en Amazon ya que eso me ayudará a que lo lean otras personas.

Otros libros de esta saga:

Inmortales. Génesis. El Origen de los Vampiros. (Libro No. 1)

Metamorfosis. El Legado Secreto de los Vampiros (Inmortales Libro 2)

Metamorfosis. El Legado Secreto de los Vampiros (Inmortales Libro 3)

Metamorfosis. El Legado Secreto de los Vampiros (Inmortales Libro 4)

Reina de la Oscuridad. Una Historia de Romance Paranormal (Inmortales Libro 5)

Reina de la Oscuridad. Una Historia de Romance Paranormal (Inmortales Libro 6)

Reina de la Oscuridad. Una Historia de Romance Paranormal (Inmortales Libro 7)

Seduciendo al Vampiro. Desafío de Fuego. Una Historia de Romance Paranormal (Inmortales Libro 8)

Seduciendo al Vampiro. Desafío de Fuego. Una Historia de Romance Paranormal (Inmortales Libro 9)

Seduciendo al Vampiro. Desafío de Fuego. Una Historia de Romance Paranormal (Inmortales Libro 10)

Guerrera de Fuego. El Vasto Precio de la Libertad (Inmortales

Libro 11)

Guerrera de Fuego. El Vasto Precio de la Libertad (Inmortales Libro 12)

Guerrera de Fuego. El Vasto Precio de la Libertad (Inmortales Libro 13)

Dinastía de las Sombras. La Oscura Corona. Una Historia de Romance Paranormal de Vampiros (Inmortales Libro 14)

Dinastía de las Sombras. Juegos de Poder. Una Historia de Romance Paranormal de Vampiros (Inmortales Libro 15)

Dinastía de las Sombras. Cantos Oscuros. Una Historia de Romance Paranormal de Vampiros (Inmortales Libro 16)

Corona de Fuego. Una Historia de Romance Paranormal de Vampiros (Inmortales Libro 17)

Corona de Fuego. Una Historia de Romance Paranormal de Vampiros (Inmortales Libro 18)

Corona de Fuego. Una Historia de Romance Paranormal de Vampiros (Inmortales Libro 19)

Otros libros de mi autoría:

Azul. Un Despertar A La Realidad. Una Novela romántica de Mercedes Franco Saga No. 1

Azul. Un Despertar A La Realidad. Una Novela romántica de Mercedes Franco Saga No. 2

Azul. Un Despertar A La Realidad. Una Novela romántica de Mercedes Franco Saga No. 3

Azul. La Princesa Rebelde. Una Novela romántica de Mercedes Franco Saga No. 4

Azul. La Princesa Rebelde. Una Novela romántica de Mercedes Franco Saga No. 5

Azul. La Princesa Rebelde. Una Novela romántica de Mercedes Franco Saga No. 6

Secretos Inconfesables. Una pasión tan peligrosa que pocos se atreverían. Saga No. 1, 2 y 3
Autora: Mercedes Franco

Secretos y Sombras de un Amor Intenso. Saga No. 1
Autora: Mercedes Franco

Secretos y Sombras de un Amor Intenso. (La Propuesta) Saga No. 2
Autora: Mercedes Franco

Secretos y Sombras de un Amor Intenso. (Juego Inesperado) Saga No. 3
Autora: Mercedes Franco

Rehén De Un Otoño Intenso.
Autora: Mercedes Franco

Las Intrigas de la Fama
Autora: Mercedes Franco

Gourmet de tu Cuerpo. Pasiones y Secretos Místicos

Autora: Mercedes Franco

Pasiones Prohibidas De Mi Pasado.
Autora: Mercedes Franco

Hasta Pronto Amor. Volveré por ti. Saga No. 1, 2 y 3
Autora: Mercedes Franco

Amor en la Red. Caminos Cruzados. Saga No. 1, 2 y 3
Autora: Mercedes Franco

Oscuro Amor. Tormenta Insospechada. Saga No. 1, 2 y 3
Autora: Mercedes Franco

Otros Libros Recomendados de Nuestra Producción:

Contigo Aunque No Deba. Adicción a Primera Vista
Autora: Teresa Castillo Mendoza

Atracción Inesperada
Autora: Teresa Castillo Mendoza

El Secreto Oscuro de la Carta (Intrigas Inesperadas)
Autor: Ariel Omer

Placeres, Pecados y Secretos De Un Amor Tántrico

Autora: Isabel Danon

Una Herejía Contigo. Más Allá De La Lujuria.

Autor: Ariel Omer

Juntos ¿Para Siempre?

Autora: Isabel Danon

Pasiones Peligrosas.

Autora: Isabel Guirado

Mentiras Adictivas. Una Historia Llena De Engaños Ardientes

Autora: Isabel Guirado

Intrigas de Alta Sociedad. Pasiones y Secretos Prohibidos

Autora: Ana Allende

Amor.com Amor en la red desde la distancia

Autor: Ariel Omer

Seducciones Encubiertas.

Autora: Isabel Guirado

Pecados Ardientes.

Autor: Ariel Omer

Viajera En El Deseo. Saga No. 1, 2 y 3

Autora: Ana Allende

Triángulo de Amor Bizarro

Autor: Ariel Omer

Contigo En La Tempestad

Autora: Lorena Cervantes

Recibe Una Novela Romántica Gratis

Si quieres recibir una novela romántica gratis por nuestra cuenta, visita:

http://www.librosnovelasromanticas.com/gratis

Registra ahí tu correo electrónico y te la enviaremos cuanto antes.

Made in the USA
Middletown, DE
12 April 2021

37450920R00231